LA VÉRITÉ SUR TCHERNOBYL
亲历切尔诺贝利

［俄］格里戈里·梅德韦杰夫 —— 著　　刘建波 —— 译

民主与建设出版社
·北京·

前　言

本书清晰详尽地记录了切尔诺贝利（Chernobyl）事件这一悲剧，尽管现在已经过去了三年，一想起这一事件仍会让人惊恐万分。在书中，核能专家格里戈里·梅德韦杰夫（Grigori Medvedev）首次详细、客观地描述了发生的一切，并且他的记录完全不像官方版本那样遮遮掩掩和故意遗漏。梅德韦杰夫之前一直在核电站工作，所以他对核电站和那里的员工十分了解。在工作期间，他也曾多次参加过有关核电站建设的高层会议。灾难刚一爆发，他就被派到切尔诺贝利，因此他能够目睹这场灾难的善后工作，也能了解发生的一切。他从技术层面描述这场灾难，这对我们理解这一事故颇为重要。他还讲述了灾后政府部门采取的秘密行动，谴责了设计者和科学家们对核电站的错误计算、来自苏联官方的巨大压力和在事故前后由于缺乏坦诚交流造成的巨大损害。

本书大部分内容都是梅德韦杰夫对 1986 年 4 月至 5 月间在切尔诺贝利发生的悲剧进展情况的每日记录。他在书中介绍了形形色色的人和他们的所作所为，当人们面对暴怒的核怪兽时，这些血肉之躯既有他们的优点又有不可忽视的弱点，他们的疑虑和柔弱、他们犯的错误和英雄主义都交织在了一起。相信读者一定会为之动容。我们早已通过广泛的宣传熟知了消防官兵们在灾难中功勋卓著的事迹，而现在这本《亲历切尔诺贝利》则向我们展现了电气工程师、轮机工程师、操作人员以及其他奋勇抵抗核事故的核电站员工的英雄壮举。

与切尔诺贝利事故息息相关的方方面面都必须贯彻"公开化"这一原则，包括它的原因和后果。我们必须将真相公之于众。对于影响我们以及我们子孙后代生命和健康的事情，每个人一定都有自己的看法。每个人也都有权利参与决策，因为这一重要决策事关我们国家以及全球的未来。

我们是否应该发展核能？如果需要，并且有比切尔诺贝利核电站更为安全可靠的核电站，我们是否应该允许核电站建在地上呢？抑或可以允许地下核电站建设项目？这些问题至关重要，因此绝不能仅留给技术专家去裁量，就算加上政府部门也不够，他们的出发点太局限于技术角度，目的性太强，有时候又很偏颇，正是这一系列原因造成事情往往以失败告终。同样，其他涉及经济学、社会学和生态学的很多问题也不能仅由这些人决定。

我个人认为人类需要核能，因此我们必须发展核能，但是绝对要保证安全。这就意味着核反应堆必须建在地下。鉴于此，国际立法提出的要求将核反应堆建在地下的规定应该立即着手准备，不宜再拖延。

安德烈·萨哈罗夫（Andrei Sakharov）
1975 年诺贝尔和平奖获得者、物理学家
1989 年 5 月

目 录

前 言 ·· I

1. 切尔诺贝利事件之前 ··· 1
 安全的神话 ··· 3
 三里岛事故 ··· 13
 灾难的先驱 ··· 21
 高层的沉默与无能 ·· 25
 东方和西方的核能 ·· 32

2. 悲剧的基础 ··· 37
 飞越乌克兰 ··· 39
 忽视安全规则的测试程序 ·· 42
 决策者 ··· 47
 1986年4月25日的事件 ·· 60
 违反核安全规则 ··· 74
 核反应堆的选择 ··· 79

3. 1986年4月26日 ··· 85
 最后的17分14秒 ··· 89

最后的 20 秒 …………………………………… 97
　　大爆炸 ………………………………………… 101
　　目击者 ………………………………………… 109
　　在控制室 ……………………………………… 118
　　营救工作 ……………………………………… 130
　　放射性 ………………………………………… 148
　　核反应堆安然无恙的神话 …………………… 154
　　抗击火情 ……………………………………… 160
　　第一个警报 …………………………………… 180
　　专家顾问 ……………………………………… 187
　　在普里皮亚季医疗中心 ……………………… 221
　　首次官方行动 ………………………………… 229

4. 1986 年 4 月 27 日 ………………………………… 235
　　疏　散 ………………………………………… 239
　　尝试封闭核反应堆 …………………………… 251

5. 回顾破坏：1986 年 4 月 28 日至 5 月 8 日 ……… 261
　　政府委员会：1986 年 5 月 4 日至 5 月 7 日 … 270
　　亲临灾难现场：1986 年 5 月 8 日 …………… 278

6. 切尔诺贝利的教训 ………………………………… 325
　　莫斯科第六医院的病人 ……………………… 327
　　切尔诺贝利的教训 …………………………… 342
　　米季诺公墓 …………………………………… 346
　　核时代的新文化 ……………………………… 350

译后记 …………………………………………………… 355

出版后记 ………………………………………………… 357

切尔诺贝利事件之前

1980 年 M. A. 斯蒂里柯维奇（M. A. Styrikovich）院士在月刊《星火》（*Ogoniok*）中疾呼："核电站就像天空中的明星一般，整天闪耀着！我们应该把它们播洒在全国各地，它们安全极了！"他们也正是这样做的。

1

安全的神话

"'挑战者号'（*Challenger*）失事与切尔诺贝利核电站事故提高了我们的警觉，这些事件残酷地提醒着人们，当这些极度强大的力量出现的时候，人类仍然在试图掌控它们，不过是为了促进人类发展而利用它们而已。"1986年8月18日，米哈伊尔·谢尔盖耶维奇·戈尔巴乔夫（Mikhail Sergeyevich Gorbachev）在苏联中央电视台发表声明时这样说。

这段极其严肃的关于和平利用核能的评论在苏联35年的核能发展过程中前所未有。苏联领导人的讲话毫无疑问是一个时代的标志，同时也吹起一股净化真理之风与变革之风，强势席卷了我们整个国家。

即便如此，为了吸取过去的教训，我们必须记住，整整35年的时间里，无论在报纸上、广播里，还是在电视上，我们的科学家向普罗大众宣传的都是截然相反的内容。市民们也充分相信和平的原子是万能的灵药，它们非常安全，对生态没有污染，是可以信赖的。核电站的安全性让太多人欣喜若狂。

1980年M. A. 斯蒂里柯维奇（M. A. Styrikovich）院士在月刊《星火》（*Ogoniok*）中疾呼："核电站就像天空中的明星一般，整天闪耀着！我们应该把它们播洒在全国各地，它们安全极了!"他们也正是这样做的。

国家核能利用委员会副主席 N. M. 西涅夫（N. M. Sinev）使用通俗的语言向公众解释核能是怎么一回事："核反应堆就像是常见的炉子，反应堆的操作人员就相当于司炉。"他就这样简单地把核反应堆等同于普通的蒸汽锅炉，把核反应堆的操作人员等同于往锅炉里铲煤的司炉。

这种解释从各方面来看都是非常便利的。首先，它能消除公众的疑虑；其次，付给核电站工作人员的工资就可以和付给热电站工作人员的工资一样多了，在有些情况下，工资甚至会更少一些。核能要更便宜，来得也更容易，所以核电的价格要更低。20 世纪 80 年代早期，热电站工作人员的工资已经超过了核电站工作人员的工资。

但是接下来让我们仔细审视一下关于核电站绝对安全的乐观论断。

物理能源研究所主任 O. D. 卡扎克考夫斯基（O. D. Kazachkovsky）1984 年 7 月 25 日在《真理报》（Pravda）上发表文章称："虽然核电站的废弃物可能非常危险，不过它们可以压缩得非常紧凑，因此可以存放到一个与自然界隔离的地方。"而事实证明，当切尔诺贝利发生爆炸时，根本没有地方存放核废料。在之前的几十年里，也根本没有建任何存放核废料的设施，现在不得不在爆炸后的反应堆旁边高辐射的环境中建一个，建筑工人和安装人员也因此暴露在严重的辐射剂量之下。

"我们生活在核时代。我们已经证明核电站是便捷的，它的运行是可靠的。核反应堆已经做好了为城市和其他建成地区提供热能的准备。"O. D. 卡扎克考夫斯基在同一篇文章中还如上提到,不过他却只字未提要把核热电站建在大城市旁边这件事。

一个月后,亚历山大·叶菲莫维奇·舍伊德林(Aleksandr Yefimovich Sheidlin)院士在《文学报》(Literaturnaya Gazeta)上公开表示:"我们很高兴听到了一个了不起的成就——切尔诺贝利市列宁核电站的4号反应堆启动了,可以提供100万千瓦的电力。"

听起来这位院士在写下这段话的时候似乎高兴得心跳停了一拍,然而后来恰恰就是这个4号反应堆爆炸了,这对于信誓旦旦确保安全的核电站来说真是个晴天霹雳。

而在另一个场合,当一个记者谈论到核电站的扩张建设可能会引起公众恐慌时,科学院的院士却回应说:"公众对于这些事情真是太大惊小怪了。我们国内的核电站对于周边地区的居民来说是绝对安全的,根本不需要担心什么。"

苏联国家核能利用委员会[①]主席 A. M. 彼得罗相茨(A. M. Petrosyants)是核电站的安全性的重要鼓吹者。他的著作《从科学研究到核工业》(From Scientific Search to Nuclear Industry)[②]一书撰写于切尔诺贝利爆炸前14年,书中这样写道:

[①] 国家核能利用委员会隶属于中等机械建设部(见后文)。——原注(如未单独说明,后文注释均为原注)

[②] A. M. Petrosyants, *Ot naychnovo poiska k yadernoy promyshlyennost.*(Moscow, Atomizdat, 1972), p. 73.

> 必须承认，核能有着光明的前途。相较于传统能源，核能有着明显的优势。核电站可以完全不依赖于原料（铀矿），因为核燃料非常致密，而且可以持续使用很久。强大的核反应堆让核电站的未来前程远大。

最后，他得到这样一个令人安心的结论：核电站是清洁能源，不会对环境造成污染。

接着，问题就变成了核能将要发展到什么程度，以及它在2000年以后的状态，彼得罗相茨主要关注的是铀矿石的储备量是否充足，把核电站的安全问题完全抛之脑后，而当时，已经有大量组成密集网络的核电站覆盖了苏联国土欧洲部分当中人口最稠密的地区。他在这本著作中强调："核能的主要问题是如何最合理地利用核燃料那神奇的特质。"他最关心的问题并不是核电站的安全问题，而是核能能否有效利用。他在著作中还说：

> 对核电站持续的怀疑和不信任来自在核电站工作的人，更确切地说，来自在核电站附近居住的人遭受核辐射危险的夸张的恐惧感。
>
> 核电站的运行表现出了高度的安全性，无论是在苏联还是在国外（包括美国、英国、法国、加拿大、意大利、日本、德意志民主共和国和德意志联邦共和国）都是如此，前提是遵循一定的管理制度和必要的章程。除此之外，核电站和燃煤发电站哪个对人类和环境的危害更大也

是应该讨论的问题。

出于某种原因，彼得罗相茨没有提到，热电站不仅可以利用煤和石油发电（在这种情况下，污染无论如何都在可控的局部范围内，远不会致命），还可以利用气态燃料发电。众所周知，苏联大量开采这些气态燃料，然后输送到包括西欧在内的各地。苏联欧洲部分的热电站在气态燃料转化过程中可以完全消除灰尘和硫化物所造成的环境污染问题。然而，彼得罗相茨成功地把这个问题颠倒黑白，他在书中用了整整一章的内容来介绍燃煤发电站造成的环境污染问题，对于核电站已经造成的环境污染却只字未提，而他对这些问题一定是心知肚明的。这可不是偶然的疏漏。这本书就是刻意地将读者引向一个乐观的结论："上面提到的，在新沃罗涅日（Novo-Voronezh）核电站和别洛雅尔斯克（Byeloyarsk）核电站附近所观测到的令人满意的核辐射状况数据，对于所有在苏联境内的核电站来说具有典型性。同样良好的辐射状况也是其他国家核电站的特征。"他在书中用一种与国外的核工业团结一致的姿态总结道。

同时，彼得罗相茨一定早就知道，自从1964年首次运行以来，别洛雅尔斯克核电站的首座单回路反应堆就不断发生故障：铀燃料组件总是反复无常地出问题，为了修复这些组件，维修人员总是暴露在很高的辐射剂量中。这种放射性暴露几乎从未间断过，一直持续了差不多15年。1977年，别洛雅尔斯克核电站的第二台反应堆投入运行，依然使用单回路设计，50%的核反应堆燃料组件熔化了，维修工作持续了一年。别洛雅尔斯克核电站的工作人员很快就暴露在极高的辐射剂量中，不得不从其他核电站调动人员过来展开危险的维修工作。彼得罗相茨也一定知道，在乌里扬诺夫斯克（Ulyanovsk）地区的梅列克斯镇（Melekess），强放射性的核废料被倾倒在地下裂隙中；英国的温德斯凯尔（Windscale）、温弗里思（Winfrith）和敦雷（Dounreay）的核反应堆从20世纪50年代开始一直到现在都把放射性废水排入爱尔兰海。诸如此类的事实总在不断出现。顺便提一下，在1986年5月6日莫斯科召开的关于切尔诺贝利悲剧的新闻发布会上，彼得罗相茨的论断震惊了绝大多数人，他说："科学需要受害者。"这句话让人过耳难忘。

今天，对于核能的发展，人们有了更多的见解。

伴随着这样一个新兴工业门类的发展，阻碍自然在预料之中。在其著作《I. V. 库尔恰托夫与核能》(*I. V. Kurchatov and Nuclear Power*)[①]中，Y. V. 西文采夫（Y. V. Sivintsev，他和库尔恰托夫一样也是核能的倡导者）记录了一些有趣的回忆，是关于为了让"和平的原子"概念得到公众认可而做的前期努力以及遇到的困难：

> 国内外的核能反对者在与创新进行斗争时，有时会"胜利"。人们最为熟知的恐怕就是奥地利在经历了一番

---

① Y. Sivintsev, *I. V. Kurchatov i yadernaya energetika*（Moscow: Atomizdat, 1980），p. 25.

激烈的反核运动后，核电站很快就停止发电了。西方的新闻记者迅速把那里命名为"十亿美元的坟墓。"① 苏联的核能发展也不得不克服这些必须要经历的困难。在20世纪60年代末，传统能源形式的拥护者已经准备好要在苏共中央和苏联部长会议上通过一项决议，内容是关于停止建设新沃罗涅日核电站并在原址上建一座传统的热电站，而且这一决议眼看就要通过并实施了，主要的理由就是当时核电站并不经济实惠。库尔恰托夫一听说此事，立刻放下手头一切工作，直奔克里姆林宫，设法安排了由高级政府官员参加的一次新的会议。经过与怀疑论者的一番激烈讨论，他成功劝服了当局继续执行之前关于建设核电站的决定。苏共中央的一位书记当时问他："我们能得到什么？"库尔恰托夫回答说："什么都得不到！这将是一次持续大约三十年的昂贵实验。"尽管如此，他就是这么我行我素。所以很好理解为什么我们中有些人用"核反应堆""人形坦克"甚至"炸弹"这些词来形容他。

科学家们一再乐观地估计和保证核电站的安全性，然而，核电站的操作人员可从不这么想，他们不得不每天直接面对"和平的原子"，不是在舒适安逸的办公室或实验室里，而是在他们的工作岗位上。这些年来，关于核电站发生故障或事故的信息都被政府部门极其严格地保密着，只有高层决策者认为

---

① 这里西文采夫省略了一个细节：奥地利的民众通过自愿向国库捐款来为核电站的损失买单；后来，政府结清建设款项后，将核电站彻底关停封闭。

有必要时，才会向公众公布。我清楚地记得在那段时间发生的一件影响深远的事件——在1979年3月28日发生的三里岛（Three Mile Island）核事故，这对核能的发展造成了第一次严重的打击，导致很多人对核电站安全性的幻想破灭了。

当时，我是原子能联盟（Soyuzatomenergo）的部门主管，原子能联盟是苏联能源与电气化部下属的一个负责核电站运营的部门。我至今仍记得当我和同事们听到那件悲惨事故后的反应。我们和核电站的装机、维护、运行打了那么多年交道，通过这些第一手经验意识到，这种发电站实际上离发生故障或灾难不过是一步之遥。我们那时就说："这种事早晚会发生。类似的事故也可能会在这里重演。"

但是没有人详细地告知我们到底发生了什么事，不管是对我还是对之前在核电站工作的人员。关于宾夕法尼亚州的事故只是印在情报资料上，提供给了政府部门的首脑和他们的副手。问题是：为什么要对这次全世界都知道的事故的相关细节保密呢？毕竟，要是信息传递及时，这种反面教材可以帮助我们确保不会再犯同样的错误。然而在当时，惯例就是这些负面信息都掌握在最高层的领导手中，每向下传达一级，就会经过一番审查和筛选。然而，即便是这些经过审核的信息也还是让人们悲观地认识到，就算是做了所有预防措施，核能会造成辐射这一自然属性也不会改变，人们也意识到有必要让公众知晓这些问题。但是在那个时代，根本不可能实施那种教育工作，因为这与官方宣称的"核电站完全安全"相悖。

在那之后，我就决定一个人单干了，我写了四篇关于那时人们在核电站生活和工作的短篇小说,题目分别是:《操作人员》(The Operators)、《专家的意见》(The Expert Opinion)、《核反应堆》(The Reactor)和《核灼伤》(A Nuclear Tan)。然而,当我试图出版这些作品的时候,出版社却答复说:"你这是什么意思?院士们常常明确表示苏联的核电站是极其安全的。基里林(Kirillin)院士甚至想在核电站旁边建一个花园。你却在写这些东西!在西方国家可以这么做,但在这里不行!"有一位在一个重要月刊工作的主编在称赞了其中一篇之后,甚至说:"要是西方国家已经发生过这样的事情,那你的小说我们应该已经出版了。"

即便这样,1981 年我还是成功地在那本月刊上发表了其中的一篇《操作人员》。我很高兴,至少我能够提醒那些读过我小说的人。

然而,那个时候,一切都很死气沉沉,我们称之为"停滞时代"(stagnat years)[①],所以我不应该对事情抱有太多期望。毕竟,该发生的事注定会发生,而科学界保持一贯的波澜不惊。对于核电站可能会造成环境公害的严肃提醒被看作是对科学权威的挑战。

在 1974 年的苏联科学院年会上,A. P. 亚历山德罗夫(A. P. Aleksandrov)院士特意强调:"有些批评者声称核电站非常危险,有对环境造成放射性污染的威胁。那么核战争呢?同志们!那又会造成什么样的污染?"

---

① 指勃列日涅夫执政时期,也称勃列日涅夫时代(1966—1982)。——译者注

这番言论背后的逻辑着实让人震惊。

十年以后，就在切尔诺贝利事故发生前一年，苏联能源部召开了一次党员积极分子大会。会上，还是这位 A. P. 亚历山德罗夫发表了见解，他用忧郁的语调说："同志们，命运对我们是友善的，因为我们还没发生宾夕法尼亚那样的事情。是的，我是认真的。"

这充分显示了一位苏联科学院主席的思想进化过程。十年是相当长的一段时间，我们当然可以认为亚历山德罗夫预测了灾难的发生。在核工业领域发生了太多的事情：一些严重的违规操作事件和故障已经发生，发电量也获得了史无前例的提升，这些宏大工程带来的压力也与日俱增，而核能产业工作者的责任感却明显地松懈下来。显而易见，在号称操作简单、没有任何危险的核电站，他们不可能再有那种敏锐的责任感了。

大概也就是在那几年，核电站的运行人员发生了一些变化，操作人员短缺的问题突然严重起来。以前寻求这种工作的人员，大部分都是怀着对核能工业真正的热情；而现在，各种各样的人大量涌入这个行业。当然，他们主要不是被报酬吸引，报酬也确实不算多，他们是被名望的诱惑吸引而来的。有些人曾在其他领域赚了很多钱，但在核工业领域却连个职位都没有。毕竟，这么多年来所有人都说核电站很安全！所以我们还在等什么？让开路吧，你们这些核能专家！靠边儿站，把核能产业这块大蛋糕也分给亲戚朋友和那些人脉关系更广的人吧！核能专家就真的被排挤到了一边。但是我们将来会回来的——就在发生了宾夕法尼亚事件以后,那就是切尔诺贝利的前兆。

三里岛事故

1979年4月6日,美国杂志《核能新闻》(*Nuclear News*)报道了三里岛核电站发电功率880兆瓦的2号反应堆发生的一次严重事故。事故发生在1979年3月28日凌晨,三里岛核电站位于美国宾夕法尼亚州,距离州首府哈里斯堡仅11千米,属大都会爱迪生公司(Metropolitan Edison Company)所有。

美国政府立刻着手对与事故相关的所有情况进行调查。3月29日,核能管理委员会的高级委员受邀前往众议院内政委员会的能源与环境小组委员会,调查事故发生的原因,进一步细化清理程序,并制定预防类似事件再次发生的措施。与此同时,一项要求彻底检查核电站的命令也发布了,涉及五座核电站的八台反应堆,分别是奥科尼(Oconee)核电站、水晶河(Crystal River)核电站、兰乔赛科(Rancho Seco)核电站、阿肯色第一核电站、戴维斯-贝斯(Davis-Besse)核电站(分别位于南卡罗来纳州、佛罗里达州、加利福尼亚州、阿肯色州和俄亥俄州)。这些核电站的反应堆与三里岛核电站的反应堆使用的设备相同，都是由巴布科克-威尔考克斯公司（Babcock & Wilcox）制造的。当时，在1979年4月，这八台反应堆几乎都具备同样的设计特点，其中有五台正在运行，另外几台正在接受定期维护。

原来三里岛核电站的2号反应堆没有配备补充安全系统，而该核电站的其他反应堆却都安装有此系统。美国核能管理委员会要求巴布科克-威尔考克斯公司制造的每一台反应堆机组设备及工作制度都要经过测试。核能管理委员会在4月4日召开新闻发布会，负责对核能设备建设与运行颁发许可的官员做出声明，国内的每一座核电站必须立刻实施所有必要的安全措施。

事故的社会影响和政治影响非常大。它在宾夕法尼亚州和其他州都引起了强烈的恐慌。加利福尼亚州州长提出，在彻底查清三里岛核电站事故的原因前，可能会关停位于加州首府萨克拉门托附近的兰乔赛科核电站（发电功率913兆瓦），同时提出采取措施，预防类似事件再次发生。

美国能源部的官方立场是，需要确保公众再次对核电站放心。事故发生两天后，能源部长詹姆斯·施莱辛格（James Schlesinger）声明，这是商业化核反应堆投入使用这么多年以来首次发生这样的情况，必须客观地看待三里岛核电站事件，要避免过激的情绪和草率的决定。他强调，美国将继续发展核能计划，这可以使美国脱离其他国家的能源束缚，实现能源独立。

按照施莱辛格的说法，核电站周围区域放射性污染的范围和程度都"极其有限",公众无须担心。与此同时,3月31日和4月1日,核电站周边半径40多千米范围内居住的20万人中,有8万人已经离开了他们的家园。人们不相信大都会爱迪生公司派出的代表的解释,虽然他们一再试图说服人们根本无须担心。根据宾州州长理查德·索恩伯勒(Richard Thornburgh)的指示,制订了对整个区域人口进行紧急疏散的计划。核电站附近的7所学校被关闭。州长下令疏散核电站周边半径8千米范围内所有的孕妇和学龄前儿童,并建议核电站周边半径16千米范围内的居民留在室内。州长采纳了核能管理委员会主席约瑟夫·亨德利(Joseph Hendrie)提出的建议并发布了命令,当时刚检测到放射性气体泄露到大气中。最关键的阶段是3月30日至4月1日,当时,反应堆建筑内形成了一个巨大的氢气泡,面临着爆炸与冲破容器壁的双重危险。如果真的发生这种情况的话,整个周边地区将遭受到极其严重的放射性污染。

在哈里斯堡,美国核能保险公司(American Nuclear Insurers Company)设立了一个紧急临时机构,截至4月3日已经支付20万美元的赔偿金。

4月1日,吉米·卡特总统到达三里岛。他呼吁民众冷静,如果确需撤离的话,要严格遵守所有的指示安排。

4月5日,在一次关于能源问题的讲话中,卡特总统把焦点集中在了可选择的其他能源上,比如太阳能、页岩的加工处理、煤的气化等,唯独没有提到核能,无论是核裂变还是核聚变。

许多参议员表示，这次事故可能会造成对待核能态度的"一次痛苦的重估"，不过他们也认为，在没有其他备选项的情况下，美国不得不继续使用核电站发电。参议员对于这次事故模棱两可的态度，充分说明了美国政府在事故之后所要面对的进退两难的困境。

事故的第一个信号是在凌晨4点被发现的。当时，不知出于何种原因，由主泵向蒸汽发生器的供水被切断了。设计用来实现持续供水的三个备用泵已经全部停机维护了两周，而这已严重违反了核电站操作规程。

结果，蒸汽发生器没有供水，无法带走一回路中由反应堆产生的热量。由于蒸汽的参数已经超过阈值，汽轮机自动关闭了。反应堆容器内的一回路水温和水压急剧上升。过热的水与水蒸气的混合物开始通过稳压器上的先导式安全阀向外排放到特殊的水箱内。然而，当一回路水压降低到正常值约15 686千帕（原文为2 275磅/每平方英寸）时，安全阀在打开的状态出现了故障，导致特殊水箱内的压强也高于正常值上限。水箱上的紧急膜破裂，有大约370立方米的放射性热水流到了反应堆安全壳建筑物的地面上（进入了中心室）。

排水泵自动开启，多余的水开始向辅助厂房中的泄水槽泵出。值班人员本应该立即关闭排水泵的开关，让所有放射性废水留在安全壳内，却未能这样做。

辅助厂房有三个泄水槽，但是所有的放射性废水只流入其中一个水槽。水槽中的废水溢出了，在地上积水数厘米深。废水开始蒸发，混合着放射性气体的水蒸气通过辅助厂房的排气烟囱扩散向了大气，这是造成随后周边地区放射性污染的主要原因之一。

当安全阀打开之后，反应堆应急堆芯保护系统开始工作，将控制棒插入堆芯，就可以暂停链式反应，实际上相当于关停了反应堆。燃料棒的铀原子核裂变过程中止了，但是碎片原子核衰变却还在继续，释放出了相当于10%额定功率的热量，大约是260兆瓦（热）。

由于安全阀还处于开启的状态，反应堆容器内的水压迅速下降，水快速蒸发了。反应堆容器内水位下降的同时，温度却在急剧升高。这导致了形成蒸汽-水混合物，继而造成主循环泵失效。

当压强刚一降至1 096千帕时，应急堆芯冷却系统（ECCS）就开始自动运行，燃料棒开始冷却。应急堆芯冷却系统于事故发生2分钟后开始运行。①

事故发生的原因还未查清，在事故发生后第4分30秒的时候，操作人员关闭了控制应急堆芯冷却系统的两台泵。他显然认为整个反应堆堆芯的上部都浸泡在水中。看起来操作人员错误读取了测量一回路内水压刻度盘上的读数，认为无须启动应急堆芯冷却系统。然而与此同时，反应堆内的水继续蒸发。安全阀显然还卡在开启的状态，而操作人员使用遥控设备却无法关闭它。由于安全阀位于反应堆安全壳内压力容器的上部，

---

① 此时的情况与切尔诺贝利爆炸发生前20秒的情况很像，但是切尔诺贝利核电站的员工更早就关闭了应急堆芯冷却系统。

想要手动关闭或打开几乎是不可能的。

安全阀处于开启状态的时间过久,以至于反应堆内的水位下降,造成1/3的反应堆堆芯周围没有任何冷却水。

根据专家的说法,就在应急堆芯冷却系统打开前后极短的时间里,总共36 000多根燃料棒(177盒燃料组件,每组包含208根燃料棒)中的20 000根未能浸泡在冷却水中。包裹燃料棒的保护性锆合金包壳开始破裂。强放射性核裂变产物开始从破损的燃料棒中泄露。一回路冷却水因此变得放射性更强。

当上部的燃料棒暴露在无冷却水的环境中时,反应堆容器内部的温度急剧攀升至400°C以上,超过了控制台仪表盘上的最大读数。监测反应堆堆芯温度的计算机开始只显示一大串问号,这种状况持续了11个小时。

事故发生后第11分钟,操作人员再次打开了反应堆应急堆芯冷却系统,也就是他之前关闭的那套系统。

接下来的50分钟里,反应堆内的压强停止下降,但是温度却在继续升高。向应急冷却系统供水的水泵开始剧烈地震动,操作人员明显是由于担心设备会受损,因此关掉了全部四个水泵——其中两个是在事故发生后1小时15分钟关闭的,另外两个则是在又过了25分钟后也关闭了。下午5点30分的时候,事故一开始停止运转的主给水泵再次启动。堆芯冷却水循环恢复了。冷却水再一次浸没了上部的燃料棒,而此时它已无冷却运行并逐渐解体超过11个小时了。

3月28日至29日晚间,反应堆容器的上部开始形成一个巨大的气泡。堆芯温度非常高,在这种情况下由于包裹燃料棒的锆合金包壳的化学特性,水分子开始分解为氢气和氧气。气泡大约30立方米,主要由氢气和包括氪、氩、氙和其他气体在内的放射性气体组成。由于反应堆内部的压力太高,气泡极大地阻碍了冷却水循环。然而,最大的危险是氢气和氧气的混合物随时会发生爆炸。爆炸的威力相当于3吨[1] TNT,这绝对会摧毁反应堆容器。另外,氢气和氧气的混合物可能会从反应堆上部泄露,聚集在安全壳的圆顶下。如果在那里发生爆炸的话,所有的放射性核裂变产物都会进入大气层。安全壳内的辐射值届时会达到30 000生物伦琴当量[2]每小时,那是致死剂量的600倍。这还不是全部后果,如果气泡继续形成,它会逐步将反应堆容器内的冷却水挤出容器,反应堆内的温度就会升高到能使铀熔化的范围,切尔诺贝利核电站就发生了这样的结果。

3月29日至30日晚间,气泡的尺寸减小了20%;到4月2日的时候,它已经减小到仅有约1.4立方米。为了使气泡完全消除,同时也为了消除爆炸的隐患,技术人员使用了一种被称为"水中排气"的方法。在一回路中循环的冷却水被注入了稳压器(此时安全阀不知出于何种原因已经关闭了)。用这种方法,水中溶解的氢气被提取出来。接着冷却水再次注入到反

---

[1] 本书所指的吨,如无特别说明,均为美制吨。1美制吨约为907千克,略小于公吨。——编者注
[2] 生物伦琴当量(ber),和雷姆(rem)一样,是苏联放射学文献中经常使用的一种辐射强度单位。

应堆内，在容器内，冷却水吸收气泡中的一部分氢气。随着氢气溶解于冷却水中，气泡的尺寸逐渐减小。在安全壳之外，一种被称为"重化合组件"的装置被专门运送来，已经准备就绪，它可以将氢气和氧气重新转化成水。

对蒸汽发生器的供水恢复了，一回路中的冷却水也开始循环，反应堆堆芯的排热也恢复了正常。

我们已经知道，包括长寿命同位素在内的强放射性物质允许积累在安全壳内，随后对设备的操作从经济角度看已经没有任何意义了。根据原始数据，清理善后需要大约4 000万美元。[1] 核反应堆被关停了很长一段时间。还专门成立了一个委员会来调查这次事故的原因。

公众代表指责大都会爱迪生公司在12月30日，也就是新年之前的25个小时匆匆安排2号反应堆并网发电，就是为了节省4 000万美元的税费，而就在1978年末，在机组并网发电前很短的时间里，已经出现过机械设备不规律运行的情况，在测试阶段，反应堆出现多次必须停堆的情况。即便如此，联邦检查员还是允许核电站商业运行。1979年1月，刚刚并网发电没多久，由于在管道和水泵处检测到了泄露，反应堆不得不关停了两周。

即便在事故发生之后，大都会爱迪生公司仍然继续严重违反安全规则。比如，在3月30日周五，就在事故发生后第三天，约5 200立方米的放射性废水被排入萨斯奎哈纳河（Susquehanna

---

[1] 对切尔诺贝利核电站事故的清理花费了80亿卢布。

River）。这一行为未经核能管理委员会批准，据说是为了给从安全壳里排出的更强放射性的废水腾地方。

灾难的先驱

现在，基于对宾夕法尼亚州灾难细节的研究，以及对切尔诺贝利的预期，我们可以好好回顾一下过去的35年，看看三里岛事故和切尔诺贝利爆炸是否只是随机事件。以及20世纪50年代初以来，美国和苏联核电站发生的事故能否作为教训，是否可以让人们清楚地认识到核能的发展是一个极其复杂的问题。

这两个国家的核电站真的能一直平稳运行吗？看起来不总是这样。回顾核能的发展历史，事实上只要核反应堆开始运行，各种事故几乎总是不断出现。

在美国

1951年，底特律。一台用于研究的反应堆发生事故。由于温度超过了限值，造成可裂变物质过热。空气被放射性气体污染。

1959年6月24日，加利福尼亚州圣苏珊娜（Santa Susanna）

的实验发电反应堆由于冷却系统失效导致部分燃料棒熔化。

1961年1月3日,爱达荷州爱达荷瀑布(Idaho Falls)附近的一台实验性反应堆发生蒸汽爆炸,造成3人死亡。

1966年10月5日,底特律附近的恩里科·费米(Enrico Fermi)反应堆由于冷却系统失效导致部分堆芯熔化。

1971年11月19日,明尼苏达州蒙蒂塞洛(Monticello)。大约200 000升携带有放射性物质的污染水从废物储存水箱中溢出,流入了密西西比河。

1979年3月28日,三里岛核电站的堆芯由于冷却系统失效而熔化。放射性气体扩散到了大气中,液体污染物也被排入了萨斯奎哈纳河。核电站附近的居民被迫疏散。

1979年8月7日,田纳西州欧文(Irving)附近的一座生产核燃料的工厂向外泄露了高浓缩铀,导致大约有100人吸收了高于正常允许值6倍的核辐射剂量。

1982年1月25日,纽约州罗切斯特(Rochester)附近的R. E. 金纳(R. E. Ginna)核电站的蒸汽发生器管线破裂,放射性蒸汽扩散到了大气中。

1982年1月30日,纽约州安大略(Ontario)附近的核电站发布紧急通告。冷却系统故障导致放射性物质释放到了大气中。

1985年2月28日,南卡罗莱纳州詹金斯维尔(Jenkinsville)的维吉尔·C·萨默(Virgil C. Summer)核电站,反应堆速度过快,造成无法控制的核能浪涌。

1985年5月19日,纽约市附近爱迪生联合公司(Consolidated Edison Company）所属的印地安角（Indian Point）2号核电站发生放射性废水泄露事故。事故是由阀门故障引发的，排出数百加仑放射性废水，其中有一些泄露到了核电设施外的自然环境中。

1986年，俄克拉何马州韦伯斯瀑布（Webbers Falls）。一座铀浓缩工厂的一个内有放射性气体的容器发生爆炸。1人死亡，8人受伤。

在苏联

1957年9月。车里雅宾斯克（Chelyabinsk）附近的核电站发生事故。核废料发生自发性核反应，导致放射性物质大量释放。核辐射扩散至非常大的区域。受污染区域被铁丝网隔离，周围再挖出排水沟。群众被疏散，地表土壤被挖走，牲畜被扑杀并深埋。

1966年5月7日。梅列克斯镇核电站的一台沸水反应堆出现瞬发中子能量浪涌。一名放射剂量测试员和一名值班工长受到辐射。倾倒了两袋硼酸至反应堆内才控制住。

1964年至1979年的15年间。别洛雅尔斯克核电站1号反应堆的堆芯燃料组件由于过热而不断发生损毁。在堆芯维修期间，操作人员受到过量核辐射。

1974年1月7日。列宁格勒核电站1号反应堆用来存放放射性气体的钢筋混凝土储气罐发生爆炸。没有人员伤亡。

1974年2月6日。列宁格勒核电站1号反应堆由于冷却水沸腾导致中间回路破裂，随之发生气穴现象①。造成3人死亡。强放射性废水夹带着过滤器中的粉末形成的矿浆，排入了自然环境。

1975年10月。列宁格勒核电站1号反应堆发生局部堆芯毁坏情况（局部熔化）。反应堆暂时关停；在24小时内，向反应堆堆芯注入液态氮来进行应急冷却，接着经由排气烟囱直接排入了大气中。大约有150万居里的强放射性核素被排放到了自然环境中。

1977年。别洛雅尔斯克核电站2号反应堆堆芯有一半的燃料组件熔化，在持续一年的维修过程中，维修人员一直暴露在核辐射中。

1978年12月31日。别洛雅尔斯克核电站的2号反应堆机组在一场严重的火灾中遭到重创，火灾是由于汽轮机大厅的一块顶板掉落到了燃料箱上引起的。控制电缆全部被烧毁。反应堆失控。在向反应堆供应应急冷却水时，8人暴露在极高的辐射剂量下。

1982年9月。由于机组工作人员操作错误，切尔诺贝利核电站1号反应堆中心燃料组件毁坏。放射性物质扩散到了附近的工厂以及普里皮亚季镇（Pripyat），在消除这种"小插曲"式的事故时，维修人员受到了严重的核辐射。

1982年10月。亚美尼亚（Armyanskaya）核电站1号反应堆发电机发生爆炸。汽轮机大厅烧毁。操作人员安排向反应

---

① 气穴现象的解释参见后文。

堆注入冷却水。从库尔斯克（Kolsk）核电站紧急抽调人员组成的应急小分队帮助操作人员保住了堆芯。

1985年6月27日。巴拉科沃（Balakovo）核电站1号反应堆发生事故。在反应堆的启动过程中，一个安全阀破裂，大约300℃的蒸汽进入一个有人在工作的房间，造成14人死亡。事故的原因是没有经验的操作人员在匆忙和紧张中进行了误操作。

高层的沉默与无能

苏联核电站发生过的多起事故都未曾公开报道，只有1982年亚美尼亚核电站1号反应堆事故和同年的切尔诺贝利核电站事故是例外。在尤里·安德罗波夫（Yuri V. Andropov）被选举为苏共中央总书记后，《真理报》的头条新闻中暗示了这两起事故。

除此之外，苏联部长会议主席阿列克谢·柯西金（Alexei N. Kosygin）在1976年3月能源部召开的党员积极分子大会上，间接提及了列宁格勒核电站1号反应堆事故。他同时提到，瑞典和芬兰政府曾因自己国家上空放射性物质增加而要求苏联政府提供相关信息。柯西金还说，苏共中央委员会与部长会议正在提醒能源产业方面的所有人注意，确保苏联的核电站满足核安全标准与质量标准。

在 P. S. 奈波罗茨尼（P. S. Neporozhny）担任能源与电气化部部长时期，对公众隐瞒核电站事故已经成了标准的行为模式。但是这种秘而不宣的对象不仅包括公众、政府，还包括在苏联核电站工作的人。工作人员的不知情会造成一种特殊的危险，对事故的不知情总会带来不可预料的后果：它会让人们变得粗心和自满。

奈波罗茨尼的继任者，阿纳托利·伊万诺维奇·马约列茨（Anatoly Ivanovich Mayorets）在能源问题方面，总的来说是不能胜任的，而针对核能问题，也保持了一贯的沉默。1985年5月19日，在上任仅6个月后，他在能源部的文件上签署了如下命令："禁止公开出版、广播和电视报道与能源设施（包括电磁场、辐射、空气、水和土壤的污染）对操作人员、公众和环境造成的不利生态影响相关的信息。"在马约列茨就任能源部部长的头几个月里，他将这项有道德问题的政策作为行动基础。

正是在这种精心设计的"无事故"氛围下，彼得罗相茨撰写了大量作品，丝毫不担心真实情况暴露，到处鼓吹核电站是绝对安全的。马约列茨运作的是一个长期的框架体系。第一步就是通过这个恶名昭著的"命令"将自己保护起来，然后才开始着手管理核电产业。

但是，像苏联能源部这样一个几乎渗透到苏联经济方方面面的部门，其管理者必须有能力，既要聪明，又要谨慎。换句话说，要充分考虑到核能的潜在危险。正如苏格拉底曾经说过的:"人只有在其熟悉的领域才是明智的。"

核能产业是非常复杂和危险的,对这个领域完全不熟悉的人怎么能够管理好呢?俄国有句谚语说得好——"不需要神去烧陶罐"(意思是某些特定任务不需要天才去做)——当被质疑处理核事务能力的时候,各类官员都喜欢引用这句老话。然而,我们此刻面对的不是陶罐,而是核反应堆,它不用烧就可以变得非常热。

尽管如此,马约列茨照着鲍里斯·叶夫多基莫维奇·谢尔比纳(Boris Yevdokimovich Shcherbina)的样子,忙于着手处理完全超出他理解范围的事务,开始"烧核能罐子",后者是部长会议副主席,正是一手提拔马约列茨的人。马约列茨上任后的第一道命令就是废除了能源部负责设计与研究的中央理事会,从而扼杀了这个重要的工程与科学部门。然后,通过缩减国内已有发电站的保有发电量和备用发电量,他提高了现有装机容量的利用率。这些政策的结果是,苏联的发电站开始更好地满足电网的需求,但重大事故的风险也增加了。

1986年3月(切尔诺贝利事故前一个月),随着自己在能源部的势力范围进一步扩大,谢尔比纳觉得目前取得的成就值得大肆宣扬。当时部长会议副主席在政府部门中负责管理燃料与能源事务,因此他对于马约列茨工作的赞扬也就是情理之中了。

谢尔比纳是一位经验丰富的管理者,十分苛刻,他不假思索地把用于燃气产业的管理方法完全照搬到对能源事务的管理中。他曾掌管燃气产业多年,不过对能源行业来说,特别是对于核事务来说，他过于古板，不是非常适合这个职位。但是这个身材矮小，甚至很不起眼的男人却有着非常可怕的控制力。此外，他有一种非常强的能力，能够将他自己的反应堆启动截止日期强加给核电站的建设者，毫不思索便指责那些启动时间晚的建设者未能履行"应尽的义务"。更糟糕的是，谢尔比纳坚持自己规定的截止日期，从不从技术角度考虑影响时间的其他因素，比如核电站建设，设备安装以及运行和调试程序等。

1986年2月20日，我在克里姆林宫参加一个由核电站运营负责人和负责核电站建设的官员召开的会议时，注意到一个奇怪的现象：在提交报告时，运营负责人和建设负责人每人发言2分钟，而经常打断他们的谢尔比纳要讲至少35分钟到40分钟。

最有意思的一段发言是扎波罗热（Zaporozhiye）核电站的高级建设官员R. G. 肯诺克（R. G. Khenokh）的，他鼓起勇气，用非常低沉的语调说（在这样的会议上，用低沉的语调说话被认为是非常不得体的），扎波罗热核电站3号反应堆即便在最好的情况下，也无法在1986年8月前启动（实际启动时间是1986年12月30日），因为设备送迟了，复杂的计算还没完成，在计算基础上的安装也才刚刚开始。

谢尔比纳非常愤怒。"嗯，好极了！这里有个人自己规定了截止日期！"他提高了声音喊了起来，"肯诺克同志，谁给你的权力用自己规定的截止日期来代替政府规定的日期？"

"截止日期是由所使用的技术规定的，"建设负责人固执地回答。

谢尔比纳打断了他,"算了吧!不要逃避问题!政府规定的日期是 1986 年 5 月。就在 5 月启动!"

"但是 5 月底前特制的钢筋才能全送到。"肯诺克又说。

"那就让他们早点儿送。"谢尔比纳催促他说,接着把头转向坐在他旁边的马约列茨说,"看到了吧,阿纳托利·伊万诺维奇,你的建设负责人们把所有的责任都归咎于缺乏设备,不能按期完成。"

"我们会处理的,鲍里斯·叶夫多基莫维奇。"马约列茨承诺道。

"我无法理解,核电站在没有设备的情况下如何建设和启动,"肯诺克嘟囔着说,"毕竟,我不负责供应设备,它是由代理负责的。"他最终坐下了,但心中全是不满。

会后,在克里姆林宫的休息室里,他告诉我说:"你看到了整个国家悲剧的缩影。我们自己说谎,我们教我们的下属也说谎。即便是有值得说谎的原因,那它们也还是谎言。这不会有什么好结果的。"

他说这些话的时候,离切尔诺贝利事故只有两个月的时间。

1982 年 4 月,我写了一篇关于核电站建设行业中的"计划蠕变"的文章。当一个设施的启动日期被推迟的时候,就会不断采用新的截止日期,而从来没有人过问在组织过程中是什么原因导致了最初未能按期启动,这就是计划蠕变。类似这样的蠕变产生的延误常常会长达好几年,同时导致建设成本预算急剧增加。虽然我将这篇文章投稿到了一家中央报纸，但它被拒稿了。以下简要摘录了这篇文章的部分内容：

> 导致核电站建设行业总有不切实际的计划的原因是什么？数十年来，总是未能按时完成建设的原因又是什么？我认为有三点：
>
> 1. 那些计划附加发电量时间表的人，和管理核电站建设行业的人是不称职的。
> 2. 由于缺乏评估能力而制订的不切实际的计划，导致了计划蠕变。
> 3. 负责机械制造的部门生产的设备无法在质量和数量上满足核电站的需求。

毫无疑问，与核电站的运行一样，核电站的建设也需要很强的能力。正如时任外交部部长的安德烈·葛罗米柯（Andrei A. Gromyko）在1982年11月2日召开的联合国大会上发言时所说，核电站的反应堆容器破裂造成的巨大灾难，其影响从某种程度上来说，与一枚百万吨级的核弹是等价的。他一定是对即将到来的切尔诺贝利核电站事故有某种预感了。

也正是由于同样的原因，那些负责核电站建设和运行的人，必须掌握关于这个领域全面的知识。这一点对于核电站的运行人员来说明显是正确的（虽然切尔诺贝利核事故就是由于太多违反规程的操作引起的），但乍一看，对核电站的建设者来说，在核事务上具备全面的能力似乎是多余的。也许有人认为，毕竟施工就是施工，该夯土夯土，该砌砖砌砖，再浇上混凝土，这有什么难的？然而，这只是表面上不难（正是表面现象欺骗了谢尔比纳和马约列茨，他们未能做到三思而后行）。

从第一斗混凝土倒入核电站的地基开始，建造核反应堆建筑的任务就相当复杂，这种复杂是由于未来它会具有放射性，更是由于要按时启动放射性设备，这也正是核电站本身的功能。换句话说，是否能做好核电站的建设既决定了核电站的质量，又决定了计划的可行性，当然，也决定着核电站的安全。虽然这些道理显而易见，却需要一再重复。核工业里的许多高级官员都没有能力胜任他们的职位。

比如说，就在切尔诺贝利事故发生前，能源部中央机构的人员都不具备管理核事务的能力，无论是部长还是副部长。与核电站建设相关的事务由60岁的副部长A. N.谢苗诺夫（A. N. Semyonov）管理，他就任这个职位才三年，而在此之前，他接受过的训练和丰富的经验一直都只是水电站建设方面的。由于1986年发生的事故，还没到1987年的1月份他就被解雇了，当时他还未能如期实施新的发电量计划。

现有核电站的操作管理也没好到哪儿去，就在切尔诺贝利事故发生前夕，核电站的管理权还掌握在核能工业联合会手中（简称为原子能联盟）。原子能联盟主席G. A.韦列坚尼科夫（G. A. Veretennikov）从未在核电站工作过。他对核能技术一无所知；他在国家计划委员会（Gosplan）工作了十五年之后，决定转向"实践工作"（1986年7月，切尔诺贝利事故之后，他被开除出党，同时被撤销职务）。

切尔诺贝利事故后，谢尔比纳作为能源部门的代表参加了1986年7月召开的能源部全体会议，他说："这些年来，你们一直都在朝发生事故的方向前进！"

如果真是这样的话，我们应该加上一句话，那就是谢尔比纳和马约列茨加速了向灾难前进的脚步。

东方和西方的核能

1979年10月，弗雷德·奥尔兹（Fred Olds）在《电力工程》（Power Engineering）杂志上发表了一篇名为《核能展望》（Outlook for Nuclear Power）的有趣的文章，内容如下：

> 许多经济合作与发展组织（简称为经合组织，缩写为OECD）国家的核电项目遇到一些问题，而与此同时经济互助委员会（简称为经互会，缩写为COMECON）国家会晤后着手发展联合核能计划，到1990年底将增加150 000兆瓦电力。这超过了经互会国家现有总发电能力的三分之一。在新增加的发电能力中，113 000兆瓦电力将由苏联自己提供……

这些国家的核项目是在 6 月底经互会 30 周年年会上提出来的。很明显，在活跃的核能发展计划背后是石油的刺激，这不足为奇。苏联除了向它在东欧的经济盟友出口石油外，还向西方出口约 100 万桶（约 130 000 吨）每天。① 然而去年（1978 年），苏联未能达到产能目标，今年显然会有短缺，明年（1980 年）也预计产量不足。显然，事实证明广袤的西伯利亚土地上很难开采出更多了。

苏联部长会议主席柯西金向经互会提出，核能是解决能源问题的办法。有报道称，苏联和联邦德国正在就联邦德国向苏联出售硬件和技术一事进行谈判，大概是想促进经互会项目。② 今年初，罗马尼亚与加拿大签署了一项 2 000 万美元的协议，建设四台加拿大 CANDU 型重水反应堆，每台反应堆装机容量 600 兆瓦……根据某份报告中的内容，古巴将建一座或多座由苏联设计的核电站。据说，设计当中缺少安全壳及备用冷却功能，而这两项内容在西方核电站设计中是必有项。③

苏联科学院并没有向苏联人民保证"苏联的核反应堆是安全的，三里岛事故被媒体夸大了"，这很出人意料。受雇于《华盛顿明星报》(*Washington Star*) 的一位伦敦通讯记者近日采访了一位杰出的俄国核能科学家，阿纳托

---

① 必须补充说明，截至 1986 年，苏联每年出口西方 3.36 亿吨当量传统燃料，包括石油和天然气。
② 谈判最终破裂了，因为联邦德国的提案包含了某些无法接受的条件。
③ 在这一点上，费雷德·奥尔兹的阐述是错的。由苏联设计的古巴核电站既包括安全壳建筑物，也包括辅助堆芯冷却系统。

利·P·亚历山德罗夫，他既是苏联科学院院长，也是 I. V. 库尔恰托夫原子能研究所主任。他指出发展核能的失败会给人类造成巨大灾难。

他对于美国把三里岛事故作为放缓核能发展的理由感到很遗憾。他说，石油和天然气是很有限的，只能用 30 至 50 年，我们必须在世界各地都建设核电站，否则，人类会在某一天为了争夺剩余的石油和天然气而爆发战争。他觉得因为苏联会为自己提供丰富的核能，所以战争会在资本主义国家之间爆发……

两个路线相反的集团

在工业化的世界里，我们看到经合组织和经互会两个集团，都有巨大的石油储量，但在对未来能源供给的探索上却存在相当有趣的差异。经互会将核能作为其项目的支柱，比较轻视太阳能和其他软性方法的可能性。德意志民主共和国（简称为民主德国）对这些能源的使用只占全部能源的不到 2%，环境有很高的优先权，但是生产力与不断提高的生活标准摆在了自然环境的前面。

经合组织国家有一个混合核能项目，由法国和日本领导。德国和美国持保留态度。加拿大提出种种原因，一直不向前，其他的成员国也都慢慢吞吞。对经合组织来说，美国已经在核能部署和研发经费支出上引领了很多年。接着在很短的时间内，核能从国家最优先发展的能源变成了能源选择中最后的手段。环境最优先,而零风险是能源项目的首要考虑因素。

因此,经互会与经合组织的领头国家在核能问题上走了两条完全相反的路线。

两个集团所处的位置当然并不是完全相反,特别是在对待提升核电站安全性的问题上。弗雷德·奥尔兹关于这个问题的看法并不完全准确。双方在这个问题上都投入了最大的关注。然而,毫无疑问,双方对于与核能发展有关问题的判断是不同的。

在美国,存在过度的批评以及对核电站危险的过度夸张。

在苏联,35年来完全没有任何批评的声音,而且明显不重视核电站对工作人员和环境的危害。

有一个很奇怪的现象,就是苏联人民那种明显的被驯服态度,他们无条件地相信知识分子和其他不称职的高层领导人。这也就是为什么切尔诺贝利事故像晴天霹雳一般,引起了这么多人激进的反思。

然而,并不是所有人都有如此反应。不幸的是,仍然有大批容易上当的民众愿意盲目听信人说的话。毕竟,轻信别人告诉你的事情,比经过自己冷静审视而得到答案要容易得多,从一开始,麻烦就少很多。

1986年11月4日,在布加勒斯特召开的经互会第41届年会上,我们再一次听到了与会者自信地主张关于加速核能发展的必要性,此时距离奥尔兹文章发表已经过了7年。苏联部长会议主席 N. I. 雷日科夫（N. I. Ryzhkov）出席了会议,专门做了如下发言:

> 从合作的基础上来说,切尔诺贝利发生的悲剧并没有抹杀核能发展的前景;事实上,它将我们的注意力集中到了对安全更高的需求上,增加了核能作为未来唯一能源供给可靠保障的重要性。在这个领域内,基于我们向国际原子能机构提出的建议书,社会主义国家在参与国际合作上甚至正变得越来越积极。此外,我们应该建设核电站来供暖,同时可以节约宝贵和稀缺的有机燃料——天然气和石油。

我们都知道,用来供暖的核电站将会紧邻大城市而建,需要特别注意此类核电站的安全性。

苏联和经互会国家对发展核能的大力主张也让切尔诺贝利灾难的教训显得更为重要。然而,我们只有认真分析位于白俄罗斯-乌克兰森林地带的这座核电站发生的灾难的原因、性质和后果,才能吸取其中的教训。我现在正试着这么做,记录下灾难发生前和灾难发生时每一天、每一小时的情况。

悲剧的基础

我们飞过乌克兰,放眼望去,尽是花儿盛开的花园。然而,就在同一片土地上,再过七八个小时之后,我们国家的产粮区将会进入新的纪元——这里将尽是灾难,充满核污染。

2

飞越乌克兰

灾难前夜，我作为能源部主要工业部门副主任，正在处理与核电站建设有关的事务。

1986年4月18日，我前往正在建设中的克里姆斯卡亚（Krymskaya）核电站，去看看那里的建设和设备安装情况。

1986年4月25日下午4点50分，爆炸前八个半小时，我从辛菲罗波尔（Simferopol）乘坐伊尔-86型飞机飞往莫斯科。后来我回忆起当时，并没有什么不祥的预感或任何特别的事情发生。在飞机起飞和降落的过程中，弥漫着浓重的喷气式发动机燃料的味道，这并没有让我感到不舒服；但在整个航行的过程中，空气非常干净。唯一让我稍稍感到不快的是机组人员带着点心和饮料上上下下时用的那架调校得很不好的升降梯不断发出叮当声。这些机组人员看起来很慌张，做的许多事情都是多余的。

我们飞过乌克兰，放眼望去，尽是花儿盛开的花园。然而，就在同一片土地上，再过七八个小时之后，我们国家的产粮区将会进入新的纪元——这里将尽是灾难，充满核污染。

然而现在，我正透过窗户凝视地面。飞机越过了笼罩在蓝色薄雾下的哈尔科夫（Kharkov）。我记得当时我稍稍有些遗憾，因为看不到基辅，它在左手边很远的地方。不过不管看不看得到，切尔诺贝利就在那里，距离乌克兰首都将近130千米远，我在20世纪70年代曾在那里工作过，担任切尔诺贝利核电站1号反应堆的副总工程师。当时我住在普里皮亚季镇上的列宁大街，那里正是爆炸后核辐射最严重的一片区域。

切尔诺贝利核电站坐落于所谓白俄罗斯-乌克兰森林地带（也称波列西耶地区，Polyesye）的那一大片区域东边的部分，就在普里皮亚季河边，河水一直流向第聂伯河（Dnieper）。那片土地非常平坦，向着河水和支流的方向地势逐渐下降一些。

普里皮亚季河在流入第聂伯河前的总长度约724千米；河面宽度超过了270米，流速约1米每秒，平均流量大约是400立方米每秒。切尔诺贝利核电站所在的流域面积约为106 000平方千米。也正是通过这片区域，核电站的放射性物质进入了地下土层，并被雨水和融化的雪水冲到了河流中。

普里皮亚季河给我留下的回忆简直太美好了！流水泛出微微的褐色，是因为它流过了波列西耶的泥炭沼泽，饱含着丰富的脂肪酸。水流快速而猛烈，让下水游泳变得有些难度。你身上和胳膊上的皮肤会变得异常紧绷，如果用双手摩擦的话，皮肤还会发出吱吱的声音。我过去常常在河里游泳，也经常在河上泛舟，就是学校的那种小船。一天的工作结束之后，我就会去船屋，拖出一只单座小艇，花上一两个小时在平稳的水面上轻轻滑过，这条古老的河流与俄国的历史一样悠久。河的两岸是寂静的沙滩，覆盖着幼小的松树；在远处，一座铁路桥矗立在那里，每天晚上8点整，当从赫梅利尼茨基（Khmelnitsky）

到莫斯科的火车满载乘客驶过铁路桥的时候,都会响起雷鸣般的回声。

当时,有一种史前般安宁而洁净的感觉。如果你停止划桨,用双手捧起那淡褐色的河水,你的双手会立刻浸染上水中那过量的沼泽脂肪酸。也正是这些脂肪酸,在爆炸后放射性物质释放的过程中,成了高效的凝结剂,运送了放射性粒子和裂变碎片。

再让我们回到切尔诺贝利核电站,它所处的位置有重要意义。

居民生活和工业生产依赖的水储存在普里皮亚季河下约10至15米的含水层中,和第四纪沉积层之间由几乎不透水的黏土层隔开。因此,一旦放射性物质到达那个深度,势必会通过地下水被水平运输到别处。

在白俄罗斯-乌克兰森林地带,人口密度普遍很低。在切尔诺贝利核电站开始建设之前,人口密度仅有约70人每平方千米。灾难发生的时候,有大约11万人生活在核电站周边半径约30千米的范围内——这其中几乎一半人居住在普里皮亚季镇,就在距离核电站约3千米的安全地带以西;13 000人住在该区域中心的切尔诺贝利市,位于核电站东南边约18千米。

我对核电站工人们居住的地方也曾有美好的回忆。我几乎是看着这片地方从无到有的。当我回到莫斯科工作前夕,已经有3个生活区有人居住了。那里舒适、方便,而且十分整洁。常常听到拜访者发出这样的感叹:"普里皮亚季真是一个迷人的小镇啊!"很多退休人员认为普里皮亚季非常有吸引力,是位于美丽的自然环境中的一座精心设计的小镇,他们为了拿到这里的居住证而大费周章;其中一些人为了获得居住权而把事情闹到政府机关甚至是法庭上。

就在不久前,1986年3月25日,我前往普里皮亚季去看看5号反应堆的建设进展情况。我再一次陶醉在同样清新的空气中,被同样的宁静和舒适所感染,那里已不再是简易的聚居区了,而是一座有5万居民的小镇了。

现在,飞机已经飞过了基辅和切尔诺贝利核电站,向着西北方向飞去。我的回忆慢慢消散,我开始注视着飞机宽敞的机舱,机舱里有两条过道和三排座椅,只坐了一半的乘客。我忽然有种置身于巨大谷仓的感觉,要是我大喊的话,我的声音会发出回响。我坐的地方紧挨着升降梯,它还在上上下下,发出叮叮当当的响声。看起来我根本不像是在一架飞机里,而是驾驶着一辆老式四轮马车,沿着蓝色的、铺满鹅卵石的道路前进,车厢里发出牛奶搅拌器那嘎嘎的声音。

我那天晚上9点抵达莫斯科伏努科沃机场,那是爆炸前5个小时。

忽视安全规则的测试程序

同一天在切尔诺贝利,操作人员正准备关停4号反应堆以进行定期维护。根据总工程师 N. M. 福明（N. M. Fomin）制定的程序，当需要停堆进行维护时，是绕过反应堆安全系统来实施测试的，核电站中的所有设备将被完全切断供电，而使用汽轮机转子叶片的动能供电。

实际上，他也向很多其他的核电站建议过这样的测试，但考虑到其中的危险性，全部遭到了拒绝。但是，切尔诺贝利核电站的负责人却同意进行。

实验的目的是什么？

如果一座核电站里所有设备的电源都被切断了（在正常的运行过程中有可能发生这样的事情），那么所有的机械装置都会停转，这其中就包括向反应堆堆芯供应冷却水的水泵。没有冷却水会导致堆芯熔化，这是核电站中发生的最严重的事故。

在这种情况下，供电是无论如何都不能被切断的，实验尝试使用汽轮机的惯性力量提供一种解决方法。只要汽轮机的叶片继续旋转，就能产生电力。在紧急情况下，就可以使用也必须使用这些电力。

类似的实验之前在其他核电站进行过，但都是在反应堆安全系统开启的状态下进行的。一切都进行得很顺利，事实上，我也参与过几次。

这类实验的操作计划表一般会提前做好，并会同反应堆总设计师、核电站的总项目经理以及苏联国家核能工业安全操作委员会（后来称为核能安全委员会）一起调试。这类实验的计划中，在实验期间必须为那些优先级最高的系统与设备提供备用电源,因为这些系统与设备是不允许停电时间超过零点几秒至几秒的。在实验期间,只是假设出于核电站本身的需要而切断电源,但从未真正切断过。

在这种情况下,核电站的用电是由已启动运行的变压器或备用变压器提供,也由两个备用的柴油发电机独立供电。

测试期间的核安全依赖于应急反应堆安全系统和应急堆芯冷却系统的正常运行,当超过某一特定阈值的时候,安全系统会被触发,控制棒就会插入反应堆堆芯。

只要遵守既定的规则,并采取辅助安全措施,在运行中的核电站是可以进行这样的测试的。

不过,我必须强调,只有在反应堆的紧急功率降低系统(或称为功率刹车系统,在俄语中用字母 AZ 表示)启动后,对汽轮机叶片惰性旋转力的测试才能开始,该系统需要按下专门的开关才能启用。而在此时,反应堆必须处于稳定、可控的状态,其储备反应性在操作规程当中也有明确规定。

这个由切尔诺贝利核电站的总工程师 N. M. 福明批准进行的项目未能满足上述任何操作规程的要求。

在我继续叙述之前,我先就一些概念对普通读者做出解释,便于大家理解。

切尔诺贝利核电站采用的是压力管式石墨慢化沸水反应堆(RBMK)。简单地说,RBMK 反应堆的堆芯是一个直径约 14 米,高约 7 米的圆筒,圆筒中间紧紧排列着数个石墨柱,每一个石墨柱的中心都有一个管状孔道。核燃料束就装在这些孔道中间，这样就形成了"燃料组件"。在堆芯圆筒的上端有很多管状孔道的开口，均匀分布，可用来插入控制棒，以吸收中子。当所有的控制棒插入堆芯后，反应堆就停堆了。随着控制棒逐渐抽出，核裂变的链式反应就开始了，反应堆的功率逐渐增大。控制棒抽出的越多，反应堆的功率就越大。

当一台反应堆刚刚加满新的核燃料时，其储备反应性（换言之，增加中子通量的能力）超过了控制棒抑制链式反应的能力，在这种情况下，要抽出一部分燃料束，将称为辅助吸收器的固定式控制棒插入原来燃料束的位置，以此协助可移动式控制棒。随着铀燃料逐渐消耗，再抽出这些辅助吸收器，重新放回核燃料。

然而，有一个必须遵守的规则：在燃料消耗的过程中，堆芯中应至少有28至30根控制棒保持插入状态（在切尔诺贝利灾难后增加至72根）。这是因为核反应速率随时有可能超过控制棒吸收中子，并进而减慢堆芯链式反应速率的能力。这28至30根控制棒位于堆芯内的高微分价值区域，也就是能对堆芯的反应速率发挥最大影响的区域，这构成了操作反应裕度。也就是说，在对反应堆进行操作的每一个阶段，核反应能力绝对不能超过控制棒抑制链式反应的能力。

切尔诺贝利核电站4号反应堆机组是1983年12月投入运行的。1986年4月25日，在停堆进行定期维护时，堆芯内有1 659盒燃料组件，含有约197吨（200公吨）的二氧化铀，在一个燃料孔道中有一个辅助吸收器，还有一个无载燃料孔道。绝大多数（实际有 75%）的燃料组件都是首次装料时装入的原始燃料束，燃料水平接近最大值，这表示堆芯内长寿命放射性核素处于非常高的水平。

计划于 1986 年 4 月 25 日进行的测试之前也做过。操作人员已经发现，早在发电机转子耗尽惯性旋转的动能之前，发电机的母线（连接导线）的电压就已经下降了。计划的测试中要使用一个专门的电机磁场调节装置来解决这一问题。

有人自然会质疑为什么之前的实验没有出现紧急情况。答案很简单：反应堆处于一种稳定可控的状态，所有的安全系统都处于正常工作的状态。

但是这一次的测试程序准备得很不充分，与安全相关的措施也只是为了走形式而草草制定。只是规定在测试期间，所有的切换操作都必须经过值班工长的许可才能进行；而在紧急情况下，工作人员要依照装置本身的使用规定操作执行。此次实验电气相关方面的负责人是根纳季·彼得罗维奇·梅特兰柯（Gennady Petrovich Metlenko，他是一位电气工程师，但不是反应堆设备专家），在实验前，他会向负责的技术安全人员提出相关建议。

测试程序不仅没有附加安全措施条款，还规定应急堆芯冷却系统（ECCS）应该关闭。因此在整个测试期间的约 4 个小时内，反应堆的安全性大大降低了。

不仅测试程序忽略了安全性，操作人员也并没有做好准备，对潜在的危险性毫无警觉。

更有甚者，我们在下文也将看到，核电站的操作人员甚至没有完全遵守测试程序，使得情形进一步恶化。操作人员没有充分了解到 RBMK 反应堆有一系列正反应系数，在特定情况下会同时生效，造成所谓的"正停堆"（positive shutdown），或是发生爆炸。而事实上，正是这种能量浪涌起到了决定性的作用。

决策者

但现在让我们从另一个角度看看测试程序，试着去推测一下为何它没有经过更高层的组织协调，比如切尔诺贝利核电站的高层管理者，他们肩负的核安全责任不仅仅包括核电站本身，还包括整个国家。

1986 年 1 月，核电站负责人 V. P. 布留哈诺夫（V. P. Bryukhanov）把测试程序报送了水电工程研究所（Gidroproyekt）的总项目负责人和核能安全委员会，但没有收到答复。

切尔诺贝利核电站的高层管理者和原子能联盟的运行部都没有察觉这样的局势发展令人不安。水电工程研究所与核能安全委员会似乎也不在意。

现在我们已经可以得出一些意义深远的结论了：这些国家机构的不负责任和玩忽职守已经到达了顶峰，在他们看来，可以对这些事情袖手旁观，不闻不问。我们知道，水电工程研究所负责核电站的总体设计，原子能联盟是其主要委托方，水电工程研究所、原子能联盟和国家核能安全委员会都有权力对其进行审核。事实上，这也是这些机构的直接责任。只不过，是这些机构中具体的人员在负责这些事务。这些具体的人员是谁？他们有能力履行赋予他们的职责吗？

在水电工程研究所，分管核电站安全事务的是 V. S. 孔维茨（V. S. Konviz），他是一位经验丰富的水电站设计师，他的论文研究方向是水利工程设施。在 1972 年至 1982 年这么多年来，他一直担任核电站机组设计部主任，1983 年，他被委任管理核电站的安全事务。20 世纪 70 年代，当孔维茨开始设计核电站的时候，他对什么是核反应堆只有一个极其模糊的概念；他是从高中课本上学习的核物理学知识，在核电站设计中也只是作为水力工程专家而被聘用的。至少，他的情况是非常清楚的。这样的人不可能预料到在测试程序中发生灾难的可能性，更不可能预料到在反应堆内部发生灾难的可能性。

读者可能想知道，为什么他会选择一个自己并不熟悉的领域工作。答案是，这会给他带来名誉、金钱、便利。对于马约列茨、谢尔比纳和其他很多人来说，都是如此。

原子能联盟是能源部下属的一个部门，其职责实际上是对机组工作人员的所有行为负责，原子能联盟的主席是 G. A. 韦列坚尼科夫，不过他从来没在核电站中从事过任何运营工作。从 1970 年至 1982 年，他一直在国家计划委员会工作，最初是主要专家，后来就成了能源与电气化部下属某个单位的负责人，处理与核电站设备供应计划相关的问题。出于种种原因，设备供应的状况很差。年复一年，无法按计划时间供应的硬件设备比例达到了 50%。韦列坚尼科夫也经常生病，据说他的头部有很严重的病症，常常发生脑血管痉挛。尽管如此，他还是野心勃勃。1982 年，他调动了所有的人际关系，接任了副部长和原子能联盟主席空缺的职位。这大大超出了他的能力范围，即使是从他身体状况的角度来看也是如此。他后来又发生了一次脑血管痉挛，还昏厥了一段时间，再之后就长期住在克里姆林医院里了。在核能中央理事会（Glavatomenergo）工作多年的 Yu. A. 伊兹迈洛夫（Yu. A. Izmailov）曾开玩笑说："在韦列坚尼科夫的管理下，中央理事会里几乎没有人懂核反应堆和核能物理学。与此同时，档案部、供应部和计划部等部门则空前膨胀。"

1984 年，韦列坚尼科夫被免去了副部长的职务，只担任原子能联盟主席。这给他带来了比切尔诺贝利爆炸更大的打击。他的昏厥情况更频繁地发生，他再次住进了医院。

就在切尔诺贝利事故前不久，原子能联盟生产部门主任 Y. S. 伊万诺夫（Y. S. Ivanov）在试图解释为何核电站出现越来越多的故障时说："没有一座核电站能够完全遵守操作规程。他们也根本不可能做到。所以必须根据实践经验时时采取修正措施。"

在付出了切尔诺贝利核灾难的代价后，韦列坚尼科夫才被开除出党，并撤销原子能联盟主席的职务。看起来，官僚主义者被免职的唯一途径是发生爆炸把他们从位子上炸下去，这太可悲了。

核能安全委员会的工作人员大多训练有素、经验丰富，该委员会的主席是 Ye. V. 库洛夫（Ye. V. Kulov），他是一名非常有经验的核物理学家，曾在中等机械建设部[①]就核反应堆事务工作多年。然而令人感到好奇的是，连库洛夫也未曾对切尔诺贝利核电站递交的粗糙测试程序给予回应。人们不禁要问，为什么会这样？毕竟，1984年5月4日由部长会议通过的409号令明确规定，核能安全委员会必须行使如下职能："代表国家监管各部委、部门、企业、组织、机构以及官员在核电站的设计、安装及运行过程中遵守已制定的条例、规范以及核能安全说明和技术安全说明的情况。"除此之外，随后的章节还提到核能安全委员会具有如下权力："在违反安全条例与规范的情况下，在有证据证明设备有缺陷或相关人员不具备资质的情况下，以及在对设备的操作会损坏设备的其他情况下，可以采取适当措施，包括关停核电设施。"

在库洛夫刚被任命为核能安全委员会主席后不久，在1984年举行的一次会议上，库洛夫向一位核电站工作人员解释他们如何行使职责时说："不要以为我会为你做你该做的工作。打个比方来说，我是一名警察，我的工作就是禁止或抵偿你操作中出现的错误。"不幸的是，即使是作为一名警察，库洛夫也没有做好与切尔诺贝利相关的工作。

[①] 这个秘密部门负责核反应堆设计和核燃料循环，细分为钚生产、核废料再处理与核武器制造。

他为什么没有阻止4号反应堆要进行的操作？毕竟，测试程序是经不起推敲的。

又是什么原因让水电工程研究所和原子能联盟都没有发挥作用？

就好像是他们合谋不对实验进行干预一样。为什么呢？真相就是有一个保持缄默的秘密约定。以前发生的事故从来没有被报道过；既然没有人知道这些事故，也就没有人能从事故中吸取教训。35年来，人们从不互相通报核电站发生的事故，也没有人把事故中总结的经验教训应用到工作中。就好像从来没有发生过事故一样：一切都是安全可靠的。没人把阿布塔利布（Abutalib）的那句至理名言放在心上："如果一个人用手枪向过去开火，那么未来就会用大炮向他开火。"[①] 对于那些参与核电工业的人，我要把这句话改成："未来核反应堆发生的爆炸会把他们炸醒。"

在这里我再补充另外一个细节，这是其他关于切尔诺贝利事故的技术报告里从未提到过的：快速应急堆芯冷却系统的一个子系统，其中的发电机惯性旋转模式之前就计划过，不仅在测试程序中有具体体现，而且还从技术角度做了充分的准备。在实验前的两个星期，4号反应堆的控制台上加装了一个最大设计基准事故按钮（即MPA）；按下这个按钮后，它的信号只送到次级电路，绕过了监测设备、测量仪器和水泵。换句话说，从这个按钮发出的信号是假的，因为它绕过了核反应堆所

---

① 意思大致相当于"忘记过去就等于背叛未来"。——编者注

有重要的参数和自动跳闸装置。这是极其严重的错误！

由于加固密封隔间里的约800毫米的吸入集管或压力集管的失效被视为引发最大设计基准事故的原因，因此以下参数的变化激活了紧急功率降低系统和应急堆芯冷却系统：主循环泵吸入管线压力减小；从低位水交流管线到鼓式分离器的气压梯度减小；加固密封隔间内的压强升高。

通常来说，只要参数达到特定值，紧急功率降低系统开关就会自动打开。全部211个控制棒就会下降，插入堆芯；应急堆芯冷却系统水箱开始供给冷却水；应急给水泵的开关自动打开；备用柴油发电机启动；抽水泵也开始从抑压水池向反应堆紧急送水。因此，在设备正常运转的情况下，有多种应急故障保护系统可以起作用。

这里有一个关键点，这些保护系统本应该都关联到MPA按钮。然而最不幸的是，由于担心冷水可能会进入反应堆并造成热冲击，它们都被关掉了。这种根本无关紧要的想法显然既迷惑了核电站的高级官员，如布留哈诺夫、福明和佳特洛夫（Dyatlov），也迷惑了莫斯科上级组织的高级官员。核能技术神圣不可侵犯的操作规程就这样被违反了。毕竟，如果在设计中允许出现最大设计基准事故，那它就可能随时出现。保护系统既是核安全规则中规定的，也是设计时就包含了的，是谁批准将它们统统去掉？没有人批准。他们自己就轻易决定了。

人们还不禁要问，为什么核能安全委员会、水电工程研究所和原子能联盟这么不负责任，没有分别提醒切尔诺贝利核电站的负责人布留哈诺夫和总工程师福明。毕竟，测试项目不可能在没有协调好的基础上开展。布留哈诺夫和福明到底是怎样的人？又是怎样的科学家？

我是在1971年的冬天认识维克托·彼得罗维奇·布留哈诺夫的。那时候，我患有辐射病，正在莫斯科的医院接受治疗。我是从医院直接到普里皮亚季的，去看核电站的建设情况。我虽然觉得身体还是不舒服，不过还能走路，我想回去上班可以加快恢复。

我签署了一份自愿出院的确认书后，坐着火车，在上午到达基辅。又从那儿坐了两个小时的出租车到了普里皮亚季。在路上，我数次感到头晕、恶心、想吐，但我急于回到工作中，开始完成那些在我生病前不久刚分配给我的工作。

15年后，也就是4号反应堆发生爆炸之后，在核电站吸收了致命辐射剂量的消防队员和受伤的机组工作人员都被送到了第六医院，正是我当时接受治疗的地方。然而，此时切尔诺贝利核电站的主体建筑还在挖地基，根本没有什么核电站的模样——只有几棵小松树挺立在清新美好的空气中。要是他们不在那里建核电站该多好！

我们快到普里皮亚季的时候，我已经看到了小山丘上那沙质的土壤，上面覆盖着矮树，在墨绿色的苔藓背景上，偶尔露出一些洁净的黄色沙土。没有下雪。在一些地方，太阳的温暖让草地更绿了。那里的一切都让人觉得安宁，充满原始的纯净。

"这里的土质很差，但历史悠久，"出租车司机说，"在这儿，在切尔诺贝利，斯维亚托斯拉夫公爵（Prince Svyatoslav）

给自己找了一位新娘——很明显，那是一位非常活泼的女孩。这座小镇已经有一千多年的历史了。它现在还在这儿，还没消失。"

普里皮亚季的冬天阳光充足而温暖。我在随后的几年里常常想起那里的阳光。虽然还是冬天，但空气中弥漫着春天的气息。出租车在一栋长长的木屋旁停了下来，那里是未来核电站的管理部门，高级建设官员在那里暂时居住。

我走进木屋。地板随着脚步下沉，发出嘎吱嘎吱的声音。这间是主任办公室，房间很小，大概只有 6 平方米。总工程师米哈伊尔·彼得罗维奇·阿列克谢耶夫（Mikhail Petrovich Alek-seyev）也有一间类似的办公室，他后来被任命为核能安全委员会副主席。在切尔诺贝利事故后，他被严厉地斥责了，他的人事记录上也有了污点。但那些都是很久之后的事了。

我进去以后，布留哈诺夫站了起来，他个子不高，一头卷发，晒黑的脸上布满皱纹。他同我握了握手，露出尴尬的微笑。他所有的表现都暗示了他是一个温和、圆滑的人。这个第一印象随后得到了印证，但他性格的其他方面也展示出来，具体来说，他是一个对他人缺乏认识、内心固执的人。这一特点让他过于依赖那些虽然精于世故却不怎么正直诚实的部下。那时候，布留哈诺夫还很年轻，只有 36 岁。他是汽轮机专家，受过良好的培训，也颇具经验。他在能源学院的时候勤奋好学，在斯拉扬斯喀亚（Slavyanskaya）燃煤发电站的工作中进展顺利，尤其在起步阶段表现得非常好。有的时候，他会一连工作好几天，在问题出现的时候能迅速找到明智的解决办法。

总的来说，在与他并肩工作数年后，我发现他是一位很好的工程师，勤奋而且思维活跃。但不幸的是，他并不是核能专家。总而言之，正如切尔诺贝利事件表明的，只有这一点才是最重要的——在核电站工作的人员必须得是核能专家。

乌克兰能源部副部长当年也曾掌管斯拉扬斯喀亚发电站，是他注意到了布留哈诺夫，并任命他在切尔诺贝利核电站担任现在的职位。

布留哈诺夫的兴趣范围很窄，读的书不是很多，知识面比较窄，我后来觉得，从某种程度上讲，这也就解释了为什么他选出来留在自己周围的人也都不是最拔尖的。

然而当时，在1971年，当我介绍自己的时候，他明显很高兴，他说："啊，梅德韦杰夫！我们非常盼望你来。你可以马上投入到工作中。"他离开办公室，叫来了总工程师。

米哈伊尔·彼得罗维奇·阿列克谢耶夫这时进了屋，他从别洛雅尔斯克核电站到切尔诺贝利工作已经好几个月了，之前是别洛雅尔斯克核电站3号反应堆的副总工程师。那台反应堆只是纸上的一个计划。阿列克谢耶夫没有在核电站工作的经验，在到别洛雅尔斯克核电站之前，他在热电站工作了20年。很快，他的意图就显现出来，他打定主意要升职去莫斯科，在我到切尔诺贝利核电站工作三个月后，他成功了。我前面已经提到了他因1986年事故而受到的处分。他在莫斯科的上级，核能安全委员会主席 Ye. V. 库洛夫受到的处分更严厉：他被开除公职，并被开除出党。布留哈诺夫在被审判前也受了同样的处分。

然而，这一切都发生在15年后了，那个时候已经发生了一些重要的变化，特别是在核能工业领域的人事政策方面。我认为，正是这项布留哈诺夫追随的政策导致了1986年4月26日的惨剧。

在切尔诺贝利核电站开始工作后不久，我就开始为核电站的不同工作岗位和部门招聘人手，此前我已经在其他核电站工作数年，做过值班工长。我给布留哈诺夫提交了一份候选人名单，上面的人都有丰富的核电站工作经验。按照惯例，他没有直接拒绝这份名单，但他也没有从名单当中招聘人员。相反，他以一种随随便便的态度，从热电站工作过的人员中提名候选人，有时候甚至自行任命。他可以为自己的行为辩解说，最适合在核电站工作的候选人就是曾在发电站工作过的经验丰富的人员，他们对大功率发电机系统、配电系统、输电线路等方面都具备全面的知识。

为反应堆和专门的化学部门招聘到所需要的专家真的非常困难，这要经过布留哈诺夫点头同意，还要事先征得核能中央理事会的支持。布留哈诺夫为汽轮机部门和电气部门招聘工作人员。尼古拉·马克西莫维奇·福明和塔拉斯·格里戈里耶维奇·普洛奇（Taras Grigoryevich Plokhy）是1972年末到切尔诺贝利核电站工作的。布留哈诺夫任命福明为电气部门的负责人，任命普洛奇为汽轮机部门的副主任。这两个人都是布留哈诺夫直接举荐的。福明之前受的教育和之后参加工作都是电气工程师这一行，他到切尔诺贝利之前在扎波罗热州地区发电站工作过，那是一座热电站，再之前是在波尔塔瓦（Poltava）电网工作。我之所以提到这两个人,是因为他们与 15 年后的两起重大事故有很大的关系,这两起事故分别发生在巴拉科沃和切尔诺贝利。

作为负责核电站运行的副总工程师,我曾和福明谈过话,并告诫过他,核电站具有放射性,而且极其复杂。他是不是经过了深思熟虑之后才离开扎波罗热热电站的电气部门?

福明笑得很灿烂,露出了一整排闪闪发亮的牙齿。他明显知道这一点,也不管合适不合适,就那么一直笑个不停。他带着这种世故的笑容回答说,核电站是久负盛名的最现代化的工作地点,不管在任何情况下,运行核电站不需要天才——这真的没什么。

他的声音是悦耳而有力的男中音,他一激动,音调就变得很高。他长了一张国字脸,棱角分明,那深邃而发亮的黑眼睛好像可以看穿你似的。在工作中,他一丝不苟,勤勉、要求高、有冲劲、有志向,也很记仇。他的步伐与行动都很迅速,好像在身体里有个弹簧,随时可以弹出去。我之所以描写他这么多的细节,是因为他注定要在历史中起重要作用。作为一名核能方面的反派人物,从 1986 年 4 月 26 日起,他的名字就与历史上最可怕的核电站事故联系在了一起。

与之相对,塔拉斯·格里戈里耶维奇·普洛奇应该是冷漠、迟钝但很稳健的人,说话慢条斯理还很冗长,不过却小心谨慎、固执、勤奋。当人们第一次见他的时候,会觉得他态度暧昧,像是一块棉花糖。但他对待工作有条不紊,也十分精细。

此外，他与布留哈诺夫关系密切，他们在斯拉扬斯喀亚时曾一起工作，也一起隐藏了很多事情。那种友谊的光芒会让人误以为他比实际上更重要，也更充满活力。

我离开普里皮亚季去莫斯科工作之后，布留哈诺夫开始把普洛奇和福明安排到切尔诺贝利核电站的高级职位工作。先是普洛奇，升成负责运行的副总工程师，最终成了总工程师。他在那个职位上并没有呆多久，在布留哈诺夫的推荐下，他先是被任命为当时还在建设中的巴拉科沃核电站的总工程师，即使他对于那座核电站使用的压水堆的设计很不熟悉。1985年6月，巴拉科沃核电站在运行启动程序的时候发生了一起事故，事故的原因一方面是由于在他指挥下的机组工作人员粗心大意、工作潦草；另一方面是由于严重违反了安全条例。事故的结果就是14个人被活生生烫死。人们把遇难者的尸体从反应堆井周围的环形隔间里拖到应急气闸，放在这位不称职的总工程师的脚边，他站在那里，脸色死一般苍白。

与此同时，在切尔诺贝利核电站，布留哈诺夫继续给福明升职，他很快就升到了负责装配部和运行部的副总工程师，紧接着取代普洛奇成了总工程师。值得引起注意的是，能源部并不赞同对福明的任命，另外一位职位候选人是 V. K. 布龙尼科夫（V. K. Bronnikov），他曾在核电站工作过。然而，基辅方面拒绝选用他，声称他只是一般的技术人员，而福明正是他们需要的人——他是一位强硬的、高标准的领导者。莫斯科方面最终让步了，福明的任职得到了苏共中央委员会核能部门的批复，问题解决了。那一次让步的代价众所周知。在这个时候，明显有充分的理由停下来一阵子，认真回顾和思考巴拉科沃事故的启示，并唤起人们更多的警惕。

1985年末，福明在一场车祸中脊椎受伤，导致他瘫痪了一段时间，也让他对未来十分沮丧。不过他强健的体魄让他的病痛有所好转——他康复了，在1986年3月25日回到了工作岗位，然而，一个月后切尔诺贝利就发生了爆炸。当时我正好在普里皮亚季，检查尚在建设中的5号反应堆。建设进程由于缺少设计资料和专门的硬件设备而被耽误了。我是在为专门讨论5号反应堆而召开的会议上见到福明的。他比以前瘦了一圈，整个人明显慢了下来，身上带着之前遭受的病痛的痕迹。车祸造成的影响仍显而易见。

"也许你应该再多休息几个月，再多恢复恢复，"我建议他说，"那可是非常严重的损伤。"

"不用了，没关系的。"他直截了当地回答我，带着一丝勉强的笑。他的眼睛里有同样的紧张、恶毒和兴奋，就像我15年前看到的那样。"必须得继续工作了。"

我仍然觉得福明并不好，他的状况非常危险，不但从他个人的角度来说如此，对他所管理的四台反应堆也是如此。这让我很担心，所以我决定向布留哈诺夫表达我的顾虑。但是，布留哈诺夫也试着安慰我说："我觉得没那么严重。他恢复得很好。回到工作岗位会让他更快康复。"[1]

---

[1] V. S. 斯马金（V. S. Smagin）这样评价福明："他是个好员工，心直口快、有冲劲、虚荣、记仇、有报复心理，虽然他也偶尔会公平一下。他的声音是让人觉得舒服的男中音，但他一兴奋，声音就提高一个八度。"

虽然我认为这种信心让人烦恼，但我没有表达我的反对意见。毕竟这与我没什么关系。也许他真的觉得好了。不管怎样，因为我当时参与的是核电站的建设，与任何运行问题无关，因此也不可能做些什么事来让福明离开他的职位或是找人临时代替他。毕竟，他是经过经验丰富的医生同意后回到工作岗位上的，那些医学专家知道他们在做什么。尽管如此，我的疑虑一直存在，我认为福明的健康状况必须得引起布留哈诺夫的注意，但布留哈诺夫再次让我放心。然后我们又聊了一会儿。布留哈诺夫抱怨说核电站里出现了很多泄漏情况，特别是在排水沟和通风口；另外钢筋也不中用。放射性水每小时的总泄漏量几乎稳定在 50 立方米左右，抽汽机组几乎不可能跟得上需要再加工的量。还有大量的放射性废物。他告诉我他已经非常疲惫了，想要去其他地方换个工作。

他那时刚从莫斯科回来，作为代表参加了共产党第二十二次代表大会。

1986 年 4 月 25 日的事件

4 月 25 日，我在克里姆斯卡亚核电站，后来又登上了前往莫斯科的伊尔-86 型飞机，这段时间里切尔诺贝利核电站的 4 号反应堆到底发生了什么？

1986年4月25日下午1点,操作人员开始降低4号反应堆的功率,此时,反应堆保持在额定参数下运行,功率大约是3 000兆瓦(热)。

在佳特洛夫的指挥下,功率继续下降。佳特洛夫当时是负责3号和4号反应堆运行的副总工程师,这两台反应堆都是切尔诺贝利核电站的二期建设工程。佳特洛夫已经准备好了由福明批准的在4号反应堆进行的测试项目。

下午1点05分,当反应堆的热输出功率低至1 600兆瓦(热)的时候,7号汽轮发电机从电网断开。7号汽轮机组自身所需供电(4台主循环泵、2台电动给水泵以及其他的一些设备)被切换到8号汽轮发电机的母线上,8号汽轮机此时仍在正常运转,用来进行福明设计的测试。

下午2点整,按照实验计划,应急堆芯冷却系统与多重强制循环回路断开——这是福明犯的最严重也最致命的错误之一。这是实验刻意设计的,是为了防止冷水从应急堆芯冷却系统的水箱进入高温反应堆,造成热冲击。当瞬发中子能量浪涌随后出现时,主循环泵的断开导致了反应堆内没有冷却水供给,应急堆芯冷却系统的约350立方米应急供水本可以通过抑制反应性空泡系数来挽救这次事故。反应性空泡系数是最有破坏力的影响因素,它表示的是蒸汽对核反应的影响程度。与其他类型的石墨慢化反应堆一样,RBMK反应堆中蒸汽的形成会加快链式反应速率。

谁知道这会引起什么结果?但有人就是想借此机会出人头地、指挥大局,想要在有声望的部门里独树一帜,证明核反应堆可以像变压器那样无冷却运行。这样的人简直什么都能做。

很难想象，在至关重要的那几个小时里，福明的脑中有什么秘密计划；但是只有那些对核反应堆里的中子物理学过程一无所知的人，才有可能关掉应急堆芯冷却系统的开关，而正是这个系统可以在决定性的几秒内通过迅速降低堆芯蒸汽容量来阻止爆炸的发生。至少，他一定是对自己的能力信心过剩。

然而，实验还是进行了，我再强调一遍，它就那样进行了！很明显，负责运行的副总工程师佳特洛夫和管理4号反应堆的全体工作人员都被同样的与物理学规律相违背的自信蒙蔽了判断力。否则，他们中的任何一个人，只要有一个人就行，在切断应急堆芯冷却系统电源的时候本可以恢复理智，高声喊着："住手！你们以为你们在做什么？看看周围。我们离基辅、切尔尼戈夫（Chernigov）和切尔诺贝利这些历史悠久的城市这么近，我们离乌克兰和白俄罗斯那肥沃的土壤这么近，果园里的花儿还在盛开。就在此刻，母亲们正在普里皮亚季的妇产医院里生产！孩子们必须降临到一个干净的世界！你们醒醒吧！"

没有人站出来，也没有人恢复理智。应急堆芯冷却系统就那么静静地被关掉了，向反应堆供水的管线上的闸阀被提前切断了电源，还上了锁，也就是说，如果需要启用的时候，即使是手动操作也无法打开。否则，他们本可以在突发情况下轻松打开阀门，这样350立方米的冷水就可以瞬间进入过热的反应堆。然而，真实的情况是，在最大设计基准事故情况下，冷却水无论如何都应进入反应堆。这是一个两害相权取其轻的问题。向高温反应堆内注入冷却水要比让过热的反应堆无水运转好一些。正如一句俄罗斯的谚语所说:"一个人的头被砍掉的时候,怜惜他的头发是没有意义的。"当需要时,冷却水就应该从应急堆芯冷却系统马上进入反应堆,热冲击绝对没有爆炸严重。

从心理学上说,分析处境并不容易。操作人员如同教徒一般墨守成规,他们已经失去了自我思考的能力,粗心、马虎的态度在慢慢滋生,在核电站的管理人员当中已经屡见不鲜了;事实上,这已经成了一种常态。另一个因素是缺乏对核反应堆的敬畏之心,在操作人员的心里,核反应堆比一个普通的俄式茶炊复杂不了多少。他们已经忘记了危险行业工作人员的黄金法则:"切记!错误的举动会引起爆炸!"他们的管理者是电气工程师出身,在他的思想里还会有电气技术上的偏见;更有甚者,正是这位总工程师,还承受着严重的脊柱病痛和大脑损伤对心理的影响。毫无疑问,切尔诺贝利核电站提供医疗服务的精神科的工作也是失败的,设立这个部门的初衷就是为了监测核电站管理人员和操作人员的精神健康情况,以及在必要的情况下让他们停止工作。

因此,应急堆芯冷却系统是刻意断开的,是为了防止按下"最大设计基准事故"按钮时在反应堆内部发生热冲击。显然,佳特洛夫和操作人员对反应堆很有信心。是过度的自信吗?当然是。很明显操作人员没有完全理解反应堆的物理学原理,也没有预料到会陷入完全无法控制的处境。我认为,切尔诺贝利核电站十年来相对成功的运行经验也让操作人员的大脑放松了警惕。即便1982年9月那次不祥的警告（那一次切尔诺贝利核电站1号反应堆堆芯发生了部分熔化的情况），也没能给他们一点点教训。实际上，根本不可能给他们任何教训。这么多年来，尽管核电站的操作人员之间会偶尔互相听到点儿什么，但核电站发生的事故都是保密的。然而，他们都没有重视这些情况，也都确信，上级对这些事故保持沉默是为他们好。此外，事故虽然令人不愉快，但其已经被视为核能技术发展之路上不可避免的状况。

在数十年的过程中，操作人员的信心越来越夸张，这使得核能物理学规律和安全规则被完全忽视了。

然而，实验开始的时间被推迟了。根据基辅供电调度员在1986年4月25日下午2点发出的要求，机组从电网断开的时间被延迟了。4号反应堆在应急堆芯冷却系统关闭的情况下继续保持运行，这明显违反了安全规则。进行这样操作的官方原因是"最大设计基准事故"按钮的存在，正是由于按下这个按钮就可以将冷却水泵入高温反应堆，所以测试程序中才绕过了保护系统。当然，在这样的环境下让保护系统失效就是一种不负责任的犯罪行为。

晚上11点10分，当时4号反应堆的值班工长是尤里·特列古布（Yuri Tregub），下降的功率也已经恢复了。

午夜时分，亚历山大·阿基莫夫（Aleksandr Akimov）接替了尤里·特列古布，高级反应堆控制工程师也轮换为列昂尼德·托普图诺夫（Leonid Toptunov）。

此时出现一个问题：如果这个实验是在特列古布当值期间进行的，那么爆炸还会发生吗？我相信不会的。反应堆处于稳定可控的状态，可操作反应性储备超过 28 根控制棒，功率水平也在 1 700 兆瓦（热）。然而，如果关闭局部自动控制系统时，特列古布当值期间的高级反应堆控制工程师也犯了像托普图诺夫一样的错误，接着又企图爬出"碘坑"①以维持功率的话，那么在交班期间，实验可能很容易就变成爆炸了。很难讲当时会发生什么事情，不过真希望特列古布当值期间的高级反应堆控制工程师能比列昂尼德·托普图诺夫更专业，能更坚决地抵制来自上级持续的压力。人为因素在这里显然起了非常重要的作用。

但在命运的安排下，一切仍继续进行。前面提到，在基辅供电调度员的要求下，实验时间从 4 月 25 日下午 2 点推迟到了 4 月 26 日凌晨 1 点 23 分，表面上是延缓了，实际上却是直接导致了爆炸的发生。

按照实验计划，发电机转子叶片的惯性旋转为了满足其自身的需求，反应堆的功率水平应在 700 至 1 000 兆瓦（热）之间。这样的惰转本应该发生在反应堆即将关停的时候，因为在

---

① 反应堆内存在的碘-135 会衰变为氙-135，在停堆或长期低功率运行时，氙-135 不能通过吸收中子而反应消失，只能通过 β 衰变，由于氙-135 的半衰期大于碘-135 的半衰期，从而造成氙-135 的大量堆积，氙-135 具有吸收中子的能力，会造成反应堆剩余反应性降低。一段时间之后，由于堆内无新的碘-135 产生，所以其浓度下降，而氙-135 浓度达到一个极值之后也会随之减少，当碘-135 减少进而导致氙-135 减少后，反应堆的剩余反应性会逐渐变大，这一现象称为"碘坑"。——译者注

最大设计基准事故的情况下，反应堆的紧急功率降低系统在满足5种紧急状态参数下就会被触发，然后关停反应堆。但是另一种灾难性的危险情况发生了：在反应堆还在正常运转的情况下，发电机就减速旋转了。为什么会选择这样一种危险的实验操作仍然是个谜。人们只能设想，福明想要一次完全纯粹的实验。

控制棒可以同时全部移出，也可以成组移出。根据核反应堆在低功率时的操作规程规定，局部系统中的某个系统会断开连接，此时高级反应堆控制工程师列昂尼德·托普图诺夫无法消除控制系统测量功能中出现的不平衡。这样一来，反应堆功率就降至30兆瓦（热）以下，反应堆开始因放射性衰变产物而中毒[①]。这也就是事故的开始。

说到这儿，对于负责管理3号和4号反应堆机组运行的副总工程师阿纳托利·斯捷潘诺维奇·佳特洛夫，我有几句话想说。他又高又瘦，脸小小的，棱角分明，花白的头发齐整整地向后梳起，他的眼窝深陷，眼神里满是迟钝和逃避。佳特洛夫是1973年年中来到切尔诺贝利的。布留哈诺夫在让他与我单独进行谈话前，先把他的简历给了我。从简历里可以看出，他一直在苏联远东地区的一个企业负责物理学实验室，在那儿他似乎一直在做与小型船用反应堆相关的工作。在我与他谈话的

[①] 部分反应堆放射性衰变产物本身具有强烈吸收中子的能力，这些衰变产物被称为毒物，最典型的毒物就是氙-135。这些毒物会降低反应堆的剩余反应性，称为中毒。——译者注

时候，他也确认了这一点。

他告诉我说："我研究的是小型反应堆堆芯的物理学特性。"

他从来没有在核电站工作过，对于核电站的热能布局不熟悉，对于使用铀作燃料、使用石墨作慢化剂的核反应堆也不熟悉。

"那你怎么开展工作？"我问他，"这对你来说是一个新的领域。"

"我会学习的。"他用紧张的声音回答道，"闸阀、管线。这些比核反应堆物理学要更容易。"

佳特洛夫有个奇怪的习惯。他似乎是在把话挤出来，中间还带着非常久的停顿，他说话时头颈前倾，暗灰色的眼睛看起来很神秘，声音不连贯而紧张。想听清他说话不太容易，他看起来是一个难相处的人。

我向布留哈诺夫汇报说，佳特洛夫不适合担任反应堆部门负责人的职位。如果他担任操作人员的管理者会遇到很多困难，这不仅因为他的个性和他不善与人交际，还因为他之前的工作经历，他只是一名没有核能技术知识的纯物理学家。

布留哈诺夫静静地听完我的汇报后，说他会考虑一下。一天以后，佳特洛夫被任命为反应堆机组的副总工程师。后来有一次，布留哈诺夫听取了我的建议，给佳特洛夫安排了一个稍微低一些的职位。不过他还是在反应堆部门里。在这个问题上，布留哈诺夫犯了一个错误——一个后来被证明是致命的错误。

我对佳特洛夫的预言果然是正确的，他头脑迟钝，喜欢争吵，很难与人相处。我在切尔诺贝利核电站工作期间，佳特洛夫一直没有升职。此外，我还打算在合适的时候安排他去物理学实验室，那儿对他来说更适合。

我离开切尔诺贝利核电站以后，布留哈诺夫开始提拔佳特洛夫，先是升到反应堆部门的总工程师，接着又提升为核电站二期建设工程的运行副总工程师。

下面列出一些对佳特洛夫的评论，都是与他并肩工作了多年的下属对他的看法：

拉齐姆·厄尔加莫维奇·达夫列特巴耶夫（Razim Ilgamovich Davletbayev），4号反应堆汽轮机部门副主任：

佳特洛夫是一个复杂且难以相处的人。他与核电站里的大多数高级管理人员很不一样，他几乎不与人来往。他在工作方面也没有特别努力。实际上，是部门主管和其他副总工程师在管理反应堆机组的技术方面。如果有任何涉及多个下属部门参与的问题需要解决时，都通过部门间的横向联系来解决。佳特洛夫不介意这些，可我们介意。但也没有别的办法，因为他总是逃避困难的问题，甚至在4号反应堆启动阶段和磨合阶段，他都没有起到任何作用，没有做出真正的指导。他虽然伪装成一个严厉、要求高的领导，但实际上对于发生了什么事情并不真正关心。操作人员都不尊敬他。他拒绝了需要他做努力的所有建议和异议。他也不参与对操作人员的培训。相反，他坚持认为应该由各个部门自行对部员进行培训。他只是简单记录下人员的数量。他是在 4 号反应堆机组启动一年半以后加入到检查工作中来的，而作为委员会主席，他本应该在反应堆机组启动以前就加入进来。操作人员要是犯了错误或是不服从他，就会受到非常严厉的惩罚，他在中央控制室里和技术会议上经常大喊大叫，搞得每个人都非常紧张。他不得不花很长时间来考虑问题的实质是什么，尽管他是一位非常有能力的工程师。他看起来好像已经对核反应堆技术非常熟悉了，但他对其他技术部门的技术知识的掌握非常有限。在他负责期间，操作人员对工作从来没有一丝满意的感觉。一旦离开工作岗位，他就是一个善于交际的人，谈吐让人愉快，还带着很有他个人特色的幽默感。他是一个固执、无趣的人，也从不遵守诺言。

维克托·格里戈里耶维奇·斯马金（Viktor Grigoryevich Smagin），4 号反应堆机组值班工长：

佳特洛夫是一个很难相处的慢性子。他经常告诉下属："我从不立刻做出处罚。我至少要用二十四小时考虑下属的行为，当我的脑海里再没有任何其他想法的时候，我再做出决定。"

佳特洛夫招来的绝大多数高级物理学家都来自苏联远东地区，他自己以前就是那儿的物理学实验室负责人。死去的奥尔洛夫（Orlov）和西特尼科夫（Sitnikov）也是来自那儿的。其他很多人都是他以前的同事。

佳特洛夫做人不公平,甚至卑劣。在反应堆机组投入运行前,在组装和最初的启动阶段,我有一个去进修的机会。"对你来说没什么可学的。"佳特洛夫告诉我说,"你已经掌握了所有的知识。但你有两个同事真应该好好学习学习,他们知道得太少了。"总之,在整个组装和最初的启动阶段,我们做了绝大多数困难的工作。但当谈到工作以及薪水的时候,最高的薪水却是发给那些去进修的人。当我提醒佳特洛夫他所做的承诺时,他说:"他们去进修了,而你却没有。"

在爆炸之前,佳特洛夫不断强调切尔诺贝利核电站的一般规则,那就是轮班的机组工作人员无比艰辛,而各个部门上白班的非机组工作人员则养尊处优。一般来说,在汽轮机大厅的故障要多一些,而反应堆部门的要少一些。这导致工作人员对反应堆的警惕性要少一些,也形成了那里更可靠、更安全的想法。

因此,问题就在于在事故即将发生的时候,佳特洛夫能否迅速对局势做出唯一正确的判断。我认为他不能。除此之外,他还缺少作为核电站操作人员的管理者必须具备的两个特质:谨慎和对危险的感知能力。另一方面,他自信心过剩,既无视操作人员,也无视安全规则。

正是佳特洛夫的这些缺点导致了他的错误行为,当时,局部自动控制系统(LAR)已经关闭,高级反应堆控制工程师列昂尼德·托普图诺夫无法将反应堆功率维持在1 500兆瓦（热），反应堆的功率下降到了30兆瓦（热）。

托普图诺夫已经犯了一个严重的错误。在这么低的功率水平下，反应堆的内部已经开始因氙、碘等衰变产物而严重中毒。已经非常困难甚至不太可能恢复到正常的参数值。这一切都意味着汽轮机惯性旋转的实验不得不终止。所有的操作人员都清楚地认识到了这一点，包括高级反应堆控制工程师托普图诺夫、值班工长阿基莫夫，甚至是运行副总工程师佳特洛夫自己。

安装有4号反应堆主控制台的控制室里的情形真是充满了戏剧性。佳特洛夫不知道哪里来的力气，绕着控制台跑来跑去，满嘴的污言秽语。他平时那沙哑、安静的声音现在变成了愤怒而严厉的音调，"你们这群该死的白痴！你们什么都不懂，你们搞砸了一切！你们真蠢！你们毁了实验！我简直不相信你们是这么一群蠢猪！"

他的愤怒可以理解。反应堆正在受到衰变产物的毒害。此时有两个选择：立刻升高功率，或是等24小时以便衰变产物消散。他本应该选择第二个。但佳特洛夫，你忽视了一个事实，堆芯中毒的速度比你想象的要快。现在停止，人类也许还能免于切尔诺贝利灾难。

但是他不愿意停下来。他还边咒骂边在控制室里横冲直撞，浪费了宝贵的时间。他下令立即升高反应堆功率。

佳特洛夫还在继续咆哮并胡言乱语。

托普图诺夫和阿基莫夫思考了他们下一步的行动。在下降到这么低的功率水平之前，反应堆一直运转在1 500兆瓦，或是50%的额定功率水平。在这种形势下可操作反应性储备是28根控制棒（28根控制棒在堆芯内合适的位置）。这样还有恢复到正常参数值的可能性。在同样的可操作反应性储备情况下，如果反应堆功率下降了80%，安全规则禁止升高反应堆的功率，因为在这种情况下，反应堆堆芯会加速中毒。但50%和80%这两个数据太接近了。时间不多了，反应堆的中毒症状正在扩散。佳特洛夫还在咒骂。托普图诺夫什么都没做。他意识到，他很难把功率升高到之前50%的水平了，如果他这么做了，堆芯内部控制棒的数量就会急剧减少，反应堆就不得不立即关停。因此，托普图诺夫做了唯一正确的决定。

"我不会升高反应堆功率的！"他坚定地说。阿基莫夫也支持他。两个人都向佳特洛夫解释了他们的担忧。

"你这个说谎的白痴！"佳特洛夫向托普图诺夫喊道，"如果功率是从80%降下来的，安全规则允许你在24小时后升高功率，但你是从50%降下来的！安全规则没有说你不能这么操作。如果你不升高功率的话，特列古布会操作的。"

这是心理战（尤里·特列古布是值班工长，他已经交班给阿基莫夫，不过他仍在现场，准备看一下实验过程）。诚然，谁也不知道他会不会同意升高功率水平。然而佳特洛夫猜对了：托普图诺夫在他的上司的恐吓下，违背了自己的职业本能。当然，他只是个没经验的年轻人，才26岁。这真是他生命中最不幸的时刻！他一定在心中默算："可操作反应性储备是28根控制棒。为了抵消中毒，要抽出5~7根控制棒。这可能会造成能量浪涌，但如果我没有按领导的指示操作的话，我就会被解雇的。"（这些话是托普图诺夫在普里皮亚季医疗中心说的，就在他被送去莫斯科之前。）

托普图诺夫开始升高功率，从而给自己和其他很多同志签署了死刑判决书。这一象征性的判决书上，佳特洛夫和福明的签字也清晰可见。其他可辨别的签名还包括布留哈诺夫和其他很多更高级别的同志。

然而，从某种程度上说，我们必须承认死刑判决书隐藏在每一台 RBMK 反应堆的设计里。不过需要各种情况交织在一起才可能会发生爆炸。而这些情况也确实聚集在了一起。

但我仍然期待，还有时间重新考虑一下。不过托普图诺夫继续升高反应堆的功率。直到 1986 年 4 月 26 日凌晨 1 点整，功率才稳定在了 200 兆瓦（热）。这期间，反应堆持续遭到衰变产物的破坏；低可操作反应性储备使得功率很难进一步升高，这个时候远远低于额定功率水平。

为了清楚地描述问题，我应该解释一下可操作反应性储备的概念，它指的是在高微分价值区域完全插入堆芯的控制棒数量。对石墨反应堆来说，可操作反应性储备应为 30 根。在紧急功率降低系统正常运转的情况下，负反应的插入速率是 1β 每秒，[①] 或是一般运行情况下足以抵消正反应系数的速率。根据苏联政府向国际原子能机构提供的报告，可操作反应性储备介于 6 至 8 根控制棒之间；根据垂死的托普图诺夫的说法有，18

---

① β 符号的解释见下文。

根。在爆炸前 7 分钟,他看到了 RBMK 反应堆集成控制系统斯卡拉（Skala machine）的显示。

在这两种情况下,紧急功率降低系统的有效性大大降低,反应堆也因此变得难以控制。

这是因为托普图诺夫在试图爬出"碘坑"的时候从储备里抽出了大量的控制棒,而它们本应该原封不动地留在那里。

即便如此,虽然反应堆已经很难控制了,他们还是决定继续进行实验。很明显,对反应堆的核安全和整座核电站负主要责任的两个人,高级反应堆控制工程师托普图诺夫和值班工长阿基莫夫,一定非常有信心。不可否认,他们确实疑虑过,在做出关键决定之前他们也确实站出来反对过佳特洛夫。尽管如此,在那样的情况下,最重要的事实是他们坚信自己会成功。他们期望反应堆能给他们解围。我们已经知道,墨守成规的惯性思维也起了作用。毕竟,在之前的 35 年中,核电站没有发生过重大事故。没有人听说发生过任何事故。那些事故都被很成功,也很彻底地掩盖了。员工对以往发生的事故缺乏任何负反馈。而且操作人员都很年轻,经验不足。

违反核安全规则

当值的托普图诺夫和阿基莫夫和 1986 年 4 月 25 日的前

班操作人员一样没能显示出应有的责任感，轻率地继续严重违反核安全规则。他们一定是真的失去了对周围危险的感觉，忘了核电站里最重要的部分就是核反应堆与堆芯。他们最大的愿望就是尽快完成实验。他们也根本无法专心致志地投入到工作中。要是他们真的专心工作的话，他们就会对每一步操作都考虑周到，显示出真正专业人士应有的警惕性。没有这样的专业精神，最好不要参与操作和控制像核反应堆这么危险的设备。

在准备阶段和实验实施阶段违背操作规程，在控制反应堆时粗心大意，这些都表明操作人员对核反应堆中发生的技术流程特性只有肤浅的了解。很明显，他们中不是所有人都知道控制棒的设计细节。

距离爆炸还有 24 分钟 58 秒。

以下是最严重的违规行为的清单，所违背的规定要么写进了测试程序里，要么是操作人员公认的实验准备和实施阶段规范：

· 在试图爬出"碘坑"的过程中，可操作反应性储备减少到允许水平以下，使得紧急功率降低系统失效。

· 局部自动控制系统被错误关闭，因此在实验中反应堆功率降低到规定水平以下；反应堆变得难以控制。

· 8 个主循环泵全部连接到反应堆上，部分循环泵的排放量处于非常高的紧急水平；结果就是冷却剂会接近饱和温度（此项操作是测试程序要求的）。

· 为了在断电的情况下重复进行实验，依赖两台汽轮发电机的关机信号而生效的反应堆保护系统失效了。

·可通过预先设置鼓式分离器内水位和蒸汽压力而触发的保护系统被锁,为了进行实验而不管反应堆内的不稳定状况;基于热参数的反应堆保护系统被切断了。

·为了避免实验期间应急堆芯冷却系统的假触发,关闭了最大设计基准事故保护系统,从而无法限制可能发生事故的范围。

·两台备用柴油发电机被锁,操作开关与启动/待机转换开关也被锁,这样就把机组从电网断开了;虽然想要确保实验的"纯粹性",但这实际上为极端核灾难提供了必要条件。

当你考虑到各种不利的RBMK反应堆内的中子物理学系数,包括2β的正反应性空泡系数和正反应性温度系数,以及反应堆保护和控制系统的控制棒设计缺陷时,所有这些因素就变得更加可怕了。

这台反应堆堆芯高度是7米,控制棒的吸收部分长度约是5米,吸收部分上下各有约1米的一段是中空的。控制棒的最下端填充的是石墨,当控制棒完全插入后,会低于堆芯。这样设计的结果就是,当控制棒插入堆芯的时候,石墨端会首先进入堆芯,接着是约1米的中空部分,再之后才是吸收部分。切尔诺贝利4号核反应堆总计有211根控制棒。苏联政府向国际原子能机构提供的报告中提到有205根控制棒在堆芯上方处于完全回缩的位置;而高级反应堆控制工程师托普图诺夫则坚持认为只有193根控制棒在堆芯上方。同时向堆芯插入这么多控制棒立即引发了正反应性浪涌，因为在控制棒的吸收中子部分插入堆芯之前，先插入的是石墨端和中空的部分，它们排出了保护和控制（缩写为 SUZ）孔道里的水，而本身却不能抑制链式反应。

这种情况下的反应性浪涌达到了 0.5β，这个数值对于稳定可控的反应堆来说不是很严重。然而，当结合各种不利因素后，这一数值就成了致命的砝码，它可能会导致无法控制的能量浪涌。

问题是，操作人员知道这些吗？还是他们处在愚昧无知的喜悦中？我相信他们在某种程度上是知道的。无论如何，他们都应该知道，特别是高级反应堆控制工程师托普图诺夫。但是，他还是太年轻了，还没有完全掌握好学过的理论知识。因为值班工长阿基莫夫从未担任过高级反应堆控制工程师，可以想象他也许不知道。但他已经学习过反应堆设计，为了得到工作还通过了考试。此外，所有的操作人员可能都没有注意到控制棒的这个设计细节，因为它怎么都与致命风险联系不上。然而，切尔诺贝利核灾难的死亡与恐怖正是一直隐藏在这个设计细节中。

我也相信，布留哈诺夫、福明和佳特洛夫确实曾粗略考虑过控制棒的设计问题，更不必说反应堆的设计者了，但他们从没想到过未来爆炸的原因就隐藏在控制棒末端的这一段，而控制棒正是核反应堆保护系统中决定性的部分。没有任何一个人会想到，引起致命事故的竟然是被设计用来保护的装置。

当然，核反应堆必须设计成无论何时发生了意外的能量浪涌都可以立刻停堆。这是设计任何一个可控核设备时最神圣不可侵犯的规则。新沃罗涅日的压水堆（缩写为 VVER）确实满足了这个要求。

无论布留哈诺夫、福明还是佳特洛夫，都没能抓住让事件可能出现转折的机会。在切尔诺贝利核电站投入运行的十多年来，他们都有时间从物理学院或技术学院毕业两次了，应该掌握所有核能物理学的细节了。但那是对致力于事业的勤劳的人，不是对满足于取得成就的人来说的。

控制核反应堆唯一的方法就是控制慢中子的比例，用希腊字母 β 表示。核安全规则规定，核反应堆功率上升速度为每秒 0.006 5 有效 β 时是安全的。一旦慢中子比例上升到 0.5β，瞬发中子能量浪涌就出现了。

机组工作人员违反的关于反应堆保护系统的安全规则，我在前文已经列出了，这可能释放出相当于至少 5β 的反应性，导致了致命的爆炸性能量浪涌。

布留哈诺夫、福明、佳特洛夫、阿基莫夫和托普图诺夫都理解整个过程了吗？前两个人也许不太理解。后三个人肯定在理论上理解，但在实际操作上，他们没起到任何作用，这通过他们不负责的行为就能看出来。

阿基莫夫是 1986 年 5 月 11 日去世的，去世前，只要他还有力气说话，他就会不断重复让他极度痛苦的思考："我做对了所有的事情，为什么还是发生了灾难。"

这一切也表明，核电站的应急准备训练与对操作人员理论和实践的培训太少了,绝大多数情况下还处于一种原始的管理模式,忽略了在运行期间堆芯每一时刻的潜在过程。

核反应堆的选择

这种随随便便、犯罪般粗心大意的态度是怎么来的?是谁把发生核灾难的可能性与白俄罗斯-乌克兰森林地带的命运交汇在了一起?为什么要把铀-石墨反应堆安置在距离乌克兰首都基辅128千米的地方?

让我们回到1972年10月,我当时是切尔诺贝利核电站的副总工程师。那个时候就已经有很多人在问类似的问题了。

1972年10月的一天,我和布留哈诺夫在去往基辅的路上,在那里,时任乌克兰能源部长的阿列克谢·纳乌莫维奇·马库欣(Aleksei Naumovich Makukhin)会见了我们,就是他任命布留哈诺夫为切尔诺贝利核电站主管的。马库欣的专业和工作背景是热力发电。

在去基辅的路上,布留哈诺夫说:"要是你不介意的话,你可以抽出一两小时给部长和他的副手们讲讲核电站以及核反应堆的设计。最好通俗点讲,因为他们和我一样,对核电站了解不多。"

"我很乐意。"我回答他。

马库欣很有领导气质，他那椭圆形的脸上面无表情，非常吓人。他说话短促有力，语气不容置疑。

我向我的听众解释了切尔诺贝利反应堆的规划、核电站的组成部分以及这一类核电站的特征。我记得马库欣当时提问说："你觉得选对反应堆的类型了吗？我的意思是说，基辅离得非常近。"

"在我看来，"我回答道，"新沃罗涅日的 VVER 型压水堆比铀-石墨反应堆更适合。双回路电站要更清洁，使用更少的输送管线，排放物的放射性也比较低。换句话说，它更安全。"

"你对尼古拉·多列扎利（Nikolai A. Dollezhal）院士的观点熟悉吗？他的确不太赞同在我们国家的欧洲部分安装 RBMK 反应堆。不过他说得很模糊。你读过他的结论吗？"

"是的，我读过。该怎么说呢？多列扎利是对的，的确不应该设在那里。西伯利亚大量使用那种类型的反应堆，其强放射性也众所周知。这是一个严重的问题。"

"那为什么多列扎利没有进一步强调自己的观点呢？"马库欣询问道。

"我不知道，阿列克谢·纳乌莫维奇，"我耸耸肩说，"很明显有某种比多列扎利院士更强大的力量。"

"那切尔诺贝利反应堆设计的最大排放量怎么样？"马库欣问，他显然很担心。

"最高 4 000 居里每 24 小时。"

"新沃罗涅日的呢？"

"最高 1 000 居里每 24 小时。这有本质上的区别"

"那院士们呢？这台反应堆的运行是部长会议批准的。阿纳托利·彼得罗维奇·亚历山德罗夫评价它是最安全、最经济的核反应堆。梅德韦杰夫同志，你有点夸张了。不管怎样，我们管好电站就行了，它不可能那么复杂。这就取决于机组工作人员怎么管理了，我希望乌克兰的第一台核反应堆要比新沃罗涅日的更清洁、更安全。"

1982年，马库欣被调到能源部本部，做主管发电站和电网运行的第一副部长。

1986年8月14日，在切尔诺贝利事件后，苏共中央监察委员会严厉斥责了能源与电气化部第一副部长马库欣，因为他未能采取必要的措施来提高切尔诺贝利核电站的可靠性。但他没有被免职。

真相是，即便是1972年，切尔诺贝利反应堆仍有可能转换为VVER型压水堆，如此一来1986年4月的事件就不太可能发生了。乌克兰能源部长的话本来会起到非常重要的作用。

另一个典型事件也值得一说。1979年12月，我在莫斯科核电建设与装配企业联合会工作（Soyuzatomenergostroy），到切尔诺贝利核电站进行检查，查看3号反应堆机组的建设进展。

时任乌克兰共产党基辅地方委员会第一书记的弗拉基米尔·米哈伊洛维奇·齐布利科（Vladimir Mikhailovich Tsybulko）参加了核电站建设专家召开的会议。他沉默了很长时间，仔细倾听专家们的讨论，然后自己上台发言。他的脸红得发亮，仿佛烧焦一般的脸上还有伤疤的痕迹，那是战争期间在坦克部队遭受烧伤的结果。他目光望向前方，没有特别盯着谁看，他的语气听起来像是不习惯听到别人发出反对的声音。尽管如此，他的论调完全不是那种充满慈爱和善意的声音。我在听他发言的时候，一直在思考，核能工业的官员怎么就能对于自己不完全了解的高度复杂的问题滔滔不绝，他们怎么能那么快就提出建议，然后"管理"对他们来说完全是谜团的建设过程。

"同志们，看看你们所在的这个美丽的地方普里皮亚季吧。"基辅地方党委第一书记断断续续地说。在那个时候，会议正在讨论3号反应堆机组的建设进展以及核电站整体建设前景。"你们一直在说有四台反应堆机组。要我说，这根本不够！我将要建八台、十二台，甚至二十台反应堆机组！小镇的人口就会达到10万人。这里将不再是一个小镇，而是神话传说。就在这里，你们有一支精良的核电站建设者队伍。为什么还要在别的地方开始建设新的项目呢？为什么不在这里继续建设呢？"

在他停顿的时候，一位设计师打断了他，指出一个地方的核反应堆堆芯过于集中会造成令人担忧的严重后果，在战争期间对核电站的攻击以及在发生严重核事故的情况下，都会降低一个国家的核安全性。

这个理智的答案被忽略了，齐布利科同志的提议反而作为启发性建议受到大家热情的致敬。

在那之后不久，切尔诺贝利核电站三期工程开始建设，即5号和6号反应堆机组，四期工程也已经开始设计。然而，

1986年4月26日离得不远了，突然间，4号反应堆爆炸了，导致全国电网损失了装机容量400万千瓦的电力，也叫停了5号反应堆机组的建设，而5号反应堆机组本来在1986年就可以启动。

让我们想象一下，要是齐布利科的梦想变成现实的话会发生什么。在那种情况下，所有十二台反应堆机组都要从电网断开很长一段时间；有十万居民的小镇会变得荒芜；国家的损失将会达到至少200亿卢布，而不是80亿卢布。

还有，炸毁的4号反应堆机组是水电工程研究所设计的，其加固密封隔间和核反应堆下的抑压水池都有潜在的爆炸性。当时，我正是处理这个项目的专家委员会主席，我直接就拒绝了这样的设置，重点要求去除掉反应堆下有潜在爆炸性的结构。然而，专家们的建议并没有得到重视。结果在现实中，爆炸既发生在反应堆本身，也发生在它下方的加固密封隔间里。[1]

---

[1] 我在我的文章《专家的意见》(*The Expert Opinion*) 当中详细记录了当时专家对于项目提出的意见，发表在苏联-保加利亚期刊《德鲁日巴》(*Druzhba*) 1986年第6期上。

1986 年 4 月 26 日

1986 年 4 月 25 日至 26 日夜间,所有后来因切尔诺贝利核灾难而该被谴责的人都睡得很平静:莫斯科在沉睡,整个世界处于夜晚的那半球都在沉睡。与此同时,在切尔诺贝利 4 号反应堆机组的控制室里,具有真正历史性的事件正在发生。

3

我在完成克里姆斯卡亚核电站（位于克里米亚半岛）的工作后，于4月25日晚上返回莫斯科。我查阅了所有的笔记和会议记录，把注意力集中在1986年4月23日共产党克里米亚地方委员会办事处组织召开的一次会议的纪要上，我也是与会人员之一。

在委员会办事处召开会议前，我与其工业部门的负责人V. V. 库拉什克（V. V. Kurashik）和工业书记V. I. 皮加列夫（V. I. Pigarev）进行了交谈。我记得我当时非常惊讶，因为两位同志问了我几乎同样的问题：在克里米亚半岛建设核电站是不是太过匆忙了？这里可是这个国家最好的度假胜地。苏联没有其他更合适的地方了吗？

"有的，"我回答说，"有很多地方的土地很贫瘠，居民极少或根本没有居民，那里也可以建设核电站。"

"那为什么要在这里建设呢？是谁做的决定？"

"是国家计划委员会的能源部长。根据不同地区的能源需求，电力网络工程部门对电网布局进行规划。"

"好的，但是我们有从西伯利亚延伸到欧洲部分的数千英里电力线路。真是——"

"是的，就是这样。"

"所以他们有可能不选择建在克里米亚半岛？"

"是的，有可能。"

"绝对不能建，"皮加列夫带着悲伤的笑容说，"但我们还是要建。"委员会书记振作起了精神。

"是的，我们要建。"

"今天，在办事处有一次非常严肃的讨论。建设人员和管理人员双方都很放松，他们还没有跟上计划的节奏。这样就不能继续下去了。"皮加列夫看着我，带着疑问说，"你能告诉我建设现场的进度到底如何吗？这样我就可以在地区委员会办事处召开的会议上更有说服力了。"

我分析了形势，这位书记就做了一次非常有说服力的演讲。

1986年4月25日至26日夜间，所有后来因切尔诺贝利核灾难而该被谴责的人都睡得很平静：马约列茨部长和斯拉夫斯基（Slavsky）部长；苏联国家科学院院长A.P.亚历山德罗夫；核能安全委员会主席Ye.V.库洛夫；还有切尔诺贝利核电站主任布留哈诺夫；切尔诺贝利核电站总工程师福明。莫斯科在沉睡，整个世界处于夜晚的那半球都在沉睡。与此同时，在切尔诺贝利4号反应堆机组的控制室里，具有真正历史性的事件正在发生。

还能回忆得起来，阿基莫夫的轮班时间是在午夜，发生爆炸前的1小时25分钟。许多值班人员没能活到早晨。有两人当场死亡。

最后的 17 分 14 秒

1986 年 4 月 26 日凌晨 1 点整，在副总工程师佳特洛夫粗鲁的施压下，4 号反应堆机组的功率最终稳定在 200 兆瓦（热）。反应堆继续遭到衰变产物的毒害，想要继续升高功率是不大可能了；可操作反应性储备远远低于安全规则的规定，我在前文也指出，按照高级反应堆控制工程师托普图诺夫的说法，只有 18 根。这些数据是斯卡拉电脑在"紧急功率降低"按钮按下前 7 分钟显示的。

此时，反应堆当然已经失去控制，处于随时都会爆炸的危险之中。因此，在具有历史意义的时间点到来之前的任何时刻按下"紧急功率降低"按钮，都有可能导致致命的不可控制的能量浪涌。任何方法都影响不了核反应了。

离爆炸只剩下 17 分 40 秒了，这段时间很长，几乎就是永恒，历史性的永恒。思考在以光速进行。在这 17 分 40 秒里，一个人可以回顾自己的一生，还有整个人类的历史。不幸的是，切尔诺贝利的工作人员却只把时间用来发动爆炸。

凌晨 1 点 03 分和 1 点 07 分，各有一台主循环泵从两侧启动，以补充六台运转中的主循环泵。这样做的意图很明显，实验结束之后，循环回路上有四台主循环泵以确保堆芯充分冷却。

这里我应该解释一下，堆芯和强制循环回路的流体阻力变化情况与反应堆功率直接相关。当时反应堆功率只有200兆瓦（热），非常低，堆芯流体阻力也相应很低。但是，在八台主循环泵运转的情况下，通过反应堆的冷却水总流量几乎达到了每小时约60 000立方米，这已经严重超过了操作规程的规定，正常情况下，核电站的冷却水总流量为每小时约45 000立方米。水泵在这么高的强度下连续运转，很可能会损坏；回路管线由于空蚀现象而开始振动（空蚀现象发生时水会产生大量气泡并伴随强烈的流体冲击）。

穿过反应堆的水流量急速增加，导致水蒸气形成减少，汽水混合物从反应堆进入鼓式分离器后的蒸汽压力下降，其他参数也会发生不良变化。

托普图诺夫、阿基莫夫以及4号反应堆机组高级工程师鲍里斯·斯托利亚尔丘克（Boris Stolyarchuk）想要手动维持反应堆各项参数（鼓式分离器内的蒸汽压力和水位），但没有完全成功。那时，鼓式分离器内的蒸汽压已经下降了5至6个大气压，水位也已经低于紧急状态参数。然而阿基莫夫在佳特洛夫的允许下，下令切断了与这些参数有关的应急保护信号。

在这种情况下，灾难还可以避免吗？答案是肯定的。他们需要做的就是立即停止实验，打开应急堆芯冷却系统，启动备用柴油发电机，万一出现电力顿失的情况，还可以确保电力供给储备。手动操作，一步一个脚印，他们本可以逐步降低反应堆的功率，直到反应堆完全停堆，同时小心谨慎，不去按下"紧急功率降低"按钮，因为按下按钮即相当于爆炸。

但机会已经错过了。反应堆的反应性还在持续稳步下降。

凌晨1点22分30秒（爆炸前1分半），托普图诺夫通过反应性储备快速计算程序的输出看到，反应性储备已经达到了必须立即关停反应堆的水平。换句话说，输出显示，仅剩18根控制棒，而不是28根。他迟疑了一下，毕竟，电脑偶尔会出错。不过，他仍然将自己的发现汇报给了阿基莫夫和佳特洛夫。

直到此时停止实验还不晚，在堆芯还保持完整的情况下，可以通过手动方式小心地降低反应堆功率。但这一机会也错失了，实验开始进行。值得注意的是，所有的人都已经非常放松了，带着自信回到了岗位上继续工作，只有托普图诺夫和阿基莫夫发现了电脑数据令人感到不安。佳特洛夫也很放松，他在控制室里走来走去，敦促操作人员说："再过两三分钟，就全结束了！动起来，小伙子们！"

凌晨1点23分04秒，梅特兰柯发出命令："打开示波器！"高级汽轮机控制工程师伊戈尔·科申鲍姆（Igor Kershenbaum）关闭了8号汽轮机的节流阀，发电机转子开始惰转。与此同时，"最大设计基准事故"按钮被按下。这意味着7号汽轮机和8号汽轮机都被关闭了。而在此之前，关闭两台汽轮机就可触发应急堆芯保护系统运行的设计已经被切断，以便实验在不成功的情况下可以重复进行。这也是另一处违反测试程序的地方，大纲没有规定在关闭两台汽轮机触发堆芯保护系统的情况下切断系统。然而矛盾的是，要是操作人员完全操作正确，没有让这个安全措施失效，那么关闭第二台汽轮机就可能会触发紧急功率降低系统，爆炸就会早发生1分半。

在那个时候，凌晨1点23分04秒，主循环泵开始产生蒸汽，穿过堆芯的水流量开始减少。反应堆燃料孔道内的冷却剂开始沸腾。这个过程最初是缓慢的，在功率开始慢慢升高之前，实验已经进行一段时间了。谁知道呢？也许功率会继续平稳地升高？这无从得知。

托普图诺夫是第一个注意到功率升高的人，也是他敲响了警钟。"我们不得不触发紧急功率降低系统了，亚历山大·费奥多罗维奇，出现了能量浪涌！"他对阿基莫夫说。

阿基莫夫迅速看了一眼电脑的输出。进程缓慢，非常地缓慢。他犹豫了。诚然，有另外一个信号也表示反应性储备是18根而不是28根控制棒，但是，这位值班工长正经历着矛盾的情绪。他十分不愿意在反应堆功率降至30兆瓦后再升高反应堆功率。事实上，这一想法让他感到恶心和双腿无力。他已经无力再去反抗佳特洛夫了，他已经失去了灵魂。最终，他带着深深的疑虑妥协了。一旦妥协了，他反而更加自信了。他刚才确实将反应堆的功率从最小允许值以下升高至现有水平，这段时间他一直在等待出现一些新的理由来按下应急保护按钮。现在，时机仿佛已经到来。

可以假设，已经连接到"最大设计基准事故"按钮的紧急功率降低系统受到了抑制，因为当按下按钮的时候，控制棒由于某种原因未能成功下降。

这也许可以解释为什么在凌晨1点23分40秒的时候，阿基莫夫按下了"紧急功率降低"按钮，尝试复制紧急信号。然而，这仅仅是个假设，目前为止未能找到文件证实，也没有目击者的证词。

"我正在激活紧急功率降低系统！"阿基莫夫喊道，同时按下了那个红色的按钮。

凌晨1点23分40秒，他按下了5级"紧急功率降低"按钮，发出信号，使得之前全部处于完全回缩位置的控制棒插入堆芯内部，应急保护控制棒也是如此。然而，最先插入堆芯的是那些起决定作用的控制棒的底端，它们刚一插入堆芯，就如同前文描述的那样，增加了 0.5β 的反应性。而它们插入堆芯时刚好由于前期大量蒸汽的形成导致反应性激增。堆芯温度的上升更加剧了这个效应。以上三种对堆芯有害的因素同时发生了。

对于反应堆来说，这极不受欢迎的 0.5β 真是压死骆驼的最后一根稻草。在这个时候，阿基莫夫和托普图诺夫真应该在按下按钮前再多等一会儿。此刻，本应发挥巨大作用的应急堆芯冷却系统却在之前就被关闭了，还被锁了起来，它本应该处于打开状态，通过主循环泵向进水管线供给冷却水，以阻止空蚀现象和形成蒸汽，这样才能减少蒸汽生成，甚至也许会降低过剩的反应性。要是他们能启动备用柴油发电机和工作变压器，就可以向优先级最高的系统与设备的电动机提供电力。唉，这是不可能的。在紧急保护按钮按下前，没有人发出这样的命令。

按钮被按下了，在反应堆内部开始出现了瞬发中子能量浪涌。

控制棒开始下降，但几乎立刻就停了下来。在这之后，控制室内可以感觉到明显的震动。托普图诺夫站在那儿，感到惊惶失措。控制棒本应该插入约 7 米长，但是阿基莫夫看到，控制棒只下降了约 2 米至 2.5 米，他冲向控制台，切断了伺服驱动器套筒的电流，这样控制棒可以在重力的作用下插入堆芯。但事与愿违，控制棒没能落下，很可能是因为反应堆孔道已经变形，控制棒被卡住了。

接着，反应堆就完全毁坏了。大量核燃料、石墨以及反应堆的内部结构都向上炸开。4 号反应堆机组中央控制台的仪表盘上，指针就如同广岛那著名的时钟一样，永远定格在了中间位置，指向的插入深度是 6.5 英尺至 8 英尺（约 2 米至 2.5 米），而不是必需的 23 英尺（约 7 米）。

现在的时刻是凌晨 1 点 23 分 40 秒。

当 5 级"紧急功率降低"按钮被按下后，自动同步传感系统刻度盘上的灯光闪烁起来，表示发生了危险。在这样的时刻，即使是经验最丰富、最镇定的操作人员都会因恐惧而麻木起来。在堆芯深处，反应堆的毁坏已经开始，但爆炸还未到来。距离那最后的时刻只剩 20 秒了。

4 号反应堆机组的控制室内在场的人员如下：值班工长亚历山大·阿基莫夫，高级反应堆控制工程师列昂尼德·托普图诺夫，操作部门副总工程师阿纳托利·佳特洛夫，高级机组控制工程师鲍里斯·斯托利亚尔丘克，高级汽轮机控制工程师伊戈尔·科申鲍姆，4号反应堆汽轮机部门副主任拉齐姆·达夫列特巴耶夫，切尔诺贝利启动与调试公司主任彼得·帕拉马尔丘克（Pyotr Palamarchuk），前班交班的值班工长尤里·特列古布，前班高级汽轮机控制工程师谢尔盖·加津（Sergei Gazin），跟随前几班高级反应堆控制工程师实习的两名实习生维克托·普罗斯库里亚科夫（Viktor Proskuryakov）和亚历山大·库德里亚夫采夫（Aleksandr Kudryavtsev），还有能源技术委员会主席根纳季·彼得罗维奇·梅特兰柯，以及他的两名助手，这两名助手正在与控制室相连的非操作隔间内。

梅特兰柯与他的团队打算把在惰转期间发电机的电气学特性记录下来。梅特兰柯准备自己在控制室内观察，使用转速计来监控发电机转子减速旋转的速率。不幸就降临在了他的身上，他就那样被留在了黑暗中。梅特兰柯几乎对核反应堆一无所知，却被委任负责一项实验，正是这项实验导致了极其严重的核灾难。在那不幸的一夜，他甚至不太认识与其一同工作的人员。关于这一点，他后来是这么说的："我不认识那些操作人员。那天晚上我是第一次见到他们，我们是因为实验才聚到一起的。我期待这项实验已经好久了。实验本可以在前班当值的时候进行。我不得不一直记录读数。爆炸发生的时候，我根本不知道发生了什么事情。我还记得，操作人员非常震惊。怎么会发生爆炸呢？"

当堆芯内的控制棒被卡在一半的时候，当第一次震动从中央大厅方向传来的时候，负责核能技术流程的操作人员阿基莫夫和托普图诺夫当时在想什么？这很难说，这两名操作人员都因核辐射在极度痛苦中死去，没留下任何关于这一点的遗言。

然而，我们可以想象他们当时所经历的一切。我对于操作人员在事故发生初期的想法是十分熟悉的。我以前在核电站做操作工作的时候，也经历了几次类似的情况。

在最初的一刹那，你会感觉到一阵麻痹，你的身体会完全沦陷，由于惊恐而出一身冷汗，产生这种状态的主要原因是你受到了过度的惊吓。接着，你会不知道该做什么，自动打印鼓的打印针和监控设备上的指针在各个方向上剧烈地摇摆，你会疯狂地想要看清这些指示，同时对事故发生的原因和准确的类型还不清楚。与此同时，你会发现自己正在脑海中回顾，谁应该为事故负责，事故会有怎么样的结果。过了一会儿后，你的头脑会无比清晰，恢复冷静。那时候，你就会迅速行动，准确查明事故的根源。

托普图诺夫、佳特洛夫、阿基莫夫和斯托利亚尔丘克都感到了恐慌。科申鲍姆、梅特兰柯和达夫列特巴耶夫对核物理学一无所知，但操作人员的恐慌很快也感染了他们。

控制棒在半路就被卡住了，在值班工长阿基莫夫切断了伺服驱动器套筒的电流后，它们仍未能落下。可以听到从中央大厅的方向传来巨大而沉闷的响声。整个地面都在颤动。但此刻，爆炸还未到来。

最后的 20 秒

现在的时刻是凌晨 1 点 23 分 40 秒。离爆炸还有最后 20 秒，我们应该离开切尔诺贝利核电站 4 号反应堆机组的控制室。

就在那时，阿基莫夫当值时的反应堆部门值班工长瓦莱里·伊万诺维奇·佩列沃兹琴科（Valery Ivanovich Perevozchenko）进入了中央大厅正 50 级高度处（位于反应堆建筑地面上方约 50 米、中央大厅地面上方约 41 米处），[①] 站在离新燃料中转站不远处的露台上。他看了看靠近对面墙壁附近的换料机，然后看了看对面墙壁上的一扇门，门后是一个隔间，中央大厅操作人员库尔古兹（Kurguz）和亨里希（Genrikh）正在那个小小的隔间内。他接着又向下看了看中央大厅的地面，检查了核废料储存池，负载很高。他又看了看反应堆盖，反应堆盖被工作人员亲切地称为"小猪嘴"（pyatachok）或是"五分硬币"。

"小猪嘴"是工作人员给 RBMK 反应堆的上部生物性防护盖起的名字，是一个直径约 15 米的圆形盖子，由 2 000 个立方体组成。每个立方体重约 350 千克，像一顶帽子一样位于装有燃料束的燃料孔道的顶端。"小猪嘴"的周围就是由绝缘块组成的不锈钢地面，下面覆盖的是从反应堆通往鼓式分离器的汽水管线隔间。

---

① 级别高度标示在巨大的反应堆建筑的墙面上。

突然，佩列沃兹琴科开始颤抖起来。强烈而频繁的震动开始了，专业术语称为"11号组件"的约350千克的立方体在孔道上方上上下下活动起来，就好像是1 700个人把他们的帽子扔向空中一样。整个"小猪嘴"的表面好像活了一般，疯狂地振动着。反应堆周围的绝缘板受到了冲击，变得弯曲，表明绝缘板下面的混合爆炸性气体已经发生了爆炸。

佩列沃兹琴科沿着陡峭得近乎垂直的螺旋梯疯了一般地向下冲，扶手拐角的摩擦和撞击弄破了他的双手。他冲到了正10级高度处（约10米），进入了连接主循环泵隔间的通道，相当于从一个深约40米的井里冲了下来。

由于惊慌失措，他的心脏狂跳，他意识到一定是发生了什么可怕且无法挽回的事故，他拖着吓得发软的双腿向左跑，向着通往脱气机的那扇门，在那儿，在安全锁后面约20米的更深处，便是长达约100米的走廊，走廊的中段就是4号控制室的入口。他冲向那里，向阿基莫夫汇报中央大厅发生的情况。

当佩列沃兹琴科冲进连接走廊的时候，机械师瓦莱里·霍捷姆楚科（Valery Khodemchuk）正在主循环泵室的另一头监控水泵在惰转期间的运行情况。水泵突然剧烈地震动起来，霍捷姆楚科正准备通知阿基莫夫的时候，听到了一声惊雷般的巨响。

在反应堆建筑地面上方24米的正24级高度处，反应堆给水机械装置机组下方的604号隔间内，切尔诺贝利启动与调试公司调试员弗拉基米尔·夏谢诺克（Vladimir Shashenok）正带着设备在那里工作。他当时正在读取惰转期间设备上的数值，并使用电话与控制室和斯卡拉电脑设备通信。

反应堆内部到底发生了什么？为了更好地理解，我们必须把时钟稍稍往回拨一下，回顾操作人员执行的每一步操作。

凌晨1点23分，反应堆的各项参数非常接近往常的稳定值。而在此之前的一分钟，斯托利亚尔丘克已经急剧减小了向鼓式分离器供水的水流量，因此，与预期的一致，升高了进入反应堆的冷却水的温度。

一旦关闭了调节阀门，也关闭了8号汽轮发电机的开关后，转子的惰转就开始了。由于从鼓式分离器中排出的蒸汽流量减小了，蒸汽压开始轻微地升高，升高的幅度是每秒0.5个大气压。由于全部八台主循环泵是由汽轮发电机的惯性力供电的，所以经过反应堆的冷却水总流量开始下降。瓦莱里·霍捷姆楚科能看到它们在明显地震动。没有了足够的电力，水泵功率下降的速率与发电机转速降低的速率是成比例的，因此造成了向反应堆供水的减少。

一方面，蒸汽压升高了；另一方面，经过反应堆的冷却水流量降低了，向鼓式分离器的供水减少了。这两个矛盾的因素决定了堆芯内的蒸汽量，相应地，也决定了堆芯的功率。

我们已经知道，反应性空泡系数（正常值是2至4β）对铀-石墨型反应堆来说，比对其他类型的反应堆更重要。应急保护系统的功效因此大大降低了。然而，由于穿过反应堆的冷水流量急剧降低，堆芯内总的正反应性开始升高。换句话说，温度升高一方面导致了蒸汽形成量的增加；另一方面导致了温度系数和空泡系数的快速升高。这就需要紧急功率降低系统发挥作用了。但我们前文也提到了，按下"紧急功率降低"按钮导致反应性增加了 0.5 β。按下"紧急功率降低"按钮 3 秒后，反应堆功率超过了 530 兆瓦，功率浪涌持续了不到 20 秒。

反应堆功率的增加有以下影响：堆芯的流体阻力急剧增加；水流量下降得更多；形成了更多蒸汽；出现了膜沸腾[1]；核燃料组件被毁；含有被毁核燃料微粒的冷却剂会剧烈沸腾；燃料孔道内的压强会突然升高，燃料孔道也会开始瓦解。

反应堆内部压强大大升高期间，主循环泵上的反馈阀门爆裂了，穿过堆芯的水流全部停止了。蒸汽增加。压力每秒上升 15 个大气压。

凌晨 1 点 23 分 40 秒，反应堆部门值班工长佩列沃兹琴科观察到燃料孔道大量毁坏。

然后，在爆炸前的最后 20 秒内，当佩列沃兹琴科从他最初所在的正 50 级高度处（约 50 米）冲下楼梯，冲向正 10 级高度处（约 10 米）时，水蒸气-锆反应以及其他化学反应和放热反应正在反应堆内发生，结果生成了大量的氢气和氧气——也就是爆炸性非常高的混合气体。

与此同时，反应堆的主安全阀已经被触发打开，释放出一

---

[1] "膜沸腾"是一种最糟糕的状态，此时燃料孔道内沸水表面的气泡被一层蒸汽膜取代，蒸汽膜会阻止堆芯热量传递到水中。任何时候都需要安全裕度。

股强劲的蒸汽。然而，泄压时间非常短暂，因为无法经受如此巨大的压力和如此高速的流量，阀门毁坏了。

当这一切发生的时候，巨大的压力撕裂了低位水与高位汽水交流管线，破坏了反应堆顶部、中央大厅和鼓式分离器隔间之间的隔离，也破坏了反应堆底部与加固密封隔间之间的隔离，设计者设计这个加固密封隔间的初衷就是为了应对最糟糕的核事故。然而，谁也没有料到，这样的核事故真的发生了；也正是由于这个原因，在这种情况下，加固密封隔间仅仅成了巨大的蓄气室，爆炸性气体开始在其中聚积。

大爆炸

凌晨 1 点 23 分 58 秒，各个隔间内爆炸性混合气体中的氢气浓度达到了爆炸临界点，根据几位目击者的说法，先后发生两次爆炸，而其他的目击者则称发生了三次或更多爆炸。真正重要的是，在一系列爆炸性气体引起的强有力的爆炸后，4 号反应堆机组和反应堆建筑被彻底摧毁。

就在爆炸使建筑物发生晃动的那一刻，机械师瓦莱里·霍捷姆楚科正在主循环泵室另一头，佩列沃兹琴科正沿着脱气机走廊冲向 4 号控制室。

火焰、火花和大块燃烧着的材料飞向了 4 号反应堆上方的空中。这些都是炽热的核燃料碎片与石墨碎片,一部分碎片掉落到了汽轮机大厅覆有沥青的屋顶上,引起了火灾。

为了弄清楚爆炸喷发到大气中和掉落到核电站地面上的放射性物质的总量,我们必须考虑爆炸前 1 分 28 秒时中子场的状态。

凌晨 1 点 22 分 30 秒,斯卡拉电脑打印输出了实际功率分布区域以及所有控制棒的状态(由于电脑每次扫描要耗费 7 至 10 分钟,所以它可能显示的是爆炸前 10 分钟的设备状态)。读数时中子场的概图显示,径向(穿过堆芯直径方向)为凸出场,轴向平均为双波峰场,堆芯上部中子功率分布较高。

如果机器结果可信的话,这说明堆芯内部已经形成了一个约 7 米宽、3 米高的高能放射性扁球体区域。瞬发中子能量浪涌、膜沸腾、毁坏、熔化以及核燃料蒸发最先发生在堆芯的这一部分区域,有大约 50 吨重。而爆炸性气体引发的爆炸也正是将堆芯的这一部分物质送上了天空,并随风飘向了西北方向,越过白俄罗斯和波罗的海各共和国,也越过了苏联的国境线。

放射性气流的飘散高度是海拔 1~11 千米,这一事实也通过谢列梅捷沃(Sheremetyevo)机场的维修技术员安东诺夫(Antonov)的证词间接证明。他曾向相关人员报告说,切尔诺贝利核电站爆炸后,有一周的时间抵港飞机都要进行净化。当然,现在航线的飞行高度都在海拔约 13 千米以上。

就这样,50 吨核燃料蒸发,通过爆炸喷射到了大气中,这些核燃料已经形成高分散性微粒,其中包括二氧化铀、强放射性核素碘-131、钚-239、镎-139、铯-137、锶-90等，以及半衰期不等的其他许多放射性同位素。除了这些外，还有约70吨混合着建筑物残骸的核燃料从堆芯圆柱体四周喷出，喷到了脱气机走廊的屋顶上、毗邻4号机组的汽轮机大厅屋顶上以及核电站的地面上。

核燃料的一部分落到了设备上、变电站变压器上、发电机母线上、3号反应堆中央大厅的屋顶上以及核电站的排气烟囱上。

这里我必须强调一下，喷射出的核燃料辐射值达到了每小时15 000至20 000伦琴；被毁坏的反应堆周围立刻形成了一个强大的辐射场[①]，其放射性几乎相当于喷出的放射性核燃料（核爆炸的放射性）。离爆炸产生的那堆建筑和机械设备的废墟越远，辐射越弱，其放射性与距离的平方成反比。

另一点需要强调的是，蒸发的那部分核燃料形成了一大片强放射性气溶胶气团，气团在受损的反应堆机组附近更加稠密，放射性也更强，事实上包裹了整座核电站。气团在迅速膨胀，向各个方向扩展，在风力作用下呈现出巨大的花冠形状，这是一个凶险的花冠。

约50吨核燃料和约800吨反应堆石墨（反应堆内的石墨共计重约1 700吨）还留在反应堆坑室内，形状像是火山口（反应堆内剩余的石墨在随后的几天内全部燃烧殆尽）。粉末状的核燃料碎片穿过爆炸形成的孔洞，经过反应堆下方的空间，

---

① 人体可承受的辐射剂量见后文。

落到了反应堆建筑的地基上,而低位冷却水交流管线已经在爆炸中粉碎。

我如此详细地描述这些细节,是为了说明反应堆机组内部与四周放射性污染的真实程度与范围,以便读者想象消防队员与机组工作人员不得不面对的工作环境,而在当时,他们还没有弄清楚到底发生了什么事情。

想要知道辐射泄露的真实量级,只需记住投向广岛的原子弹的重量约4.5吨,爆炸时形成放射性物质的总量差不多也是4.5吨。

然而,仅切尔诺贝利核电站4号反应堆机组向大气喷出的蒸发的核燃料就几乎有50吨,形成了一个巨大的、长寿命放射性核素构成的气团;换言之,那就相当于10颗广岛原子弹,只是没有原子弹的爆炸和火焰风暴的效果。除了50吨核燃料外,在被摧毁的反应堆机组附近还有约70吨的核燃料和约700吨的放射性反应堆石墨。

根据初步调查,被摧毁的反应堆机组附近的辐射值是每小时1 000至20 000伦琴。诚然,在较远的场所或有遮蔽物的地方辐射值要低很多。

1986年5月6日,在莫斯科召开的新闻发布会上,苏联部长会议副主席谢尔比纳、苏联国家国家气象委员会(Goskomgidromet)主席尤里·伊兹拉埃尔(Yuri A.Izrael)和副主席Yu. S. 谢杜诺夫(Yu. S. Sedunov),就核爆炸的放射性做出了如下安慰人心的陈述,他们当时称被摧毁的反应堆周围的辐射值只有每小时15毫伦琴(即每小时0.015伦琴)。真的是这样吗？"不准确"（如果能委婉地称之为"不准确"）到了如此地步是不可原谅的。

仅在普里皮亚季镇，4月26日一整天及随后的几天里，街道上任何地方的辐射值均在每小时0.5至1伦琴之间；及时且真实的信息以及有组织的采取措施本可以避免成千上万人受到高剂量核辐射。在下文中，我会对本地污染情况和从普里皮亚季到基辅和切尔尼戈夫的人口照射量进行更细致的分析，只有经过这样的分析，才有可能了解那些致力于消除灾难后果的人们的英雄气概，才有可能了解那些真正引起事故的无能领导者应该担负起的责任。

不过，让我们先追溯一下，分析一下摧毁4号反应堆机组和建筑区域的爆炸性气体最终发生爆炸的顺序、次数和位置都很有意义。

在燃料孔道毁坏以及通往燃料孔道的汽水-水交流管线破裂以后，饱含蒸发的核燃料、辐解产物和水蒸气-锆反应产物（即氢气和氧气）的水蒸气进入了中央大厅、左右鼓式分离器隔间以及反应堆坑室下的加固密封隔间。

用于向堆芯传送冷却水的低位水交流管线破裂后，核反应堆已经完全失水。不幸的是，正如我们前文提到的，操作人员既没有理解这一状况，也不愿相信这一事实，这才导致了操作步骤上的一系列错误，严重的核辐射与死亡本可以避免。

爆炸最先发生在反应堆的燃料孔道内，它们在气压急剧升高的过程中开始破碎。反应堆低位与高位交流管线将遭遇相同的命运。我们已经知道，压强升高速率本身就是爆炸性的：每秒升高15个大气压，反应堆内的压强很快就升到了250至300个大气压。然而，燃料孔道与交流管线的设计抗压能力最高只能承受150个大气压，反应堆燃料孔道的理想运行压强是83个大气压。

水蒸气在破坏了燃料孔道后，进入了设计承受压强仅有0.8个大气压的反应堆空间，造成金属结构崩解。反应堆内有设计用来抽取水蒸气的排气管道，但它的设计是用来应付一至两个燃料孔道损坏的，而现在所有的燃料孔道都被毁坏了。

以下这段文字来自莫斯科第六医院内一名消防队员的日志："当爆炸发生的时候，我正在调度员办公室附近的值勤员岗位上。突然，我听到一股强烈的蒸汽喷出的声音。我们也没有多想，因为在我当值期间，几乎一直能听到蒸汽喷出的声音。[①]我正准备去休息一下，爆炸就发生了。我冲向窗边。在第一声爆炸声后，接着又响了几声。"

所以顺序是"先是强烈的蒸汽喷发……发生爆炸……第一次爆炸后，又有几次"。

但到底爆炸了几次？根据消防队员的说法，至少有三次。甚至更多。

这些爆炸可能发生在哪里？强烈的蒸汽喷出的声音意味着反应堆的安全阀被触发了，但它们立即毁坏了，汽水-水交流管线随后不久也毁坏了。加固密封隔间内所有的循环回路管线

---

① 他指的是核电站在正常运转期间安全阀启动的声音。

也几乎是在同时被毁坏的。因此氢气和水蒸气最先进入了汽水交流管线隔间，接着爆炸性气体混合物引起了第一次较弱的震动，反应堆部门值班工长佩列沃兹琴科在凌晨1点23分40秒注意到了这一次震动。

氢气和水蒸气混合物也进入了左右鼓式分离器隔间、中央大厅和加固密封隔间。在狭窄空间中，空气中4.2%的氢气含量已经足够引起爆炸性水解反应，其产物只有普通的水。

因此，人们听到的爆炸声一定是来自加固密封隔间的左右翼下水管竖井、左右鼓式分离器隔间以及反应堆下方的蒸汽分配通道。那一系列的爆炸摧毁了鼓式分离器隔间，也摧毁了每个重约130吨的数个鼓式分离器，将它们从辅助装置与管线上撕裂开来。下水管竖井的爆炸摧毁了左右主循环泵室。瓦莱里·霍捷姆楚科就被埋在其中一个主循环泵室。

而紧随其后发生的巨大爆炸一定发生在中央大厅，爆炸炸毁了钢筋混凝土板、50吨重的吊车、250吨重的换料机以及其上安装的桥式起重机。

中央大厅发生的爆炸起了导火索的作用，将满是氢气的反应堆暴露于空气中。在中央大厅的爆炸和在反应堆内的爆炸很有可能是同时发生的。不管怎样，最终的结果都是一样的，由于燃料孔道内部瓦解造成了堆芯的部分熔化与部分汽化，堆芯内的爆炸性气体造成了最可怕的爆燃。这最后的爆炸把大量放射性物质和大块炽热的核燃料碎片抛出反应堆，一部分放射性物质与核燃料碎片落在汽轮机大厅的屋顶上和脱气机的屋顶上，点着了屋顶。

莫斯科第六医院的消防队员日志里有进一步的记述:"我看到一个黑色的火球在汽轮机大厅屋顶上方打转,就在4号反应堆机组旁边。"

另一个人的日志里这样记录着:"在中央大厅里[①],有些看起来像是一片红光的东西。但在那个地方实际上不可能有什么可以燃烧的东西,只有反应堆盖'小猪嘴'。我们都觉得那道光来自反应堆。"

当消防队员们看到这一幕时,他们已经在脱气机和特种化学装置的屋顶上了,在正71级高度处(约71米),他们爬到那个位置是为了更好地观察局势。

500吨重的上部生物性防护盖由于反应堆爆炸被抛向空中,又猛地掉下来,偏了一点点,把堆芯的左右两边都暴露在空气中。

一名消防队员爬到了中央大厅的正35.6级高度处(约35.66米),从那里可以看到反应堆内部。反应堆像火山口一般,正喷涌出每小时30 000伦琴的辐射,同时还伴随着强大的中子辐射。这些年轻人完全不明白他们正暴露在多么可怕的核辐射量级中,虽然他们可能也猜测过。他们走在汽轮机大厅屋顶上的那一会儿,踩在脚下的核燃料和石墨正喷射出高达20 000伦琴每小时的辐射。

这些真正英勇的消防队员们扑灭了火焰。然而,他们都被另一种无形的火焰灼伤了,很多人都受到了致命伤,这种无

[①] 在正35.6级高度处(约35.66米),尽管中央大厅的地面已经不复存在了。

形之火就是伽马射线和中子辐射，那是一种无法被任何水扑灭的火焰。

目击者

极少有人能像消防队员那样，如此近距离地从上方看到爆炸和灾难的开始。他们的证言才真正具有历史性意义。

发生爆炸的时候，46岁的守夜人丹尼尔·捷连季耶维奇·米鲁任科（Daniil Terentyevich Miruzhenko）正在离4号反应堆机组约300米的水力发电设备安装办公室（Gidroelektromontazh）里。他听到第一声爆炸后奔向窗边。就在这时，最后一次爆炸发生了，那是最可怕的一次爆炸，惊雷一般的响声如同喷气式战斗机划破空气时的音爆一样，一道闪光照亮了他所在的办公室。墙壁晃动起来，窗户上的玻璃碎了，一些碎片被吹飞，他脚下的地面也在摇晃。核反应堆刚刚发生爆炸。柱状的火焰、火花和各种各样炽热的碎片向夜空上方飞去。可以看到，在火焰的上方，混凝土碎片和金属结构残骸在翻滚着。

"到底发生了什么事？"万分恐慌的守夜人想，他的心脏剧烈地跳动着，浑身感到紧张和发干，就好像他刚减掉10千克体重似的。

在风力作用下，巨大的黑色火球打着转升上了天空。

就在最后一次爆炸后，汽轮机大厅屋顶上和脱气机屋顶上燃起了大火。可以看到，熔化的沥青从屋顶上流淌下来。

"整座核电站都着火了。到底发生了什么事情？"守夜人喃喃自语道，身体仍然被爆炸和地面摇晃吓得瑟瑟发抖。第一辆消防车正在从核电站消防站开往4号反应堆机组，消防队员们是从消防站的窗户里看到了灾难的开端。这些消防车都是从2号消防巡逻队开过去的，当时的队长是弗拉基米尔·普拉维克（Vladimir Pravik）。

米鲁任科冲到电话旁，想联系核电站建设办公室，却无人接听。墙上的时钟显示是凌晨1点30分。守夜人又给水电安装办公室主任Yu. N. 维皮莱洛（Yu. N. Vypirailo）打电话，他也没有接电话，他很可能去钓鱼了。米鲁任科接下来决定一直等到清晨。我随后会讲述他最终遇到了什么事情。

就在同一时刻，在核电站的另一边，距离4号反应堆约400米靠近普里皮亚季和莫斯科-赫梅利尼茨基铁路的一边，操作人员伊丽娜·彼得罗芙娜·采切尔西卡娅（Irina Petovna Tsechelskaya）也听到了爆炸声，而且听到4声。她当时正在切尔诺贝利核电站附属的施工设备组的水泥搅拌部门，不过直到清晨一直呆在自己的岗位上。她所在的水泥搅拌部门向建筑施工队提供建设5号反应堆的材料，5号反应堆位于离4号反应堆约1 200米的地方。在4月25日至26日夜间，5号反应堆这一施工现场共有约270人在岗工作。那里的本底辐射值为每小时1至2伦琴，但是在空气中，无论是在5号反应堆附近还是整座核电站的任何地方，都充满了各种短寿命和长寿命放射性核素以及石墨尘埃，这些物质都具有极强的放射性，核电站内的所有人都吸入了。

当采切尔西卡娅听到爆炸的时候，她是这么想的，"是飞机打破了音障？也许是启动与备用锅炉室中某个锅炉突然爆炸了？又或者是排气管发生了氢气爆炸？"

她最先想到的可能性都来自她所熟悉的经历。但是启动与备用锅炉室没有什么变化，正在接受彻底的检修。外面的天气很暖和。

没有听到航空器噪音，这在以往的音爆过后很常见。在90米以外的普里皮亚季方向，一列货运火车隆隆而过，很快又恢复了平静。

接着，4号反应堆机组汽轮机大厅屋顶上的火焰已经熊熊燃烧起来了，还可以听到连续的爆裂声。屋顶的沥青被核物质引燃，火焰蔓延了整个屋顶。

"消防队员会把火扑灭的！"她自信地告诉自己，然后继续工作。

在采切尔西卡娅在岗的水泥搅拌部门，本底辐射值达到了每小时10至15伦琴。

4号反应堆西北方向的辐射状况是最不利的，那个方向是亚诺夫（Yanov）火车站以及铁路上方的立交桥，连接着从普里皮亚季通往切尔诺贝利-基辅的高速公路。放射性云团在反应堆爆炸后，就沿着这条路径前进。水电安装办公室的仓库也在云团前进的路径上,米鲁任科就是在那里看到了爆炸以及汽轮机大厅屋顶上发生的火灾。云团越过了城镇与核电站之间幼小的松树林,所经之处随意飘洒下核尘埃。当年秋天以及未来的一段时间,那儿都是"棕色森林",一切有生命的东西都受到了致命的威胁。最终,那儿被推土机夷为平地。曾经有一条小路贯穿那片松树林,喜欢散步的人经常沿这条路上下班。我也曾沿着那条小路去上班。

水力发电设施仓库附近的外部本底辐射值大约是每小时 30 伦琴。

稍后,我将会再次提及伊丽娜·彼得罗芙娜·采切尔西卡娅的痛苦,以及她 1986 年 7 月 10 日在利沃夫(Lvov)写给能源部长马约列茨的那封信。

在 1986 年 4 月 26 日那个不祥的夜里,还有其他很多人也看到了 4 号反应堆发生的爆炸——捉鱼的人,此地从早到晚几乎都有人在钓鱼,就像是轮班一样,人们结束了工作的轮岗之后,就会利用闲暇时间去捕鱼,核电站排出的水流入冷却池,这里就是钓鱼点。经过汽轮机与热交换器的水常常很温暖,鱼容易咬钩。抛去其他因素不说,那时正是春天,产卵的季节,水里经常有很多鱼。

钓鱼的地方与 4 号反应堆相距 2 千米,那里的本底辐射值大约是每小时 0.5 伦琴。

刚一听到爆炸声并且看到着火时,这些钓鱼的人中大部分都待在原地没动,直到清晨,而另一些人则对发生的事情感到隐约的恐慌，他们返回了普里皮亚季，觉得喉咙干涩，眼睛刺痛。打开安全阀时常伴随着巨响，听起来就像是爆炸一样，人们已经习惯对这样巨大的噪音听而不闻。而火灾，肯定会有人扑灭它的。真的没什么！难道亚美尼亚核电站和别洛雅尔斯克核电站就没发生过火灾吗？

爆炸的时候，有两人正坐在供水渠岸边，想要捕一些小鱼，他们与汽轮机大厅的直线距离约240米。认真的渔夫想要捕到一些像样的鱼苗。如果没有鱼苗做诱饵的话，就别想捕到鲈鱼了。这里的鱼苗会试图靠近反应堆机组，径直向泵站游去，在那里聚集成一大群，特别是在春季更是如此。两名渔夫中的一人叫普斯托沃伊特（Pustovoit），没有固定的工作；另一人叫普罗塔索夫（Protasov），是从哈尔科夫引进的维修人员。他非常喜欢切尔诺贝利，这里空气清新，很适合捕鱼。他甚至考虑要不要成为这里的永久居民，如果能成真的话就太好了。不过毕竟这里属于基辅地区，很难取得居留许可证，想要搬来居住不是一件容易的事。那天晚上，他捉了很多鱼苗，心情很好。那是一个温暖的、星光闪闪的乌克兰之夜。不像是刚刚4月份，倒像是已经7月了。4号反应堆那英俊雪白的建筑就在正前方。壮美、复杂的核能与网中温柔年幼的鱼苗意想不到地组合在一起，这是最令人愉悦的惊喜。

他们先是听到两声低沉的爆炸声从反应堆机组传来，声音就像是来自地底下一样。渔夫们能感觉到大地在震动。接着他们又听到一声强有力的蒸汽爆炸声；在那之后，才是反应堆爆炸，伴随着眩目的火焰和炽热的核燃料与石墨碎片构成的烟花。钢筋混凝土和钢梁的碎片从空中倾泻而下,炸得到处都是。

渔夫的身影被核之光照亮了,而他们自己并不知道。他们想着可能是核电站里的什么东西爆炸了,也许是汽油罐。两名渔夫继续捕鱼,没有察觉到他们自己就像是网中的鱼苗一样,陷入了核灾难的巨大陷阱中。他们还略带好奇地看着事情的后续发展。他们亲眼看到了普拉维克和奇贝诺克(Kibenok)部署消防队员,指挥他们爬到将近30米的高度去灭火。

"看到没?有个消防队员爬到了V区的顶端,那里超过了60米高!他摘掉了头盔!简直太棒了!他是一名真正的勇士!你能看出来那边儿的温度有多高。"

几个小时后,临近破晓的时候,这两名渔夫每个人吸收了400伦琴的辐射剂量,都感到极度恶心和不舒服。他们的胸口有灼热感,眼皮刺痛,头疼得就像刚刚疯狂地喝完酒一般。无止尽的呕吐让他们筋疲力尽。黎明时,他们的皮肤已经变成黑色,就好像被索契(Sochi)黑海海岸的阳光暴晒了一个月那样。他们已经被核辐射灼伤,但还是浑然不知发生了什么。

破晓时分,他们注意到,那些爬到屋顶上的消防队员看起来也非常迟钝,晕头转向。这让他们俩感到稍稍松口气,显然不是只有他们自己变成那样。但有什么东西出乎意料地袭击了他们?它可能是什么呢?

他们晕晕乎乎地去了医疗中心,最终被送往莫斯科的医院。过了很久以后,其中一人轻描淡写地说:"如果你很无知，那么好奇只会让你陷入麻烦，特别是你又没有什么责任感的话。"

1986年夏天，那个没有固定工作的渔夫普斯托沃伊特登上了一本国外杂志的封面，在欧洲出名了。不幸可以降临在任何生物的身上，但是核能带来的不幸却更加深刻，它与生命本身是背道而驰的。

即使到了4月26日上午，越来越多的渔夫还是来到同一个地方。他们的行为显示了人类可以无知和粗心到什么地步。在经历了那么多年对类似事件的遮遮掩掩以及对应负责的人从不惩处以后，他们认为突发事件是理所当然的。我们之后还会把目光转向那些渔夫，转向那天早晨，太阳刚刚从核天空升起的时候。

现在，在继续描述4号反应堆机组控制室内发生的事情之前，我再引用另一位目击者所说的话，他是负责核电站硬件设备安装的一家当地企业"Yuzhatomenergomontazh"的前设备经理G. N. 彼得罗夫（G. N. Petrov）。

> 我于1986年4月25日从明斯克开车到普里皮亚季，途经莫济里（Mozyr）。在明斯克，我一直陪着我的大儿子，他即将去民主德国执勤。我最小的儿子当时在白俄罗斯南部的一个建筑施工队，他还是个学生。他在4月26日晚上也想前往普里皮亚季，但是道路被封锁了，他没能够抵达。

我大约是在凌晨2点30分，从西北边的西佩利奇（Shipelichi）方向驶向普里皮亚季的。从亚诺夫火车站那里，我已经可以看到4号反应堆机组上方的火光。标着水平红色条纹的排气烟囱明显被火焰点燃了。我仍然能够记得，火焰高出烟囱很多，所以一定已经接近183米的高度了。我决定先不回家，而去离4号反应堆机组更近的地方看一看。我从建设办公室的方向开向4号反应堆机组，停在了离被损坏的反应堆机组侧墙90多米的地方。借着火光，我能看出整个建筑被摧毁过半：中央大厅和分离器隔间已经消失了；鼓式分离器已经完全移位，闪着红色的光。真是一幅可怕的景象。接着我又看到了一片废墟，以及被毁掉的主循环泵室。反应堆机组旁停着几辆消防车。一辆闪着警报灯的救护车向小镇驶去。

在这里顺便补充一句，在彼得罗夫停车的地方，本底辐射值大约是每小时800至1 500伦琴，主要来自爆炸喷发出的石墨和核燃料碎片，以及放射性云团。

我在那里站了大约一分钟，感觉到一种奇怪的压迫感，让人既惊慌又麻木。我所看到的一切都印在了我余生的记忆里。我不由自主地越来越感觉到惊慌和害怕。我感觉到一些无形的威胁正在逼近。空气闻起来就像一道巨大的闪电划过后一样，一阵挥之不去的浓烟让我的眼睛感到刺痛，喉咙也非常干。我强忍住了咳嗽。即使这样，为了看得更清楚，我还是摇下了车窗；那是一个暖春的夜晚。我能够清楚地看到汽轮机大厅和脱气机屋顶上的火焰；我能看到消防队员们偶尔被火焰和浓烟遮蔽；我能看到消防车的水管从下面一直向上延伸，不停地抖动。其中一名消防队员爬上了 V 区的屋顶，到达了正 70 级高度处（约 70 米）；他一定是在检查反应堆，并且协调队友的工作，他的队友们正在汽轮机大厅的屋顶上，在他下方约 30 米处。现在，过了一段时间以后，我意识到他是人类历史上第一个暴露在如此危险环境下的人。即使是在广岛，也没有人离核爆炸如此近，因为广岛的原子弹是在海拔约 700 米高度爆炸的。但在切诺贝利核电站，他几乎紧挨着爆炸中心。在他脚下，反应堆的火山口正喷发出每小时 30 000 伦琴的辐射。但在当时，我并没有意识到这一点。我掉转车头，向普里皮亚季镇 5 号街区我家的方向驶去。我大约凌晨 3 点到家，那时家人正在睡梦中。他们醒来后告诉我说，他们听到了爆炸声，但不知道发生了什么事情。隔壁的一位妇人不久后冲进来，告诉我们关于事故的一些情况，他丈夫已经在被摧毁的反应堆机组那边了，她还建议我们喝杯伏特加来给自己消消毒。我们照她说的做了，还拿这事儿开了几句玩笑，接着就睡觉了。

我们应该在这里打断彼得罗夫了，之后再听他对 1986 年 4 月 27 日晚上发生的事情的叙述。

在控制室

我们现在回到4号反应堆机组的控制室去，回到爆炸发生前20秒。那个时候，亚历山大·阿基莫夫刚刚按下"紧急功率降低"按钮，控制棒未能正常插入堆芯，甚至还没降到一半就卡住了。

有必要在这里提醒读者，在众多召开的新闻发布会上，以及苏联提供给国际原子能机构的诸多档案中，均表示就在爆炸发生前一刻，反应堆确实已经停堆，控制棒也已经完全插入了堆芯。大量的记者继续重复着这一谎言，或者说这一轻率的结论，每一个表面上看起来非常明智且权威的人都是如此。我们从苏联部长会议副主席鲍里斯·叶夫多基莫维奇·谢尔比纳口中也听到了这样的说法，他表示，核电站的毁坏只是"临界损失"——这个概念在核物理学中闻所未闻。

然而，我们已经知道，是严重违反操作规程使得应急保护系统实际上失效了。当按下"紧急功率降低"按键后，实际只有约2.5米的控制棒插入了堆芯，而不是要求的7米，离反应堆停堆还差很远，这实际上反而促成了瞬发中子能量浪涌。在任何一次新闻发布会上，关于核反应堆设计师所犯的极其严重的错误，一句都没有提到过，而最终证实，这些才是造成核灾难的主要原因。但应该有人站出来说点儿什么，因为石墨反应堆就是定时核炸弹，它的爆炸为整个历史时代的垂死挣扎敲响了丧钟。

所以，堆芯被彻底摧毁了。

"堆芯残余的核燃料还能进行核反应吗？还会造成新的爆炸吗？"这是苏共中央委员会书记 V. I. 多尔吉赫（V. I. Dolgikh）在 1986 年 4 月 27 日晚上问能源部副部长 G. A. 夏夏林（G. A. Shasharin）的问题。

这些就是事实，无法被忽视。

凌晨 1 点 23 分 58 秒。离爆炸只剩几秒了。4 号反应堆机组控制室里的人员位置是这样的：

托普图诺夫和阿基莫夫在反应堆控制台的左侧。站在他们旁边的是前班值班工长尤里·特列古布和两名实习生亚历山大·库德里亚夫采夫和维克托·普罗斯库里亚科夫。这两名实习生最近刚刚通过高级反应堆控制工程师资格考试，他们那天晚上去控制室是去看他们当值的朋友莱尼亚·托普图诺夫[①]，顺便学习一下。"紧急功率降低"按钮已经在 20 秒前按下了。通过控制台上的自动同步传感系统指示器（指示器就像是闹钟的表盘一样）可以看到控制棒的位置。"紧急功率降低"按钮按下后，刻度盘上的背景灯像被烤着了一般亮起来，高级反应堆控制工程师和值班工长两人都吃惊地盯着刻度盘。阿基莫夫冲到一个开关前，按下了那个开关，切断了伺服驱动器套筒的电流，这个伺服驱动器套筒使得控制棒可以上下移动。但是，控制棒没能继续下降，永远卡在了半路。

---

① 列昂尼德·托普图诺夫的昵称。——译者注

"我不明白！"阿基莫夫大喊道，他对于发生的事情非常担心。

托普图诺夫的脸死一般惨白，他感到了困惑和恐慌。他按下开关想恢复对燃料孔道的供水，以改变膜沸腾裕度。燃料孔道控制面板显示流量为0，也就是说，反应堆里根本没有一点儿水，可能已经没有膜沸腾裕度了。

来自中央大厅方向的隆隆声提醒他，膜沸腾实际上已经开始了，燃料孔道正在发生爆炸。

阿基莫夫再一次大喊道："我不明白！到底发生了什么事？我们做的操作都是正确的。"

有个人个子高高，面色苍白，花白的头发整齐地向后梳起，他走到控制台的左侧，那一侧是对反应堆本身进行操作控制。他就是副总工程师佳特洛夫。他看起来异乎寻常地满是疑惑，但他仍旧板着脸，露出他的标准表情，好像在说："我们所做的一切都是对的……不可能发生这样的事……我们所做的一切都是对的。"

高级机组控制工程师鲍里斯·斯托利亚尔丘克当时在P台旁，P台在控制台的中段，控制填料装置与脱气机装置。他正在对核电站的脱气机给料管线进行切换操作，调整鼓式分离器的给水量。他也非常困惑，虽然他非常自信所做的操作都是正确的。从反应堆建筑内部传来震动的冲击声让人感到极度紧张。他觉得应该做点儿什么来阻止这不祥的隆隆声，但他不知道该做什么，因为他并不理解所发生事故的性质。

高级汽轮机控制工程师伊戈尔·科申鲍姆当时在T台旁

边控制汽轮机，T台在控制台的右侧末端。和他站在一起的是前班高级汽轮机控制工程师谢尔盖·加津，他留下来是想看看实验的进展。科申鲍姆负责关闭8号汽轮发电机以开始惰转。他是按照测试程序的要求以及值班工长阿基莫夫的指示进行操作的。他非常确信他的操作都是正确的。然而，一看到阿基莫夫、托普图诺夫和佳特洛夫不知所措的样子，他也非常惊慌，但是他还有工作要做，没时间激动。他和梅特兰柯一起，使用转速计监测汽轮机转子惰转的速率。一切看起来都在正常地进行着。在汽轮机控制台，级别最高的就是4号反应堆机组汽轮机部门副主任拉齐姆·厄尔加莫维奇·达夫列特巴耶夫。

在左侧，反应堆控制台清楚地显示反应堆内已经没有冷却水供给了，因此已经超出了膜沸腾裕度。

"真是见鬼了！"阿基莫夫心里想着，同时感到了困惑和愤怒，"但是八台主循环泵全都正在运转！"

他接着看了一眼电流电压表。指针在0刻度附近徘徊。

"它们出故障了！"他心里想着，情绪稍稍有些低落，但只持续了一小会儿。他振作起来说："我们得想办法向反应堆内注水。"

就在那一刻，雷鸣般的噪音从右边、左边和下面传来，紧接着就是那真正巨大的爆炸声，好像是从四面八方传来一样，这爆炸声好像使一切都分崩离析，巨大的冲击波携带着乳白色的尘埃，还有过热放射性蒸汽那势不可挡的压力，一股脑地冲进了4号反应堆的控制室。墙倒地裂，好像发生了地震一般，天花板上也不断地掉下碎片来。脱气机走廊那边传来了玻璃碎裂的声音；灯全熄灭了，只剩下三盏蓄电池供电的应急灯；到处都是短路发出的噼啪声和闪光；所有的电气连接、电力和控制电缆都被破坏了。

佳特洛夫试图在地狱般的混乱中让大家听到他的声音，他嘶哑地命令道："这是突发情况！立即冷却反应堆！"这命令听起来更像是在极度恐惧下的呻吟。不知道从哪儿传来了巨大压力下蒸汽的声音和热水从破损管道中流出的声音。面粉一样的灰尘侵入了每个人的嘴巴、鼻子、眼睛和耳朵；人们都觉得嘴里很干，感官已经完全麻木。这完全出乎意料的状况像是一道闪电突然抑制了他们所有的感觉，无论是疼痛、害怕、内疚还是不可挽回的灾难都感觉不到了。渐渐地，他们克服了震惊，最先从绝望中恢复的是勇气与胆量。然而，在随后的很长一段时间，几乎直到他们去世，他们中的一部分人仍然活在不切实际的想法之下，这些想法来自令人安心欣慰的谎言、神话，以及那些回溯过去时在几近疯狂的头脑中编出来的传说。

各种各样的想法在佳特洛夫那惊惶失措的头脑中一闪而过："发生了瓦斯爆炸。在哪里发生的？可能是应急保护与控制系统水箱那儿发生的。"

有那么一段时间，极度震惊的佳特洛夫对自己想出来的这种说法信以为真，这抚慰了他恍惚的意识与虽然偶尔挣扎几下但仍然瘫痪的意志。这一说法甚至传到了莫斯科，直到4月29日人们还相信这一说法，并把它作为许多决策的依据，其中一些决策导致了致命的后果。为什么呢？因为这是为从下到上所有过错方提供辩护和救赎的最简便说法，特别是对那些在放射性爆炸中心奇迹般生还的人来说。他们需要这种说法的力量，以及它在某种程度上带来的那种良心上的安宁。难以承受的夜晚还未过去，但他们至少成功地征服了死亡。

"发生了什么事？这都是些什么？"阿基莫夫大喊道，那时候尘埃形成的云团刚刚开始散去，隆隆声也刚刚停下来，放射性蒸汽与流水那轻轻的嘶嘶声就像被打倒的核巨人临死前痛苦的挣扎。

亚历山大·阿基莫夫站在那里，想知道下一步该做什么。33岁的他身体强壮，宽宽的脸庞，粉色的脸颊，他戴着眼镜，黑色的卷发附着着放射性粉尘。

"毁坏了？这不可能！我们所做的一切都是正确的。"

列昂尼德·托普图诺夫从大学毕业才三年，他才26岁，胖乎乎的，面色红润，留着薄薄的胡须。他现在面色苍白，完全不知所措，就好像他会预料到发生一些不好的事情，但又不知道在哪里发生一样。

佩列沃兹琴科冲进了控制室，浑身擦伤，被尘埃所包裹。

"亚历山大·费奥多罗维奇！"他冲着阿基莫夫上气不接下气地喊道，"在上面，"他指着中央大厅说，"正在发生很可怕的事情。反应堆的盖子破裂了。燃料孔道顶端'11号组件'的立方体在上下跳跃。那些爆炸！你都听到了？到底是什么？"

震耳欲聋的火山喷发一般的爆炸后，整个反应堆现在变成了充满压迫感的沉默，只剩下令人不寒而栗的陌生的嘶嘶声，那是水蒸气和喷出的水发出的。空气的味道和臭氧没什么两样，只是多了一些苦味，导致喉咙发痒。斯托利亚尔丘克无助而又期盼地望着阿基莫夫和佳特洛夫，脸白得像一张纸。

"放轻松！"阿基莫夫说，"我们做的一切都是对的。有一些奇怪的事情发生了。"接着，他转向佩列沃兹琴科说："瓦莱拉①，你跑上去看看发生了什么事。"

此时，从汽轮机大厅通往控制室的门突然打开了，高级汽轮机工程师维亚切斯拉夫·布拉日尼科（Vyacheslav Brazhnik）跑了进来，他那变得黢黑的脸上显露出极度的恐慌。

"汽轮机大厅着火了！"他尖叫道，后来他又说了些什么，但没人听得懂，他向后退了出去，向着火焰那边，也向着大剂量辐射而去。

他的身后跟着达夫列特巴耶夫，还有切尔诺贝利核电站启动与调试公司主任彼得·帕拉马尔丘克，他那天晚上出来是想读取8号发电机的振动特性数据，和他一起来的还有哈尔科夫汽轮机厂的其他几个人。阿基莫夫和佳特洛夫跌跌撞撞走到门外。他们看到的一切极其可怕，无法形容。火情从0级高度处一直蔓延到正12级高度处（约12米）。7号汽轮机的上面有一大堆碎石，屋顶已经凹陷。燃着的油从破裂的管道中喷向油毡。从一大堆残骸中升起了滚滚浓烟。黄色的油毡上到处都是炽热的石墨和核燃料碎片，油毡也因燃烧而冒起了黄黑色的火焰。浓烟、蒸汽、成片落下的黑色灰烬，破裂的管道中喷射出的热油，严重破坏、随时有可能坍塌的屋顶，汽轮机大厅边缘

---

① 瓦莱里的昵称。——译者注

上摇摇欲坠的防护嵌板……以及四处噼啪作响的火苗。一股强劲的放射性沸水从破裂的给水泵中喷出，撞在冷凝室隔间的墙上。在 0 级高度处有一道明亮的紫色光芒，那是两截断开的高压电缆之间形成的电弧。0 级高度处的一根输油管道断裂了，喷出的油正在燃烧。一团厚厚的黑色放射性石墨尘埃正从碎裂的汽轮机大厅屋顶落下，落在 7 号汽轮发电机上，并在正 12 级高度处沿着屋顶四散开来，飘落在人们身上以及下方的设备上。

阿基莫夫跟跄地冲向电话："接 01！快！是的，是的！汽轮机大厅已经着火了，屋顶也是。是的！他们出发了？太好了！赶快！"

普拉维克中尉的消防队已经在汽轮机大厅墙外部署好消防车，他们已经开始行动了。

佳特洛夫冲出了主控制室，他的皮靴将脚下的玻璃踩得嘎嘎作响，他进入了备用控制室，就在对面，紧挨着楼梯和电梯竖井。他按下了 5 级"紧急功率降低"按钮，并按下停止向电动马达输电的开关。但一切已经太晚了。为什么呢？因为反应堆已经被摧毁了。

然而，阿纳托利·斯捷潘诺维奇·佳特洛夫拒绝接受这一现实：反应堆确实安然无恙，刚刚发生爆炸的是中央大厅里保护与控制系统的水箱，是的，反应堆完好如初。

备用控制室的窗玻璃也全碎了，破碎的玻璃在脚下发出尖锐的噪音，空气中有强烈的臭氧的味道。佳特洛夫探出窗外。当时正是半夜，可以听到从上面传来的火焰的噼啪声。借助火焰的红光，他能看到一堆巨大的建筑物残骸，那是由建筑碎屑、主梁、断砖和混凝土堆积而成。厚重的黑色物体散落在柏油地面上，他从未想到那些东西是反应堆里的石墨碎片。汽轮机大厅里的情况也是如此，那里到处都是炽热的石墨和核燃料碎片。然而他没有能够真正理解他所看到的东西。

他的内心在撕扯，既有一种强烈的想做些什么的欲望，又有一种无尽的冷漠和绝望，他回到了控制室。

在进入控制室的时候，佳特洛夫听到了些什么。彼得·帕拉马尔丘克正在徒劳地想要接通 604 号隔间的电话，他的一位下属瓦洛佳·夏谢诺克[①]正带着测量仪表在那里工作。电话打不通。此时，帕拉马尔丘克在 8 号汽轮发电机附近找到了下去的路，他从那里下到 0 级高度处，看到两个从哈尔科夫来的年轻人，他们当时正在一辆梅赛德斯厢式货车内的移动实验室里。帕拉马尔丘克坚持让两人离开汽轮机大厅，虽然他们两人已经因为太靠近放射性建筑物残骸而吸收了致命的辐射剂量。

与此同时，阿基莫夫正在联系多个单位和部门的领导，寻求帮助。急需电工；汽轮机大厅着火了。必须将发电机中的氢气排出去，优先级最高的设备必须恢复供电。

"主循环泵已经完全停转了！"他冲着电气工程部门副主任亚历山大·莱勒琴科（Aleksandr Lelechenko）喊道，"我一台水泵也启动不了了！反应堆里已经没有水了！我们需要帮助，快！"

[①] 弗拉基米尔·夏谢诺克的昵称。——译者注

佳特洛夫从汽轮机大厅的电话亭给阿基莫夫和科申鲍姆打电话说："别等电工了。立即把氢气从 8 号发电机里排出来！"

放射剂量测试员那边没有回答，线路已经断了。只有市政电话可以正常使用。没有一名操作人员感到自己受到了辐射的影响。他们吸收了多少剂量的辐射？当时的本底辐射状况如何已经没有办法知道了，因为在控制室里没有测试仪器，也没有"花瓣"呼吸器或碘化钾药片。[①] 要是当时每个人都能服用药片的话就太好了。但谁知道呢？

连接放射剂量测试仪表室的电话线路也是中断的。

"彼得，你去那边儿看看，为什么科利亚·戈尔巴琴科[②] 没接电话，"阿基莫夫对帕拉马尔丘克说。

"我必须得去看看夏谢诺克，他肯定有麻烦了。他也没接电话。"

"你现在立刻去找戈尔巴琴科，然后你们两人一起去看看夏谢诺克。"

阿基莫夫接着处理其他事务。必须向布留哈诺夫和福明汇报发生了什么事情。有太多的事情要处理。反应堆里没有水。保护和控制系统的控制棒还卡在一半。他开始无法控制自己，并感到自己的失职。他飞速运转的脑子试图告诉他事情到底有

[①] "花瓣"是苏联的一种特制的呼吸器。碘化钾药片是一种化学制品，服用后很容易进入甲状腺。如果在暴露于放射性碘之前服用了足量的碘化钾，可以抑制甲状腺对放射性碘的吸收。放射性碘，即碘-131，在被甲状腺吸收后，会导致恶性肿瘤或良性增生。

[②] 尼古拉·戈尔巴琴科（Nicolai Gorbachenko）的昵称。——译者注

多严重，他感觉脑袋里忽冷忽热。突然，他意识到自己要承担的巨大责任，感觉自己像是顶着千斤重担。他必须得做些什么，所有人都在看着他，等待着下一步的行动。那两名高级反应堆控制工程师实习生，普罗斯库里亚科夫和库德里亚夫采夫无所事事地站在那里。控制棒卡在一半，那为什么不去中央大厅手动下降呢？这个主意真是棒极了！阿基莫夫的情绪瞬间高涨起来。

"普罗斯库里亚科夫！库德里亚夫采夫！"他叫道，语气听起来不像是命令，更像是请求，虽然他完全有资格指挥他们。毕竟，事故发生时控制室里的所有人员都要服从他的直接领导。但他还是对他们说："听着，伙计们，尽快去中央大厅。保护和控制系统的控制棒必须得手动下降。那儿出了点问题。"

普罗斯库里亚科夫和库德里亚夫采夫去执行任务了。他们是好人，年轻，而且完全无辜。然而他们这次执行的是必死的任务。

最先弄明白这次事故极端恐怖性的可能是瓦莱里·佩列沃兹琴科。他看到了灾难最初发生的情况，也已经非常确信根本无计可施，所发生的一切都是真正可怕的毁灭。他在中央大厅里看到的情况让他明白，反应堆已经不复存在了。所以他知道现在必须要救人，特别是他的下属。作为一名值班工长，他认为这就是自己的责任。他最先做的就是冲出去，寻找瓦莱里·霍捷姆楚科。

尼古拉·费奥多罗维奇·戈尔巴琴科的证词：

在爆炸发生时以及爆炸结束后，我在放射剂量测试仪表室。整个仪表室在巨大的冲击力作用下震动了好几次。我心里想："我们完了!"但当我睁开眼的时候，我发现自己还站在那里。放射剂量测试仪表室里还有另外一位同志和我在一起，他就是我的助手普舍尼奇科夫（Pshenichnikov），一位非常年轻的小伙子。我打开通往脱气机走廊的门，看到一大团白色的尘埃和蒸汽挡在走廊内。空气中能闻到那种蒸汽特有的味道。爆炸和电路短路都在持续发生。放射剂量测试仪表板上4号反应堆机组的刻度盘上的灯立刻熄灭了，根本没有读数。我不知道那台反应堆机组发生了什么事，也不知道那边的辐射状况如何。3号反应堆机组的刻度盘上（在每个建设阶段，我们都会把两个机组合并在一个仪表板上），紧急信号灯开始闪烁。所有设备都超出测量范围。我按下了控制室的开关，但供电已被切断。

我无法穿过走廊去找阿基莫夫。我通过市政电话线路联系到了放射剂量测试值班工长萨莫耶兰可（Samoylenko），他当时在1号和2号反应堆机组的辐射安全控制仪表室。他马上联系辐射安全部门负责人克拉斯诺申（Krasnozhon）和卡普伦（Kaplun）。我试着检测了我所在的房间和门外脱气机走廊的辐射值。我手边只有一台最大测量范围为每秒1000微伦琴的辐射计。上面的读数已超出测量范围。我还有另外一台测量范围可达每小时1000伦琴的仪器，但我刚一打开开关，它就在我面前烧坏了。这就是我所有的工具。我接着前往控制室,向阿基莫夫汇报情况。任何地方的辐射值都已超出那台每秒1 000微伦琴仪器的测量极限。这意味着,在有些地方,辐射值大约是每小时4伦琴,没有人可以在这种辐射状况下连续工作超过5小时。显然,紧急情况下就是这种状况。阿基莫夫告诉我说,我应该沿着反应堆边走边测量一下辐射状况。我通过电梯井到达了正27级高度处(约27米),没法再向上了。我所到之处的辐射值全部爆表。和我一起走的是彼得·帕拉马尔丘克,我们一起前往604号隔间,去找瓦洛佳·夏谢诺克。

与此同时,在0级高度处,汽轮机大厅内到处都是火。天花板已经掉落,在地面上和机器上落满了大块炽热的燃料和石墨碎片,一段被天花板的混凝土碎片砸烂的管道正在向外喷油,边喷边冒火。甚至被水泵吸入管道的闸阀也裂成碎片,冲着冷凝室隔间喷出滚烫的放射性沸水。汽轮机油箱和发电机内的氢气随时可能发生爆炸。必须做点什么。

营救工作

汽轮机大厅的机组工作人员冒着巨大的生命危险,创造了奇迹，成功阻止了火灾向其他反应堆机组蔓延。那真是非同一般的功绩，与消防队员的表现一样英勇。现在我们将目光移出汽轮机大厅。

与此同时，两名高级反应堆控制工程师实习生，普罗斯库里亚科夫和库德里亚夫采夫正在执行阿基莫夫的命令，他们跑进脱气机走廊，按照习惯从走廊向右拐，朝着电梯所在的反应堆部分的辅助系统跑去。但是，电梯已经完全损坏了，电梯厢不知被什么力量推倒，侧躺在一大堆建筑物残骸上。接着他们向楼梯跑去。空气中弥漫着刺鼻的臭氧气味，就像雷暴过后一样，只是要浓烈得多。他们打着喷嚏，并已经察觉到在自己周围有另外一种奇怪的力量，但即便如此，他们还是继续向上攀爬。

佩列沃兹琴科紧跟在两名实习生身后，冲进了脱气机走廊。他已经告诉阿基莫夫和佳特洛夫他要去找他的下属们，这些人有可能已经被埋在建筑物残骸下面。起初，他跑向破碎的窗户旁边，向上望去。他的整个身体现在都感觉到了无处不在的辐射。他只觉得明显闻到一种极度清新的空气的味道，就是那种雷暴过后的味道，只是要强烈得多。脱气机屋顶上和汽轮机大厅里的火光在外面的黑暗中映出红色的轮廓。一般情况下，你是感觉不到空气的，除非有风吹过，但是佩列沃兹琴科能感觉到某种无形的射线正在穿透他的身体。他直觉上感到惊慌和恐惧，但他对下属的关心占了上风。他又向窗外探了探，向右边望去。那时候他才意识到，反应堆机组已经被毁坏了：原来就矗立在那里的主循环泵室的外墙现在在黑暗中已经难以辨认，只剩一大堆建筑物残骸、管线和毁坏的机器。他想知道机组上方的情况如何，便向上望去，结果发现鼓式分离器隔间也被摧毁了。中央大厅里肯定是发生了爆炸。他能看到那里多处起火。

"我们没有保护系统了——一个都没有了，"他愤怒地想。每呼吸一次，他就感觉到胸部充满了放射性核素。他最初的沮丧已经过去了，但他的肺里仍然在燃烧。

佩列沃兹琴科感觉到他的胸部、面部还有整个身体内部都像是着了火一般。"我们做了些什么？"瓦莱里·伊万诺维奇问自己，"我的伙计们要死了。那两名操作人员库尔古兹和亨里希还在中央大厅，就是那儿发生的爆炸。瓦莱拉·霍捷姆楚科①还在主循环泵室的某个地方。瓦洛佳·夏谢诺克还在反应堆馈送机下方的设备室里。我该往哪边去？我应该先去找谁？"

当务之急是弄清楚辐射状况。佩列沃兹琴科跑向辐射安全控制仪表室去找戈尔巴琴科，他脚下的碎玻璃让他不住地打滑。

放射剂量测试员的脸色虽然苍白，但很镇静。

"本底辐射读数是多少，科利亚？"佩列沃兹琴科问道，他的脸看起来好像燃烧着褐色的火一样。

"唉！在1 000微伦琴每秒量程的仪器超出了测量范围。4号反应堆机组的仪表也坏了。"戈尔巴琴科一脸歉意地笑了笑说，"我们可以假设现在的辐射值大约是4伦琴每小时，甚至可能更高。"

---

① 瓦莱里·霍捷姆楚科的昵称。——译者注

"你们怎么能没有其他仪器呢?"

"我们确实有一台量程为 1 000 伦琴的仪器,不过它烧坏了。还有一台锁在保险箱里,克拉斯诺申有钥匙。但是,那个保险箱被压在一大堆建筑物残骸的下面。我看过了,没法拿出来。你知道人们平时都是怎么想的,没有一个人曾严肃地考虑过如果发生真正的灾难该怎么办。没人相信真的会发生灾难。我现在要和帕拉马尔丘克去找夏谢诺克。他所在的 604 号隔间没人接电话。"

佩列沃兹琴科离开了放射剂量测试仪表室,跑去主循环泵室,爆炸发生前瓦莱里·霍捷姆楚科就在那里。他是距离爆炸最近的一个人。

切尔诺贝利核电站启动与调试公司主任彼得亚·帕拉马尔丘克[①]正从控制室跑向放射剂量测试仪表室。他和他的下属在惰转期间读取了各个系统的性能和参数。很明显现在夏谢诺克没能回应,他当时正在 604 号隔间,那是最危险的地方,就在反应堆机组厚墙的内部,而在那里刚刚发生了巨大的爆炸。他现在情况如何?他所在的房间至关重要,主要技术系统的脉冲线路都汇聚到那个房间里的传感器。要是薄膜破裂了该怎么办?蒸汽的温度可以达到约 300°C,还有过热的蒸汽水。他没有接电话,接收器上不断的蜂鸣声他应该可以听到的,要不然就是接收器的线路断了。爆炸前五分钟还和他联系过,那时候的线路还是好的。

---

① 彼得·帕拉马尔丘克的昵称。——译者注

帕拉马尔丘克和戈尔巴琴科已经向电梯井那边跑去。

佩列沃兹琴科看到他们从脱气机走廊冲向被毁坏的反应堆的厚墙后面，冲他们喊道："我去找霍捷姆楚科！"他们将进入一片散落着核燃料和反应堆石墨的区域。

帕拉马尔丘克和戈尔巴琴科通过楼梯爬上了正24级高度处。佩列沃兹琴科沿着正10级高度处的短走廊向被毁坏的主循环泵室那边跑去。

此时，那两名年轻的实习生库德里亚夫采夫和普罗斯库里亚科夫正在慢慢通过正36级高度处的一大堆建筑物残骸，反应堆大厅就在那里。他们能听到火焰的噼啪声，也能听到汽轮机大厅屋顶上消防队员的喊叫声，声音通过空电梯井被放大了，他们还听到附近某处也传来消防队员的声音，可能是反应堆盖那边。

"那边也着火了吗？"他们诧异道。

在正36级高度处，一切都被摧毁了。两名实习生摸索着通过了一大堆碎裂的建筑物残骸，到了通风设备中心的巨大房间，那里以前是由一堵坚固的墙和反应堆大厅隔开的。很明显，中央大厅就像气球一样被吹跑了，现在它的顶部已经被撕扯开了，墙壁也已经扭曲变形，钢筋半露在外，像是巨大的伤口。有些地方的混凝土已经崩塌了，只剩下格状的钢筋清晰可见。两个年轻人在那里站了一会儿，十分震惊，他们无法辨认出曾经非常熟悉的景象。虽然他们感觉到胸部有灼烧的感觉，太阳穴非常紧，眼皮也像泡在盐酸中一样刺痛，但这一切都被心中那异样的感觉和莫名其妙的激动压倒了。

他们沿着50—52通道继续走，脚下的碎玻璃让他们偶尔打滑，最终到达了中央大厅的入口处，那里距离上方R排的隔离墙很近。狭窄的通道里洒满了瓦砾和碎玻璃。前方，火焰向夜空投出一道红光；空气中弥漫着浓烟和一种刺鼻的让人难以忍受的烧焦味道。然而最重要的是，他们感觉到空气中有一种未知的力量，一种搏动的力量，潜伏着危险而又带有令人窒息的热度。高能核辐射已经电离了空气，造就了一个新的、令人恐惧的环境——不适合人类生存的环境。

他们既没有呼吸器，也没有防护服，就那么进入了中央大厅，穿过了三道半开的门，进入了曾是反应堆大厅的地方，那里现在已经落满了扭曲的建筑物残骸和冒着浓烟的碎片。他们能看到消防水带正悬挂在反应堆上方，管子里还淌着水。但是一个人都看不到，看来在几分钟前消防队员已经撤退了，这些消防队员已经筋疲力尽，很快就要失去知觉。

普罗斯库里亚科夫和库德里亚夫采夫根据他们吸收的辐射剂量看，发现他们几乎就在反应堆口。但是反应堆哪儿去了？那还能是反应堆吗？

圆形的上部生物性防护盖现在斜落在反应堆坑室的顶上，细长金属管（燃料孔道完整性监测系统）四处伸出。崩塌的墙里，钢筋也四处伸出，扭曲变形。这意味着，巨大的圆形盖子被气流冲击到了空中，然后换了一个方向又掉落到反应堆上。红蓝相间的火焰在反应堆口处燃烧着，向上直冲。两名实习生的脸上都受到了辐射值为30 000伦琴每小时的核热的冲击。

他们用手捂着脸，就好像被刺眼的阳光照到一般。很明显，控制棒完全消失了，它们已经跑到九霄云外去了。没有什么东西可以插入堆芯了，根本什么都没有。

普罗斯库里亚科夫和库德里亚夫采夫在反应堆附近待了大约一分钟，仔细记住了看到的一切。他们呆的时间太久了，吸收了足以致命的辐射剂量。后来他们俩都在莫斯科第六医院在巨大的痛苦中死去。

随后他们原路返回，最初的那种由核能诱发的激动感已经过去了，他们只觉得极度沮丧，万分惊恐。他们到达正10级高度处，从那里进入了控制室并向阿基莫夫和佳特洛夫进行了汇报。他们的脸上和胳膊上都呈现出深褐色，那是核灼伤的典型特征。后来，在医疗中心里，医生发现他们全身的皮肤都呈现出这种深褐色。

"中央大厅里什么都没有了，"普罗斯库里亚科夫说，"爆炸摧毁了一切。从那里都能看到头上的天空。反应堆里冒着火。"

"你们肯定是搞错了，"佳特洛夫慢慢地说，口齿很不清楚，"肯定是地板上某处着火了，你们以为那就是反应堆。显然是保护与控制系统（SUZ）的应急水箱里的爆炸性气体发生了爆炸，掀翻了屋顶。记住，那个水箱安装在正70级高度处的中央大厅侧墙外表面上。是的，就是它。好了，一点儿也不奇怪。水箱容积是约110立方米，非常大。像那样的爆炸可能不止会掀翻屋顶，还会炸毁整个反应堆机组。我们现在想办法去挽救反应堆，它还是完好无损的——我们得想办法向堆芯注入冷却水。"

一个虚构的故事就这样被创造出来了：反应堆安然无恙，发生爆炸的只是保护与控制系统的应急水箱，结果就是需要向反应堆供水。

这个虚构的故事上报给了布留哈诺夫和福明，又通过他们转达给了莫斯科方面。在这种假设下开展了大量不必要的甚至是有害的工作，让核电站的情况变得更加糟糕，也造成了死亡人数的增加。

普罗斯库里亚科夫和库德里亚夫采夫被送往医疗中心。15分钟之后，反应堆大厅的操作人员库尔古兹和亨里希也被送往那里，他们在爆炸发生时就在反应堆旁边。他们在对中央大厅进行检查后坐回到工位上，等候佩列沃兹琴科给他们发送整体换班的指令。在爆炸前大约4分钟，奥列格·亨里希告诉阿纳托利·库尔古兹他有些累了，想小睡一下，他就进了旁边一个大约6平方米没有窗户的小房间。亨里希关上了房门，在简易床上躺了下来。

阿纳托利·库尔古兹坐在办公桌旁，在他的工作日志上记录了几条。在他和反应堆大厅之间，隔着三道开着的门。当核反应堆发生爆炸的时候，强放射性蒸汽混杂着核燃料涌入了库尔古兹所在的办公室。他穿过这人间地狱试图把门关上。关上门之后，他冲着亨里希喊道："着火了！到处都着火了！"

亨里希从简易床上一跃而起，冲到自己房间的门边去开门。他开了一条缝，但门后难闻的气味和火光让他放弃了尝试，本能地躺到了地板的油毡上，那上面的温度稍稍低一些，他冲着库尔古兹喊道:"托利亚[①]!躺下!地板上比较凉!"

库尔古兹也学着亨里希那样,两个人都躺在了地板上。

"至少躺在那儿还能呼吸。我的肺部感到一种古怪的灼烧感。"亨里希后来回忆道。

他们大约等了3分钟,在这3分钟里,火势已经稍稍减弱了。火势也应该减弱,因为头顶上已经没有屋顶了。接着,他们进入了50—52通道。库尔古兹脸上和胳膊淌着血,布满了水泡的皮肤一条一条垂下来。

他们没有去电梯井,也就是实习生普罗斯库里亚科夫和库德里亚夫采夫不久后进来的地方,要是他们碰到了那两名实习生的话,一定会让他们返回去,也许还可以挽救他们的性命。但他们俩是通过"清洁楼梯"下到了正10级高度处,和实习生们彼此错过。

亨里希和库尔古兹在去往正12级高度处控制室的路上,遇到了气路操作人员西迈可诺夫(Simekonov)和西蒙年科(Simonenko)。当时,库尔古兹的样子已经惨不忍睹:他浑身淌着血,衣服下面的皮肤上全是水泡,没有人能帮得了他,任何轻微的触碰都让他感到非常疼。真不知道他是怎么走完剩下那一段路的。亨里希的烧伤情况没那么严重,因为他受到了那个没有窗户的小房间的保护。然而,他们两人都吸收了大约600伦琴的辐射剂量。

当佳特洛夫跑出控制室,碰见他们的时候,他们已经在脱

[①] 阿纳托利的昵称。——译者注

气机走廊里了。

"立刻到医务室去!"

这意味着要沿着脱气机走廊走大约450至500米,一直走到位于1号反应堆机组的行政大楼。

"你还能行吗,托利亚?"库尔古兹的同事问他。

"我不知道,我全身都在疼,到处。"

幸亏他们决定不去医务室,因为一期建设工程的医务室已经关门了。而在那个时候,二期建设工程还没有医护人员,因为布留哈诺夫自信一切都很安全,不会出岔子!在这里我们看到了那种"停滞时代"的心态所起作用。

一辆急救车被叫来,停在行政大楼侧翼3号和4号反应堆所在的大楼前(核电站的二期建设工程)。库尔古兹和亨里希下到了0级高度处,他们打碎了一面在爆炸中奇迹般保持完好的窗玻璃,从大楼里出来了。

佳特洛夫去了好几次3号反应堆控制室,他命令巴格达萨罗夫(Bagdasarov)关停3号反应堆。巴格达萨罗夫要求得到布留哈诺夫和福明的授权,但他们都拒绝发出这样的指令。3号反应堆中央大厅的操作人员向他的上级汇报说,警报灯与蜂鸣器已经被触发。他们面临着放射性急剧升高的影响,但他们没有意识到,是那些喷发出的核燃料和石墨落在了3号反应堆机组中央大厅的屋顶上,透过混凝土屋顶放射出核辐射。

佳特洛夫从某一层返回控制室后,命令阿基莫夫:"给每个部门的白班员工打电话!特别是电气工程部门负责人莱勒琴科。我们得阻止氢气从电解室进入 8 号发电机。只有电工才能阻止。动起来！我再去反应堆周围看看。"

佳特洛夫走出了控制室。

达夫列特巴耶夫多次从汽轮机大厅前往控制室，汇报那里的情况。各个部门的人现在都在那儿。放射剂量测试值班工长萨莫耶兰可用他的设备对达夫列特巴耶夫进行了测试，他说："拉齐姆，你身上的辐射太强了，已经爆表了！立刻去换套衣服！"与此同时，汽轮机大厅的安全装备还锁在柜子里。人们让身强力壮的布拉日尼科拿橇棍打开了柜子。

阿基莫夫命令高级反应堆控制工程师斯托利亚尔丘克和机械师布瑟金（Busygin）打开给水泵，向反应堆供水。

"亚历山大·费奥多罗维奇！"达夫列特巴耶夫喊道，"没有电压了！我们得让电工尽快过来，这样才能启动 0 级高度处的变压器。但我不知道他们该怎么做，所有的电缆都已经断了。这个地方到处都短路了。在 0 级高度处给水泵不远的地方有一盏紫外线灯。那也可能是一片核燃料，或是短路造成的电弧。"

"莱勒琴科很快会带着他的人到这里来！他们会弄好的！"

达夫列特巴耶夫再次回到了地狱般的汽轮机大厅。在 0 级高度处，托尔莫辛（Tormozin）正在用锤子往一根油管的破洞里敲木塞，为了完成这件工作，他坐在管道上，臀部都烫伤了。达夫列特巴耶夫又冲向一大堆建筑物残骸下方的 7 号汽轮机，但没法过去了，油毡上到处都是油。喷水系统已经启动，将汽轮机包裹在一片水雾之中。油泵已经从控制台关掉了。

在 7 号汽轮机附近有一个电话亭，机械师们经常在这里联系控制室。没有人知道核燃料碎片已经落在了 5 号变压器上，就在窗户的另一边，电话亭的对面。就是在那里，帕尔楚科（Parchuk）、韦尔希宁（Vershinin）、布拉日尼科和诺维克（Novik）都吸收了致命的辐射剂量。

与此同时，能源技术委员会代表根纳季·彼得罗维奇·梅特兰柯（Gennady Petrovich Metlenko）正在控制室里等候，没什么特别的事情可做，他身材短小，外表柔弱，鼻子很尖，给人感觉很憔悴。那天晚上，他被安排在核电站中监督惰转实验。最终，阿基莫夫注意到了他，对他说："行行好，去汽轮机大厅搭把手，转动一下闸阀的开关。到处都停电了。人工开关每个闸阀都至少需要四个小时。管径非常粗。"

梅特兰柯很快到达了汽轮机大厅。悲剧就发生在 0 级高度处，掉下来的大梁砸断了汽轮机的输油管线，热油喷洒到了炽热的核燃料上面，引起了火灾。机械师韦尔希宁扑灭了大火，随后急忙帮助他的同事们阻止油箱发生爆炸，并确保不会再有其他东西着火。布拉日尼科、帕尔楚科和托尔莫辛扑灭了其他多处地方的火苗。整个汽轮机大厅里到处都是强放射性燃料和反应堆石墨，都是通过屋顶上方的洞掉到汽轮机大厅里的；高度电离的空气中充满了屋顶残余部分的沥青熔化的味道、石墨燃烧后剩下的黑色灰烬、放射性物质，总的来说空气中全是烧焦的味道。一段落下的大梁压碎了其中一个应急给水泵的法兰，必须得把它从脱气机器吸入管线和压力管线上断开才行。可是手动打开闸阀至少要花费四个小时。另一台给水泵必须准备好为"反应堆"供水，虽然也可能需要四个小时的人力劳动。0级高度处汽轮机大厅内辐射场的辐射值是500至15 000伦琴每小时。梅特兰柯被送回了控制室。

"我们来处理！别碍事！"

达夫列特巴耶夫安排阿基莫夫当值期间的电工用氮气来取代发电机当中的氢气，以避免爆炸。应急用油从汽轮机油箱转移到了反应堆机组上方的应急水箱。然后他们用水冲洗了油箱。

在4月26日那个不幸的夜晚，汽轮机操作人员完成了一个非凡的壮举。如果他们坐以待毙的话，整个汽轮机大厅都会被火海吞没，屋顶可能会坍塌，火苗会窜到别的反应堆机组，也许会毁灭全部四台反应堆，后果几乎不可想象。

凌晨5点整，当捷利亚特尼科夫（Telyatnikov）的消防队员们进入汽轮机大厅的时候，所有的工作都做完了。2号应急给水泵已经做好了运行的准备，甚至已经打开以向并不存在的反应堆供水了。阿基莫夫和佳特洛夫以为冷却水正在进入反应堆。然而那是不可能的，一个简单的原因就是所有的低位水交流管线都已经在爆炸中被切断了，从2号应急给水泵流出的水实际上流到了反应堆下方的隔间，那里有大量从上边漏下来的粉末状核燃料。现在，强放射性水混合着核燃料，流向脱气机的下层，淹没了地下的线缆室和高压开关设备，引起了短路，几乎造成运行中的其他三台反应堆机组的电力中断。切尔诺贝利核电站的所有反应堆机组都通过脱气机地道相连，主线缆都布置在那里。

到凌晨 5 点的时候，达夫列特巴耶夫、布瑟金、柯尔涅耶夫（Korneyev）、布拉日尼科、托尔莫辛、韦尔希宁、诺维克和帕尔楚科都出现了反复呕吐的症状，身体非常虚弱。他们都被送往医疗中心。达夫列特巴耶夫、布瑟金、柯尔涅耶夫和托尔莫辛都吸收了大约 350 伦琴的辐射剂量，他们幸存了下来。布拉日尼科、帕尔楚科、韦尔希宁和诺维克则吸收了 1 000 拉德甚至更多的辐射剂量，在莫斯科于极度痛苦之中死去。

现在我们跟随着瓦莱里·伊万诺维奇·佩列沃兹琴科那注定走向死亡的脚步，回到事故的开始。虽然他首先去找了霍捷姆楚科，但他还急切地想要营救所有下属。他是一个无所畏惧的人，勇气和责任感让他径直冲向那地狱般的灾难现场。

就在这一时间前后，帕拉马尔丘克和戈尔巴琴科正穿过废墟中的电梯井爬向正 24 级高度处，最后一次联系瓦洛佳·夏谢诺克时他就是在那里的 604 号隔间。

"不知道他遭遇了什么事？但愿他至少还活着。"帕拉马尔丘克对自己说。

反应堆机组在经历了一系列的剧烈爆炸之后，变得异常安静。通过屋顶上的缝隙，可以听到汽轮机大厅屋顶那边传来火焰的噼啪声和消防队员的叫喊声，还能听到反应堆里燃烧的石墨那让人紧张不安的低吟。那些都是背景的杂音，而更为明显的声音是来自放射性废水喷溅到各处时发出的潺潺流水声或暴风雨般的声音，有高有低，再加上最后喷出的放射性蒸汽那有气无力的嘶嘶声。空气极度不寻常：厚重而高度电离的气体闻起来有一种浓郁的臭氧味道,喉咙里、肺里、眼睛里都有灼烧感,引起人们猛烈地咳嗽。

这两个没有戴呼吸器的人在黑暗中跑了过去,他们用所有操作人员都配备的手电照明,寻找去路。

佩列沃兹琴科沿着位于正10级高度处的短走廊跑着,走廊通往主循环泵室,也就是瓦莱拉·霍捷姆楚科工作的地方,他突然停了下来,吓了一跳。那个房间已经没有了,头上就是天空,被汽轮机大厅的火焰照得通明,正前方是一大堆杂乱的建筑物残骸、损坏的设备和扭曲的管道。那堆建筑物残骸包括一大堆反应堆石墨,放射出至少10 000伦琴每小时的辐射。无语的佩列沃兹琴科用手电筒照过这一堆废墟,想知道他到底是怎么到那儿的。这样的地方怎么可能会有人呢?但是他营救瓦莱拉的决心占了上风。他绷紧了神经,想要捕捉到虚弱的呻吟或是任何声音。

亨里希和库尔古兹可能也在上面,在爆炸发生的地方附近。他也要营救他们,他不可能抛弃自己的下属。

然而,他待在那里的时间越久,他自己生还的可能性就越小。这位反应堆值班工长的身体正在吸收越来越多剂量的辐射,他被核灼伤的皮肤颜色在黑暗中也越来越深。不光是他的胳膊上和脸上,还有他在衣服下面的全身。他体内感觉像着了火一般。

"瓦——莱——拉!"佩列沃兹琴科声嘶力竭地大喊着,"瓦莱拉!回答我!我在这里!你别害怕!我们会救你的!"

他直接冲向那一大堆瓦砾,爬上了建筑物残骸,耐心地寻找机会，他在黑暗中偶尔会抓到核燃料碎片和石墨碎片，那些东西都让他的双手感到阵阵灼烧。

没有任何声音表示这里还有人活着，但他还是不放弃，他的皮肤在突出的钢筋和锋利的混凝土块棱角上被擦出一片片瘀伤。最终他进入了304号隔间，但里面是空的。

"瓦莱拉在另一边执勤，我现在想起来了。"

佩列沃兹琴科再一次穿过成堆的瓦砾去找在另一边的霍捷姆楚科，但无济于事。

"瓦——莱——拉！"佩列沃兹琴科再一次喊道，他举起双臂，挥动着拳头。沮丧和痛苦的眼泪流过他的双颊，他的脸已经在辐射的作用下完全变黑，并且浮肿了。"瓦莱拉，快啊！回答我！"

没有任何回应，只有汽轮机大厅上方燃烧的火苗在夜空中辉映，还有消防队员那直穿人心的尖叫声，听起来就像是受伤的鸟儿在鸣叫。在屋顶上方，当他们奋勇战斗时，死亡已经浸透了他们的身体。

大量核辐射造成的疲劳让佩列沃兹琴科筋疲力尽，他从瓦砾上爬了下来，蹒跚着向电梯井那边走去，又从那边爬回了位于正36级高度处的中央大厅，他以为亨里希和库尔古兹已经死在炽热的核地狱中了。

但他不知道的是，就在几分钟前，阿纳托利·库尔古兹和奥列格·亨里希在爆炸中奇迹般地活了下来，并已经离开了这一片被毁坏的地方。他们虽然暴露于强辐射中，还被放射性蒸汽烫伤了，但他们通过"清洁楼梯"下到了正10级高度处，并从那里被送往医疗中心了。

佩列沃兹琴科跟着实习生库德里亚夫采夫和普罗斯库里亚科夫的脚步,先是进了操作人员的小隔间,发现他们并不在那里,他又去了中央大厅,就那么直接走进了熊熊燃烧的反应堆造成的额外核冲击中。

作为一名经验丰富的物理学家,佩列沃兹琴科意识到,曾是反应堆的这个地方现在就是一个巨大的核火山,已经不可能用水来扑灭了,因为低位水交流管线在爆炸中就已经与反应堆切断了;他也知道,阿基莫夫、托普图诺夫和那两个在汽轮机大厅启动给水泵的人的生命即将走到尽头,他们希望向反应堆注水,但那其实是没有用的。水根本没有办法供向反应堆。要想挽救生命,正确的行动是将所有人都疏散出建筑物。

佩列沃兹琴科克服了昏厥和强烈的恶心,再次蹒跚着回到控制室,他对阿基莫夫说:"沙夏[①],反应堆已经被毁了!你们赶快让所有人撤离出机组!"

"反应堆仍然完好无损!我们正准备向内注水!"阿基莫夫气愤地反驳道,"我们所做的一切都是正确的。你最好赶快去医疗中心,瓦莱拉,你的状态差极了。但是你全搞错了,我向你保证。反应堆没有着火,只是一部分建筑物着火了,他们已经全都扑灭了。"

当佩列沃兹琴科寻找已经被埋葬在一大堆瓦砾下的霍捷

[①] 亚历山大·阿基莫夫的昵称。——译者注

姆楚科的时候，彼得·帕拉马尔丘克和放射剂量测试员尼古拉·戈尔巴琴科刚在24级高度处从一大堆扭曲的金属和砖石之间艰难地走出来，正在去往测量和监测仪器室的路上，弗拉基米尔·夏谢诺克在爆炸发生时正在那里。他们发现他们的同事在604号隔间的废墟中，被一段掉下来的大梁压住，身上已被蒸汽和热水严重烫伤。虽然随后在医疗中心的检查显示他脊柱受到了损伤，几根肋骨骨折了，但他们现在最关心的是如何营救他。

就在发生爆炸前，夏谢诺克正在这个房间里，这时候，回路压力以每秒15个大气压的速度上升，管道和传感器都被撕碎了，喷出了放射性蒸汽和过热水，屋顶上有东西掉了下来，导致他失去了知觉。他全身既有严重烫伤，也有辐射灼伤。那两名年轻人将他从瓦砾下面救了出来。接着，在戈尔巴琴科的帮助下，帕拉马尔丘克将夏谢诺克背在背上，尽量使他免受额外的痛苦。经过艰苦的努力，他们终于到达正10级高度处。接着他们轮流背着受伤的同事沿着脱气机走廊走了大约450米，一直走到1号反应堆机组行政大楼的医务室。如前所述，医务室没开门，他们叫了一辆救护车；大约10分钟后，护理员萨沙·斯佳丘克（Sasha Skachok）到了，夏谢诺克被送进了医务室。接着，儿科医生瓦伦汀·别洛孔（Valentin Belokon）坐着他自己的救护车来了，一直坚持工作到清晨，然后他本人也被送到了医疗中心。

放射性

帕拉马尔丘克和戈尔巴琴科由于搬运他们的同事，自己也暴露在强烈的核辐射中，他们很快就意识到了这个问题。那个时候，戈尔巴琴科除了在机组各处走动测量背景伽马辐射外，也通过某种方式对汽轮机大厅及4号反应堆外部的辐射状况进行了测量。然而，他本可以不去给自己找麻烦。他用的仪器最大测量范围为每小时3.6伦琴，不可能记录下实际强得多的辐射状况。当然，那也就意味着，他无法以此警告他的同事们。

凌晨2点30分，切尔诺贝利核电站主任维克托·彼得罗维奇·布留哈诺夫到了4号反应堆机组控制室。他脸色灰白，看起来有些困惑，实际上还有些微微发狂。

"发生了什么事？"他压低了音调，问阿基莫夫。

当时，控制室里空气中的辐射值约为每小时3至5伦琴。靠近建筑物残骸的地方放射性要更高得多。

阿基莫夫汇报说，以他的观点来看，发生了严重的放射性事故，但反应堆仍安然无恙；汽轮机大厅中的火苗正被扑灭；捷利亚特尼科夫少校的消防队员们正在屋顶上灭火；2号应急给水泵正在做准备，很快就可以投入运行。现在一切具备，只欠莱勒琴科和他的手下恢复供电了。变压器已经从机组断开，以免发生短路。

"你是说有严重的放射性事故，但反应堆仍完好无损。那么现在整个机组的放射性如何？"

"戈尔巴琴科的辐射计显示现在的辐射值是每秒 1 000 微伦琴。"

"唉,那太高了。"布留哈诺夫说,口气听起来只是略微放心了一点。

"是啊。"阿基莫夫提心吊胆地说。

"我现在可以去通知莫斯科方面反应堆完好无损吗?"布留哈诺夫问。

"可以,就这么说吧。"阿基莫夫自信地回答。

布留哈诺夫回到了他在 1 号反应堆行政大楼的办公室。在那里,他在凌晨 3 点的时候联系了还在家中的苏共中央核能部门负责人弗拉基米尔·瓦西里耶维奇·马林(Vladimir Vasilyevich Marin)。

这时候,切尔诺贝利核电站民防部主任 S. S. 沃罗比约夫(S. S. Vorobyov)到了受损的反应堆机组现场。他携带了一套测量范围达 250 伦琴的辐射计,这真是大大改善了现状。当他对脱气机、汽轮机大厅和建筑物残骸附近进行测量后,发现情况十分危急,在多个地方,指针都超出了最大测量范围。

沃罗比约夫把他的发现汇报给了布留哈诺夫。

"你的仪器出故障了吧,"布留哈诺夫说,"辐射场那么强是不可能的。你知道那意味着什么吗?把那东西从这里拿开,扔到垃圾堆里去!"

"检测仪没有问题。"沃罗比约夫回答说。

凌晨 4 点 30 分,总工程师福明终于到了控制室。要联系上他非常困难。他在家的时候从不自己接电话，他的妻子则不知在语无伦次地嘟囔些什么。有人说他可能去捉鱼了。肯定有其他人知道他的行踪。

"这都是怎么回事？"

阿基莫夫汇报了当时的情况，强调了爆炸前技术操作的步骤顺序。

"一切都是按步骤操作，尼古拉·马克西莫维奇。当值的操作人员无可挑剔。当5级'紧急功率降低'按钮按下的时候，可操作反应性储备是18根控制棒。是中央大厅正71级高度处约110立方米的应急水箱发生了爆炸，造成了这次破坏。"

"反应堆完好无损吗？"福明用他那悦耳的男中音问道。

"当然完好无损！"阿基莫夫信誓旦旦地回答。

"立刻向反应堆内供水！"

"此刻，应急给水泵正在从脱气机向反应堆内供水。"

福明离开了，内心被矛盾撕扯。他的思绪像是被追捕的动物一般狂奔，被绝望的形势压倒；然而，他那铁一般的信心突然恢复了，他确信能够挺过去。

但他最终没能挺过去。这会儿他才刚刚开始对自己要承担的责任有所觉察。正是这巨大的责任摧毁了这个隐藏在层层的傲慢与官气十足的信心之下的可悲的家伙，使他成为第一个被压垮的人。

操作部门副总工程师佳特洛夫与放射剂量测试员一同离开了控制室，通过电梯井到了外面，是他最先指示阿基莫夫向反应堆供水的。大块的反应堆石墨、核燃料和瓦砾洒满了柏油地面。空气非常浓厚，还在有规律地脉动，这是电离及强放射性等离子存在的标志。

"放射性如何？"佳特洛夫问放射剂量测试员。

"已经超出量程了，阿纳托利·斯捷潘诺维奇，"他边剧烈咳嗽边回答，"我的喉咙很干。达到每秒1 000微伦琴就超过量程了。"

"你个白痴！你怎么能没有别的测量仪器呢？你根本没有认真对待这件事情！"

"是啊，但谁能想到我们会遇到这么强烈的辐射场呢？"放射剂量测试员不耐烦地回答道，"在保险箱里有一台量程为1 000伦琴的仪器，但它被锁起来了，只有克拉斯诺申有钥匙。但问题是，根本没办法到保险箱那边去了。它被压在一大堆建筑物残骸下面，我亲眼看到的。那边的核辐射也非常强，就算不用仪器我也能感觉出来。"

"你个蠢货！你这个满嘴胡话的笨蛋！你把仪器放在保险箱里了！白痴！真是不可思议！那你就用鼻子测量吧！"

"我刚才一直就是这么做的，阿纳托利·斯捷潘诺维奇。"放射剂量测试员说。

"要是你明白你在做什么的话就好极了！我自己也能测量，该死的！"佳特洛夫继续咆哮道，"但那不是我的工作，那是你的工作。懂了吗？"

这时候，他们已经快到T排和辅助系统装置了，那边儿，一大堆建筑物残骸挡在路上，一直堆到分离器隔间上方。

"这都是些什么？"佳特洛夫大喊道，"他们到底干了些什么？我们都完了！"

放射剂量测试员来回拨动量程切换开关，喃喃自语道："超出测量范围……超出测量范围……"

"你为什么不现在就把那个没用的东西扔掉呢，你个蠢货！我们去看看汽轮机大厅外面情况如何。"

尽管光线昏暗，但明显可以看到柏油地面上到处都是石墨和核燃料碎片，有的石墨块像足球般大小。其真实的辐射值达到每小时15 000伦琴，放射剂量测试员的仪器超出量程一点都不足为奇。

佳特洛夫和放射剂量测试员慢了下来，用他们的眼睛记录下这些证据。当走到汽轮机大厅末端的时候，他们看到取水池的混凝土墙边停了19辆消防车。现在可以清楚地听到汽轮机大厅屋顶上火焰的咆哮声与噼啪声了；火苗比排气烟囱还高。

4号反应堆机组操作部门副总工程师对于他所看到的情况有两种截然不同的想法，或者说假设。在他的脑中有两个人，其中一个说："反应堆完好无损！供水吧！"另外一个则说："地上到处都是石墨和核燃料。但它们是从哪里来的呢？我不知道它们是从哪里来的。放射性非常强，我的骨头都能感觉得到。"

"好了！就这么着吧！"佳特洛夫命令道，"我们离开这里！"

他们返回控制室。戈尔巴琴科回到放射剂量测试仪表板处。辐射安全服务部门副主任克拉斯诺申随时可能出现。

他们吸收的辐射剂量共计为400拉德。他们在凌晨5点的时候开始感到头疼、极度的疲劳和恶心；他们的皮肤开始逐渐转变成核灼伤后的那种深褐色。

戈尔巴琴科与佳特洛夫走到 1 号行政大楼，在那里被一辆救护车带到了医疗中心。

苏共中央核能部门书记弗拉基米尔·瓦西里耶维奇·马林的妻子阿尔法·费奥多罗芙娜·马尔季诺娃（Alfa Fyodorovna Martynova）的证词：

4 月 26 日凌晨 3 点，我们在家接到一个长途电话。那是布留哈诺夫从切尔诺贝利打给马林的。马林挂了电话后告诉我，切尔诺贝利核电站发生了严重的事故，但是反应堆安然无恙。他很快穿好衣服，叫了辆车。在离开前，他给中央委员会几位高级委员，特别是弗罗里谢夫（Frolyshev）打了电话，弗罗里谢夫联系了多尔吉赫，多尔吉赫又给戈尔巴乔夫和苏共中央政治局的其他委员打了电话。然后他就去了中央委员会。早上 8 点，马林给家里打了个电话，说他要出差，让我帮他把生活用品准备一下，比如肥皂、牙粉、牙刷、毛巾等。

1986 年 4 月 26 日凌晨 4 点，布留哈诺夫收到了莫斯科方面发来的命令："确保核反应堆一直保持冷却。"

核反应堆安然无恙的神话

在二期建设工程 3 号和 4 号反应堆机组放射剂量测试仪表板前，辐射安全服务部门副主任克拉斯诺申取代了尼古拉·戈尔巴琴科。当操作人员问及他们可以在工作岗位上工作多久时，克拉斯诺申实事求是地回答说："辐射值在测量范围为每秒 1 000 微伦琴的检测仪上超出了量程。安全辐射剂量是不超过 25 生物伦琴当量，所以你们只能工作 5 小时。"（这样看来，很明显这位核电站辐射安全服务部门的副主任没能搞清楚真实的辐射强度如何。）

阿基莫夫和托普图诺夫也去反应堆看了几次，检查了 2 号应急给水泵向反应堆内供水的情况。但是火还在剧烈地燃烧。

阿基莫夫和托普图诺夫的皮肤已经被核辐射灼伤，呈现出深褐色，他们的身体由于恶心而感到极度虚弱。佳特洛夫、达夫列特巴耶夫和汽轮机大厅的工作人员都已经被送往医疗中心。机组值班工长弗拉基米尔·阿列克谢耶维奇·巴比切夫（Vladimir Alekseyevich Babichev）已经接替阿基莫夫的工作，不过阿基莫夫和托普图诺夫还留在原地，这也就导致他们自己必死无疑。虽然他们的勇气和胆量振奋人心，但他们所做的一切都是根据"反应堆安然无恙"这一错误的假设。他们完全不愿意相信反应堆已经报废了。进入反应堆的冷却水实际上混合着放射性粒子全部都流到了地下隔间，淹没了线缆室和高压开关设备，给其他三台运行中的反应堆带来断电的风险。

"有什么原因导致反应堆一直在漏水，"阿基莫夫心想，"沿着管线肯定能找到关闭的闸阀。"

当他和托普图诺夫到达正24级高度处的供水综合设备时，他们发现设备已经半毁了。透过另一头墙体上的洞可以看到天空，淹没了地板的放射性废水携带着大量的核燃料，辐射值达到每小时5 000伦琴。在这么强的辐射场环境下，人可以生存和工作多久呢？当然没多久。但这些人正处于一种极度兴奋的状态，他们的精力高度集中。出于对自己的过错和责任那迟来的承认，以及对他人的义务，他们的每一点能量都被激发出来了。他们有一股不知道从哪里来的力量，理论上他们几个本应该已经死了，但他们还在继续工作。

贯穿和环绕在4号反应堆周围的空气十分稠密，不停搏动，全都是放射性电离气体，充满了被摧毁的反应堆喷发出的全谱段长寿命放射性核素。

阿基莫夫和托普图诺夫用尽全力才打开给水管线两条支线上的调节阀门；后来，他们又到了正27级高度处，成功地在一个小小的管线隔间里打开了两个约300毫米的闸阀，隔间里的水已经齐膝深了，还混杂着核燃料。还有两个闸阀需要打开，分别位于管线的左右两个分支，但他们所有人都已经一点儿力气也没有了，不管是阿基莫夫、托普图诺夫，还是他们的助手涅哈耶夫（Nekhayev）、奥尔洛夫和乌斯科夫（Uskov）。

爆炸之后，汽轮机大厅的汽轮机操作人员、屋顶的消防队员以及电工，在电气工程部门副主任亚历山大·格里戈里耶维奇·莱勒琴科的指挥下，全都显示出真正的英雄气概和一种自我牺牲的精神。他们将火情的范围控制在汽轮机大厅内以及屋顶上，挽救了整座核电站。

亚历山大·格里戈里耶维奇·莱勒琴科三次前往电解室，阻止氢气涌向应急发电机，因此使得几位年轻的电工可以减少停留在强放射性区域的必要时间。实际上，电解室就在放射性建筑物残骸旁边，周围全是核燃料和反应堆石墨碎片，辐射值为每小时5 000至15 000伦琴，这位五十岁的老人显示了他的英雄气概和高尚的道德品质，他有意用自己的身体掩护了其他年轻的同事。当时，在齐膝深的放射性废水中，他研究了电气开关装置的状况，尝试着向给水泵供电。他所吸收的总辐射剂量为2 500拉德，那足够致死五人了。然而，莱勒琴科刚接受完静脉注射的急救后，又一次冲向了反应堆机组，继续工作了数个小时。他最后在极度痛苦之中死于基辅。

反应堆值班工长瓦莱里·伊万诺维奇·佩列沃兹琴科、维修人员彼得·帕拉马尔丘克和放射剂量测试员尼古拉·戈尔巴琴科，毫无疑问，他们全部都具备英雄品质，为了营救他们的同事而尽了最大的努力。

至于阿基莫夫、佳特洛夫、托普图诺夫以及那些帮助他们的人的行为，无论他们多么英勇无畏、多么具有牺牲精神，事实上都只是使灾难更加恶化，因为这些都基于一个错误的假设，那就是：反应堆安然无恙，必须对它进行冷却，必须向内注水；以及是汽轮机大厅的保护与控制系统水箱发生的爆炸造成了这样的结果。这一错误的假设让布留哈诺夫和福明平静下来，他们将自己对形势的理解汇报给了莫斯科方面，得到的指示就是立刻向反应堆内注水，以降低反应堆的温度。另一方面，这些指示具有极大的安慰性，从某种程度上说，澄清了形势，看起来好像一切都已经证明向反应堆内注水就可以解决了。通过这种方式，阿基莫夫、托普图诺夫、佳特洛夫、涅哈耶夫、奥尔洛夫、乌斯科夫和很多人的行为都受到了影响，他们尽力去启动应急给水泵并向假想中的"完好无损、安然无恙的反应堆"供水。

这一假设既给布留哈诺夫和福明一线希望，也让他们能保持理智。

然而，脱气机水箱内的水位越来越低，只剩约 480 立方米了。必须承认，化学净化系统和其他储备/备用水箱向脱气机水箱内供应了额外的水，因此也就不太可能弥补其他三个正在运行中的反应堆机组的水量损失。其他的几台反应堆机组，特别是 3 号反应堆，都处于一种极度困难的状态，也就是很难再继续保持堆芯冷却了。

为了应对这种情况，3 号反应堆机组的值班工长尤里·爱德华多维奇·巴格达萨罗夫的行为值得称赞，在事故发生时，他的控制室内既有"花瓣"呼吸器，也有碘化钾药片。只要辐射状况开始恶化，他就命令他的工作人员戴上呼吸器，并服用碘化钾药片。

他刚一意识到清洁冷凝水箱和化学净化系统的水全部被切换至毁坏的反应堆机组时，就立即告知福明他将关停 3 号反应堆，但福明禁止他关停。到早晨的时候，巴格达萨罗夫自己关停了3号反应堆机组，并将反应堆转换为冷停堆模式，从抑压水池向循环回路供水。他当值期间所采取的措施很有胆识，具有最高的专业水准，正是这样的操作阻止了3号反应堆堆芯熔化。

与此同时，1号行政大楼的地下掩体里，布留哈诺夫和福明不断地在接打电话，布留哈诺夫在与莫斯科方面联系，而福明在与4号反应堆机组的控制室联系。对事件的不实描述被一遍遍地传达了出去，传达给了苏共中央的马林；传达给了莫斯科的马约列茨部长和原子能联盟主席韦列坚尼科夫；传达给了乌克兰能源部长 V. F. 斯克利亚罗夫（V. F. Sklyarov）；传达给了基辅地区委员会书记列文科（Revenko）。所有人听到的都是这样的描述："反应堆安然无恙。我们正在向反应堆内注水。中央大厅的一个应急水箱发生了爆炸。辐射值在正常范围内。只有一人死亡，就是瓦莱里·霍捷姆楚科。弗拉基米尔·夏谢诺克全身100%烧伤，目前情况危急。"

"辐射值在正常范围内。"布留哈诺夫这么说是什么意思？当然，他的仪器无法测量超过每秒1000微伦琴或是每小时3.6伦琴的辐射。但是为什么他没有足够数量的更大测量范围的仪器？为何至关重要的仪器却锁在保险箱中，为何放射剂量测试员使用的仪器会发生故障？为何布留哈诺夫会忽视核电站民防部主任 S. S. 沃罗比约夫的报告，没有及早向莫斯科方面传达他对辐射值的测量数据？

懦弱、害怕承担责任，还有无法胜任工作，拒绝相信这样可怕的灾难会真实发生，所有这些原因促成了布留哈诺夫的行动。然而，"切尔诺贝利事件完全超出了他的理解能力"，这或许可以理解,却不能成为他行动正当的借口。

在莫斯科方面,布留哈诺夫得知已经成立了一个政府委员会,第一组专家将会于上午9点从莫斯科乘飞机赶来。
"坚持下去!冷却反应堆!"

有时候,福明会崩溃,前一分钟还陷在恍惚的状态,下一分钟就疯狂地咆哮,他大叫着用自己的拳头和额头猛击桌子,或是疯狂地冲来撞去。他那好听的男中音现在也绷紧了。他不断地纠缠阿基莫夫和佳特洛夫,要求立即向反应堆注水,或是要求向4号反应堆机组那边派一组新人来替换身体不适而无法继续工作的人员。

佳特洛夫被送往医疗中心以后,福明找到了一期建设工程运行副总工程师阿纳托利·安德鲁耶维奇·西特尼科夫,他说:"你是一名经验丰富的物理学家。看看你是否能说出来反应堆内是什么状况。你作为一个中立的局外人,没有理由说谎。请你到V区的屋顶上,看看中央大厅,好吗?"

西特尼科夫开始了他的死亡之旅。他穿过了整个反应堆机组,到达了中央大厅,在那里,他意识到反应堆实际上已经被摧毁了。然而,他觉得这样还不能说明问题,他爬上了水化学处理装置所在的V区的屋顶,想找个更好的角度看看反应堆。他眼中的景象简直无法形容。覆盖中央大厅大部分地面的巨大的反应堆顶盖曾被冲到空中,混凝土墙只剩一小部分了,里面的钢筋胡乱地支出来,看起来像是某种可怕的捕蝇草,在等待时机将猎物拖进那血盆大口。他将这些可怕的画面从脑子里驱散，但他已经能够感觉到炽热的反应堆的触手伸向他，触碰着他的脸、他的手、他的脑子还有他身体的内部器官。西特尼科夫仔细观察了中央大厅里还剩下些什么东西。反应堆已经完全被炸没了。爆炸将上部生物性防护盖抛向空中，又猛地掉下来，斜盖在反应堆坑室上，到处都是参差不齐的管线碎片以及一束束被拦腰切断的线缆。通过盖子左右两边的缝隙，他能够看到喷发的火焰；空气中充斥着挥之不去的强烈味道。西特尼科夫的全身特别是头部吸收了太多的中子辐射和伽马射线。由于他吸入了稠密的放射性核素气体，他感觉胸部里面好像着了火一样。

仅他的头部就吸收了 1 500 伦琴的辐射剂量。辐射摧毁了他的中枢神经系统。在莫斯科的医院里，他没有接受骨髓移植，尽管采取了许多措施来挽救他的生命，他最终还是去世了。

上午 10 点，西特尼科夫通知福明和布留哈诺夫说，依据他所看到的，反应堆已经被摧毁了。他的汇报被愤怒地驳回了，并且被完全忽视：福明和布留哈诺夫继续向"反应堆"内注水。

抗击火情

我们已经知道，在机组内部，最先在核灾难中被击倒的人是中央大厅操作人员库尔古兹和亨里希、主循环泵操作人员瓦莱里·霍捷姆楚科、维修人员弗拉基米尔·夏谢诺克、汽轮机部门副主任拉齐姆·达夫列特巴耶夫，以及汽轮机机械师布拉日尼科、托尔莫辛、帕尔楚科、诺维克和韦尔希宁。而在机组外部，最先无畏地扑灭大火的是捷利亚特尼科夫少校的消防队员们。

在爆炸发生时，消防队员伊万·米哈伊洛维奇（Ivan Mikhailovich）正在核电站消防站值勤，那里距离被毁的反应堆机组约500米。爆炸一发生，警报立即响起。2号消防巡逻队立即前往4号反应堆机组，当时2号消防巡逻队队长是弗拉基米尔·普拉维克中尉，他负责核电站的消防安全工作。几乎就在同时，6号消防巡逻队也从普里皮亚季赶往核电站，当时6号消防巡逻队队长是维克托·奇贝诺克中尉，他负责普里皮亚季镇的消防安全工作。消防队指挥官列昂尼德·彼得罗维奇·捷利亚特尼科夫当时正在休假，第二天才会去上班。实际上，当核电站消防站给他打电话的时候，他的弟弟正在为他庆祝生日。

"汽轮机大厅发生火情！"执勤员激动地说，"信号是从核电站发出的，屋顶已经着火。普拉维克中尉的消防队员已经赶往那里。我们已经请求普里皮亚季方面派奇贝诺克中尉的消防员增援！"

"好的！"捷利亚特尼科夫说，"安排一辆车来接我，我这就过去。"

捷利亚特尼科夫很快就到了核电站。他一看到火情，就意识到了现有人手不足的问题，需要很多人来协助扑灭火灾。所以他命令普拉维克中尉向整个地区发出通用警报。普拉维克通过他的双向电台发出了 3 级警报，要求基辅地区所有的消防车前来协助，无论它们在哪里，都立即前往切尔诺贝利核电站救火。

沙弗瑞（Shavrey）和彼得罗夫斯基（Petrovsky）在 V 排停好消防车，竖起消防梯，爬上了汽轮机大厅的屋顶，那里大火与浓烟正在肆虐。6 号消防巡逻队的队员们早已投入了救火工作，现在已经筋疲力尽。他们两人帮助其他人从消防梯撤退后，自己开始救火。

V. A. 普里谢帕（V. A. Prishchepa）在 A 排停好消防车后，连接好消防栓，他的队员们通过消防梯登上了汽轮机大厅的屋顶。他们上了屋顶后，发现屋顶严重损坏，一些顶板不见了踪影，另外一些则仅凭几根管线挂在那里。普里谢帕返回消防车，通过电台警告其他消防队员。听到这一消息，捷利亚特尼科夫向所有人发出命令，要求他们坚守岗位，直到救火任务完成。

所有消防队员也确实是这样做的。普里谢帕和沙弗瑞、彼得罗夫斯基都在汽轮机大厅屋顶上战斗到凌晨 5 点，在那之后，他们感到阵阵恶心。事实上，他们刚一爬到屋顶上，就感觉到不舒服，但由于他们认为是浓烟与炽热引起了他们身体的不适，所以就不顾这种不适而继续抗击火情。然而，当他们凌晨 5 点从屋顶撤退下来的时候，他们已经极度虚弱了，好在火已经被扑灭了。

在安德烈·波尔科夫尼科夫（Andrei Polkovnikov）的指挥下，另外一队消防员在事故发生后5分钟内也赶到了现场，他本人也两次爬上屋顶传达捷利亚特尼科夫的指示。

由于普拉维克是最先到达灾难现场的，他的所有消防队员都被安排爬上汽轮机大厅的屋顶，而稍晚一些到达的奇贝诺克的消防队员则着手控制反应堆附近的火情。在反应堆机组，多个层级都着火了，仅在中央大厅就有5处着火。奇贝诺克、瓦舒克（Vashchuk）、伊格纳坚科（Ignatenko）、提特诺克（Titenok）和提舒拉（Tishchura）就在核地狱的中心抗击火情。分离器隔间和反应堆大厅的火灾被扑灭后，只剩最后一处也是最重要的一处火情了，那就是反应堆本身。一开始，他们还没意识到要面对的是什么，他们用消防水带直接向核反应堆上灌水，这自然是徒劳，这种措施对中子辐射和伽马射线来说根本不起作用。

在等待捷利亚特尼科夫到来期间，普拉维克中尉负责指挥，他亲自检查了所有的细节，并在反应堆和正71级高度处的V区之间来回往返多次，在高处，普拉维克可以快速了解形势的变化。

屋顶燃烧的沥青冒出有毒的浓烟，使得能见度大大降低，也让呼吸异常困难。随时可能升腾起火焰，屋顶也随时会塌陷，这威胁着消防队员的生命，他们还得与高温、刺鼻的空气以及粘住他们靴子的熔化的沥青做斗争，放射性石墨与多孔黏土的黑色尘埃也不断落到他们的头盔上。这些异常英勇的男子汉总共扑灭了反应堆附近及汽轮机大厅屋顶上的37处火情。

普拉维克分队的列昂尼德·沙弗瑞站在 V 区的屋顶上，确保火情不会继续蔓延。他感觉到无论是体外还是体内都非常热。目前为止，没有人考虑过核辐射的可能性，他们都认为这次火情与其他火情一样，不涉及任何超自然因素。沙弗瑞甚至摘下了他的头盔。消防队员们一个接一个地感觉到胸口那令人窒息的压力，开始剧烈咳嗽、恶心、呕吐和昏厥，这些症状都让他们无法继续坚守在岗位上。大约凌晨 3 点 30 分，捷利亚特尼科夫到达控制室，向阿基莫夫汇报屋顶上的情况。他想知道他的消防队员非常糟糕的状况是不是由核辐射引起的，并请教了放射剂量测试员。戈尔巴琴科告诉他辐射状况非常复杂，并安排助手普舍尼奇科夫协助捷利亚特尼科夫。

电梯井的顶端有一扇门可以通往屋顶，两人通过电梯井向上到了那扇门，但它上了锁。由于无法破门而出，所以他们原路返回，向下到了 0 级高度处，再穿过道路。屋顶下面全都是石墨和核燃料碎片。捷利亚特尼科夫已经非常虚弱，同时伴有恶心、呕吐、头疼的症状，他的脸已经没了血色，但他把这一切都归因于过高的温度以及火焰里冒出的有毒的浓烟。尽管如此，他还是想要确定到底是不是这个原因。

普舍尼奇科夫携带了一台测量范围为每秒 1 000 微伦琴的辐射计，但是所到之处全部都超出量程，从地面到屋顶都是如此。这台仪器的最大读数是每小时 3.6 伦琴，放射剂量测试员根本无法使用其记录下辐射值的真实情况，因为当时屋顶上各处的实际辐射值为每小时 2 000 至 15 000 伦琴。事实上，当大块炽热的核燃料与石墨落在屋顶上时，引燃了沥青，这些碎片与熔化的沥青混合在一起，形成了具有粘性的强放射性表面，而消防队员们必须踩在上面。

我们已经知道，地面上的情况也好不到哪里去，在地面上，石墨与核燃料碎片并不是唯一的放射源，爆炸形成的气流携带着核尘埃飘散得到处都是。

司机 V. V. 布拉夫（V. V. Bulav）的证词：

他们要求我向赫梅利（Khmel）中尉报到，我也这么做了，并将消防车与消防栓连接起来，然后打开水龙头。我的消防车刚刚经过大修，车上还有刚喷上的油漆味，轮胎也是新换的。当我驶向反应堆机组的时候，我听到右前轮传来砰的一声，我赶快从车上跳下来看发生了什么事。一根钢筋正好穿过轮胎，紧紧地卡在了轮毂上。"简直太倒霉了！"我心里想。我真的不想看到这一幕，因为消防车刚刚才大修完。但当时我正忙着把消防车连到消防栓上，根本没时间考虑其他事情。接着我打开水泵，回到驾驶室，但那根钢筋在我的脑海中挥之不去。我在驾驶室中仍能看到它耀武扬威般戳在轮胎上。我觉得我必须得做点儿什么，于是就跳下消防车，试着把那根钢筋拔出来，但没有成功。我不得不一次又一次用力拽它。最终，我因手部严重辐射灼伤而被送往莫斯科医院。要是我早知道的话，我就戴上手套了。真是不可思议。

最先丧失行动能力的消防队员是奇贝诺克与他的队友们，以及普拉维克中尉。

到凌晨5点的时候，火已经被扑灭了。然而，付出的代价相当巨大，包括奇贝诺克、普拉维克和捷利亚特尼科夫在内的17名消防队员被送往医疗部门，并在当晚就被送往莫斯科。

在灾难现场，共有50辆消防车从切尔诺贝利及基辅其他地区赶来参与救援。然而，绝大部分工作已经完成了。

在那个不幸而充满英雄气概的夜晚，在普里皮亚季医疗中心急救站值班的是瓦伦汀·别洛孔医生。他一直与护理员亚历山大·斯佳丘克一起为两支队伍提供救援。当受毁严重的核电站打来电话时，别洛孔医生正在处理一名病人，所以斯佳丘克自己先赶到了核电站。

凌晨1点42分，斯佳丘克从核电站打来电话说，核电站发生了火灾，多人烧伤，急需一名医生。别洛孔医生与司机古马洛夫（Gumarov）一同离开医院，前往切尔诺贝利核电站。另外两辆备用急救车也同时开往切尔诺贝利核电站。在路上，他们遇到斯佳丘克开着正在闪着警报灯的救护车往相反方向驶去，后来才知道，他当时护送的正是瓦洛佳·夏谢诺克。

1号行政大楼急救站的大门一直紧闭着。他们不得不破门而入。别洛孔医生数次前往3号和4号反应堆机组，脚下就踩着石墨和放射性核燃料碎片。当提特诺克、伊格纳坚科、提舒拉和瓦舒克拖着虚弱的身体从屋顶上下来的时候，他给他们注射了镇静剂，然后将他们送往医疗中心。最后几个从火焰中走出来的是普拉维克、奇贝诺克和捷利亚特尼科夫。到早晨 6 点的时候，别洛孔自己也觉得阵阵恶心，不得不被送往医疗中心。

当他看到消防队员的时候，给他留下深刻印象的是，他们都极度激动和紧张。他以前从没见过这种情况，他给他们注射了镇静剂。晚一些时候，那些消防队员明显得了神经系统的核狂躁症，一开始会表现为虚假的过度紧张，随后会转变为深度抑郁。

苏联能源与电气化部前副部长根纳季·亚历山德罗维奇·夏夏林的证词：

> 爆炸发生的时候我正在雅尔塔，和我的妻子在疗养院度假。4 月 26 日凌晨 3 点，我房间里的电话响了。是雅尔塔党委办公室打来的电话，说切尔诺贝利核电站发生了非常严重的事故，我被任命为政府委员会主席，必须立即飞往普里皮亚季，抵达事故现场。
>
> 我很快穿好衣服，找到了值班的行政工作人员，并按照要求与辛菲罗波尔方面的克里米亚能源委员会负责人以及莫斯科方面的原子能联盟取得联系。有关人员帮我联系上了原子能联盟，当我与 G. A. 韦列坚尼科夫通话时，他已经在工作岗位上了，那时候大约是凌晨 4 点。我询问他，是否紧急功率降低系统已经被触发，是否正在向反应堆供水。韦列坚尼科夫回答说这两项工作都做了。
>
> 接着，疗养院的管理员给我送来一封马约列茨部长

发来的电报，大意是苏联部长会议副主席鲍里斯·叶夫多基莫维奇·谢尔比纳已被任命为政府委员会主席，但我也必须得于4月26日抵达普里皮亚季。我立即启程飞往那里。

我与克里米亚能源委员会负责人取得了联系，请他安排一辆车7点来接我，并预约了前往基辅的飞机。我是在雅尔塔的党委办公室与克里米亚能源委员会取得联系的，执勤员帮我接通了电话。

早晨7点，一辆伏尔加来接我，并把我送到了辛菲罗波尔。刚过10点我就到了辛菲罗波尔。而飞往基辅的飞机要11点才能起飞，所以我还有一点时间，就顺便拜访了共产党地区委员会。那里没有人知道切尔诺贝利发生了事故，他们只是说他们很担心在克里米亚半岛建核电站。

我大约下午1点在基辅降落。乌克兰能源部长斯克利亚罗夫告诉我说，马约列茨及委员会成员随时可能会抵达，我应该等等他们。我的假期只休了五天。

4号反应堆机组值班工长维克托·格里戈里耶维奇·斯马金的证词：

我应该在1986年4月26日早晨8点与亚历山大·阿基莫夫交接班。我夜里睡得很香，没有听到爆炸声。早晨7点，我醒来后想到外面的阳台上抽支烟。从14层楼的高度我能够很清楚地看到整座核电站。我刚看到那边，就意识到我亲爱的老朋友4号反应堆机组所在的中央大厅已经完全被毁坏了。在建筑的上方可以看到火焰和浓烟。显然发生了极其严重的事故。我冲到电话边想联系控制室，但电话没有声音，也许是为了阻止信息外泄。我准备前往核电站。我让我的妻子保持门窗紧闭，让孩子待在室内。她也一直没出去，就在家里等着我回来。

我跑到公交车站，但是没有来车。很快，一辆小面包车开过来，我被告知将去往1号行政大楼，而不是以往去的2号行政大楼。

我们到达1号行政大楼的时候，那里已经拉起了封锁警戒线，警察不允许人们通过。我给他们出示了我的机组工作人员二十四小时通行证，他们极不情愿地让我通过了。

在1号行政大楼附近，我遇到了布留哈诺夫的副手 V. I. 古恩达（V. I. Gundar）和 I. N. 察连科（I. N. Tsarenko），他们正准备前往地下掩体。他们让我立即前往4号反应堆控制室去接替巴比切夫，他在当天早晨6点就接替了阿基莫夫，此时他很可能已经筋疲力尽了。他们提醒我说要在"玻璃房"里换衣服。我们把会议室称为"玻璃房"。在我看来，要是我必须到那儿换衣服的话，就表示2号行政大楼那边一定有核辐射。

我去了"玻璃房"，那儿有工作服、靴子、"花瓣"呼吸器等很多装备。我在换衣服的时候，看到乌克兰苏维埃社会主义共和国内务部副部长，G. V. 贝尔多夫（G. V. Berdov）将军，正走向布留哈诺夫的办公室。

我很快换好了衣服，从未想到过回来的时候会因为受到严重的核灼伤而被送往医疗中心，还吸收了280拉德的辐射剂量。那时候，我匆匆穿戴上棉质工作服、帽子、靴子和花瓣-200型呼吸器，正要沿着连接所有机组的长长的脱气机走廊走向4号反应堆控制室。斯卡拉电脑室附近的建筑结构遭到了严重的破坏，到处都是泄露出的水和蒸汽。斯卡拉电脑室里没有人，水从天花板上流到装着计算机硬件的柜子里，我后来发现流下来的水具有强放射性。尤拉·巴达耶夫（Yura Badayev）肯定已经被带走了。我又向放射剂量测试仪表室内看了一眼，辐射安全服务部门副主任克拉斯诺申正在里面主管工作。戈尔巴琴科不在，也许在哪里执行任务，也可能被带离了这里。克拉斯诺申也不是一个人，他和放射剂量测试员夜班值班工长萨莫耶兰可正对他们无法测量辐射值这一事实激烈地争论着。萨莫耶兰可确信辐射值非常高，克拉斯诺申则认为安全辐射剂量不超过25生物伦琴当量的话可以在这样的环境下工作5小时。

  我打断了他们的争论，问他们在这样的环境下可以工作多久。克拉斯诺申向我保证本底辐射值为每秒1 000微伦琴，也就是每小时3.6伦琴，如果安全辐射剂量不超过25生物伦琴当量的话，我们可以工作5小时。萨莫耶兰可认为这太荒谬了，于是克拉斯诺申再一次发脾气了。我问他们这些是否是仅有的辐射计。克拉斯诺申告诉我说还有，但是在保险箱中，而且也在爆炸中被埋到废墟下了。他觉得，管理核电站的人从未预想过会发生如此严重的事故。

"那你呢？你自己不也是管理者吗？"我边走边想。

脱气机走廊所有的窗玻璃都在爆炸中碎裂了。空气中有股强烈的臭氧味道，我能感觉到核辐射正在穿透我的身体，虽然他们都说我们没有能感受核辐射的器官。不过很明显，有些变化正在发生。我的胸口有一种非常不舒服的感觉，那是一种不由自主的恐慌，但我抑制住了这种感觉。现在外面已经很亮了，能够清楚地看到大堆的建筑物残骸。柏油和一些黑色的东西混在一起，随处可见。我走近看了看，突然意识到那是反应堆石墨！绝对不会错！那时我就知道反应堆已经彻底毁坏了，但我对于真正发生了什么事情还不是很清楚。

我走进控制室，看到了弗拉基米尔·阿列克谢耶维奇·巴比切夫和坐在值班工长桌旁的科学副总工程师米哈伊尔·阿列克谢耶维奇·柳托夫（Mikhail Alekseyevich Lyutov）。

我告诉巴比切夫我是来接替他的。当时是早晨7点40分。他回答说他刚在一个半小时前接班，他觉得状态不错。在这种情况下，接班人员要服从在岗值班人员的安排。

巴比切夫说阿基莫夫和托普图诺夫正在机组内，他们在正27级高度处，去打开位于712号隔间内的向反应堆供水管线的闸阀。一期建设工程有3人前来协助他们，分别是高级机械工程师涅哈耶夫、高级反应堆运行工程师乌斯科夫和反应堆部门副主任奥尔洛夫。巴比切夫告诉我说，我应该到那儿去，如果他们状况不太好就接替他们。

科学副总工程师柳托夫坐在那里，手托着头。他不断地重复，要是有人能告诉他反应堆内石墨的温度的话，他就可以解释所有的事了。我惊讶地问他，他说的是什么石墨，并指出，实际上所有的石墨都在地上。我请他去看一眼，现在外面已经天亮了，我刚刚还看到那些石墨。

柳托夫看起来非常害怕而且困惑，他问我，我是什么意思，然后告诉我说，这简直不可想象。

"我们去看看就知道了。"我建议道。我们一起沿着脱气机走廊走到备用控制室。那里的情况也是一样，破碎的窗玻璃洒得满地都是，在脚下吱吱作响。虽然我当时没有意识到，稠密、刺鼻的空气充满了长寿命放射性核素，爆炸造成的成堆建筑物残骸正放射出每小时15 000伦琴的伽马射线。我的眼皮和喉咙在发热，我感到呼吸越来越困难。极度的高热从我的脸上散出来，我的皮肤感觉到发干、发紧。

我让柳托夫去看那些散落得满地都是的石墨碎片。

"你确定这是石墨吗？"他怀疑地问。

"它还能是什么？"我愤怒地大叫，虽然我的内心极不愿意相信我看到的一切。然而，我意识到，正是那些谎言造成了人们不必要的死亡，现在，该轮到我了。

过多地暴露于核辐射中让我更加焦虑，我无情地说："看！石墨块，你能清楚地看到所有细节。你看，这块有个凸形接口，另一块有凹形内陷；中间的孔洞就是原来的燃料孔道。难道你看不出来吗？"

"是，我看到了。但这真的是石墨吗？"柳托夫继续对我说的话提出质疑。

我最痛恨这种盲目无知。人们往往只看到他们想要看到的东西，就算这可能会让他们付出生命的代价！虽然他是我的上级，我还是开始朝他尖叫起来，我问他，如果那不是石墨的话，他觉得那是什么。柳托夫想知道这样的东西有多少。看起来，他最终恢复知觉了。

我告诉他，从我们站的地方，只能看到一些，而爆炸肯定使得石墨散落得到处都是了。我还告诉他，当天早晨7点，从我家的阳台上，我能看到中央大厅的地板上冒着火焰和浓烟。

我们返回了控制室。那儿也有放射性物质，我在看到我熟悉的4号控制室的时候，就好像是第一次看到它。那些控制台、仪器、刻度盘和显示器，所有东西都不动了。仪器刻度盘上的指针都是静止的，要么指在0刻度处，要么超出指示范围。连接斯卡拉电脑的打印机现在完全安静下来，如果在正常运行状态下，它会持续打印输出参数。那些图表和打印输出都是非常重要的，它们全都成了这场核悲剧无声的目击者。在我看来，应该立即把它们关掉，并像无价之宝一样把它们送往莫斯科，用来确定事故发生的确切原因。控制室和其他工作站操作人员的日志也应该拿走并仔细审查，这些东西现在只是袋子里的一堆废纸。只有自动同步传感系统刻度盘亮着警报灯，指示着控制棒的位置，在死一般的控制台上清晰可见。刻度盘上的指针卡在 8.2 英尺处（约 2.5 米），没能到达 14.75 英尺（约 4.5 米）的深度。

我离开控制室，通过电梯井很快到达正 27 级高度处，去接替还在 712 号隔间的阿基莫夫和托普图诺夫。在半路，我遇到了托利亚·西特尼科夫[①]，他看起来非常糟糕，他的皮肤由于核灼伤而变为深褐色。他一直不停地呕吐。尽了最大的努力才克服恶心和虚弱，他说："我按照福明和布留哈诺夫的指示检查了所有地方。他们非常自信反应堆完好无损。我刚刚去过中央大厅，还去了 V 区的屋顶。那上面有很多的石墨和核燃料碎片。我从上面向反应堆里看过了。我认为它已经毁了。现在它还在不停地燃烧。虽然这件事令人难以置信，但这是真的。

事实上，他所说的"我认为"显示出了西特尼科夫正经历的折磨。作为一名物理学家，即便是他也不愿意相信事件的真相。他所看到的事是如此可怕，以至于他自己都无法相信。

纵观核能的发展历史，他所提到的"这件事"比任何其他事故都令人恐惧。恐惧可以隐藏起来，但"这件事"却已经发生了。

然后西特尼科夫蹒跚地走下楼梯，我则冲向 712 号隔间。隔间的门槛很高，大约有 35 厘米，整个隔间都是

---

① 阿纳托利·西特尼科夫的昵称。——译者注

浸透了核燃料的废水，已经没过了门槛。阿基莫夫和托普图诺夫看起来非常沮丧，他们的脸和手都已经浮肿，呈现出深褐色。到了医疗中心后，他们才发现全身都变成了那种颜色，衣服根本不能阻挡核辐射。他们的嘴唇和舌头都肿得非常厉害，几乎没法说话。除了身上那可怕的疼痛以外，他们还感觉到困惑和内疚。

"我永远也理解不了，"阿基莫夫说，他只能勉强动动肿胀的舌头，"我们所做的一切都是对的。为什么会发生这样的事？真疼啊，维托亚①。我们真的搞砸了。我们找到了所有能找到的闸阀。看看分支管线的第三个闸阀吧。"

他们接着走下楼梯，我进了712号隔间，隔间非常小，只有8平方米。一条很粗的管线穿过这个隔间，分成两条支管，每条支管的直径约为200毫米，每条支管上都有三个闸阀。阿基莫夫和托普图诺夫打开的就是这些闸阀。阿基莫夫确信，给水泵送出的水就是通过这些管线进入反应堆的，而实际上，那些水根本没有到达反应堆，只不过是进入了低处的隔间，淹没了线缆室和地下开关设备，让本已糟糕的局面更加恶化。

真奇怪，在那不可思议的几个小时里，包括我在内的绝大多数机组工作人员，只相信他们愿意相信的事情，而不是真正发生的事情。

"反应堆安然无恙"，这一荒谬而又极度令人感到安

---

① 维克托·斯马金的昵称。——译者注

慰的想法迷惑了绝大多数人，不管是在这里、在普里皮亚季、在基辅还是在莫斯科，也带来了一系列越来越严格和激烈的命令："向反应堆注水！"

这些命令有镇静剂一般的作用，将信心、生机与力量带到工作人员的心里，他们承受的压力如此之大，从严格的生物学角度来看，他们本应该早已经失去行动能力了。

712号隔间的管线已经有一半泡在水里了，水里正放射出每小时1 000伦琴的辐射。由于任何一个闸阀都没有供电，所以必须人工旋转手柄，这需要花费数个小时的时间。阿基莫夫和托普图诺夫花费了数个小时去旋转手柄，吸收了致命剂量的核辐射。我去检查他们开到什么程度了，发现每条支线上都开了两个闸阀，我想要打开左右两边的第三个闸阀，但发现它们都已经毁坏了。我又把它们开得更大一些。我已经在隔间里待了20分钟了，就在这段时间里，我吸收了280拉德的辐射剂量[1]。

回到控制室以后，我接替了巴比切夫。除了我之外，以下这些人也在控制室内：高级反应堆控制工程师盖希莫夫（Gashimov）和布列乌斯（Breus）；高级汽轮机控制工程师萨沙·切拉涅夫（Sasha Cheranev），以及可以接替他的巴卡耶夫（Bakayev）；反应堆部门值班工长谢廖扎·卡米什尼（Seryozha Kamyshny）[2]。卡米什尼正在机组内来回走动，主要是沿着脱气机，想要断开左边的两个

---

[1] 拉德的含义是"辐射吸收剂量"，表示人体的组织或器官吸收的核辐射量。
[2] 谢廖扎是谢尔盖的昵称。——译者注

脱气机水箱，水就是从那里到达被毁坏的给水泵的。然而，他没有成功。那些特制的闸阀直径有61厘米，而脱气机在爆炸后与反应堆建筑的主墙体偏离了约46厘米，严重损坏了通路。现在已经无法控制闸阀了，就算是手动控制也不行。他们试图让闸阀恢复运行，但是在这么强烈的伽马辐射下，人们无法再继续工作。高级汽轮机机械师科瓦廖夫（Kovalyov）和金属工人考司兰可（Koslenko）一直在帮助卡米什尼。

到上午9点，应急给水泵停止运行，它停不停已经没关系了，因为现在在地下区域不会再进水了。脱气机水箱里已经一点儿水也没有了。

我一直通过电话与福明和布留哈诺夫联系，他们也一直在与莫斯科方面联系。莫斯科方面从他们那里得到的说法是一直在向反应堆注水。他们得到的命令也是继续向反应堆泵水。但是现在没水了。

控制室内的辐射值已经达到每小时5伦琴，暴露在大堆的建筑物残骸处的辐射值要更高。但是没有仪器，所以没人知道准确的辐射值。当我告知福明已经没有水的时候，他惊慌失措，开始大喊起来："去找水往反应堆里加！"我上哪儿去找水啊？

福明发疯似地想要找到解决办法，最终他想到一个。他安排新反应堆机组的总工程师列昂尼德·康斯坦丁诺维奇·沃多拉治科（Leonid Konstantinovich Vodolazhko）和反应堆值班工长巴比切夫（也就是我要接替的人）去找水,然后注满三个清洁冷凝水箱,每个冷凝水箱的容量约为1 000立方米,他的想法是水可以从那里再次注入反应堆。幸运的是,福明的这点儿小聪明没能实现。

大约下午2点左右。我离开了4号反应堆控制室。我当时已经感觉非常糟糕,有呕吐、头疼、眩晕和昏厥的症状。我在二期建设工程的气闸室里沐浴更衣,然后到了一期建设工程侧翼的实验室,也就是急救站,医生和护士已经在那里了。

4月26日更晚一些时候,新一批消防队员刚刚抵达普里皮亚季,他们将带有核燃料的废水从核电站地下线缆室泵到冷却水池中,造成的结果是,约22平方千米的水中的放射性升高到了每公升1微居里(也就是10^{-6}居里),这样的辐射强度相当于正在运行中的核反应堆主回路水平。

我们已经知道,福明和布留哈诺夫拒绝相信西特尼科夫说的反应堆已经被摧毁的话。他们也拒绝相信核电站民防部主任沃罗比约夫关于强放射性的警告。相反,他们告诉他把辐射计扔到垃圾堆里。然而,在布留哈诺夫的内心深处,一个冷静的想法在萌芽。在某个潜意识层面上,他已经注意到了西特尼科夫和沃罗比约夫提供的信息,作为预警,他要求莫斯科下达疏散普里皮亚季镇居民的命令。谢尔比纳[谢尔比纳的顾问 L. P. 德拉奇(L. P. Drach)通过电话联系到了他]甚至从相距3 000多千米远的巴尔瑙尔(Barnaul)向他发出明确的命令:"不要引起恐慌!在政府委员会抵达那里之前绝对不允许疏散!"

核能造成的紧张,还有悲剧性、灾难性的现状最终使福明和布留哈诺夫在思想上动摇了。每隔一小时,布留哈诺夫都要向莫斯科方面和基辅方面汇报:普里皮亚季和核电站周围的辐射值在正常范围内,形势总体得到了控制,冷却水正在注入反应堆。

当给水泵停止运转的时候,福明疯了似的想要找到其他水源。

V. G. 斯马金的证词已经说过,福明派沃多拉治科(尚在建设中的5号反应堆机组副总工程师)和反应堆值班工长巴比切夫(他当时还没去医疗中心)两人,去把消防用水引到三个清洁冷凝水箱中,水箱的位置在外面,紧挨着反应堆部分的辅助系统,和那一堆放射性废墟有一小段距离。当时的想法是,那边的应急泵可以把水从应急堆芯冷却系统泵到福明想象中仍存在的反应堆内。这个狂热的老顽固,简直就是一个钻牛角尖的疯子,他只会让情况变得更糟糕,让地下隔间里的水量不断增加,让越来越多的人暴露于强辐射剂量中。现在整个4号反应堆建筑都从电网断开了,高压开关设备已经被水淹了,根本没有可能再启动任何机械设备,全体人员可能已经吸收了极高的辐射剂量了。周围环境的辐射场区间为每小时800至15 000伦琴,而已有设备无法测量出每小时4伦琴以上的辐射量。

已经有超过100人被送往医疗中心了。现在该是进行冷静判断的时候了,但是福明和布留哈诺夫没有这么做,他们坚持他们的疯狂,宣称反应堆完好无损,下令操作人员继续向反应堆内注水。

第一个警报

4月26日清晨,第一组专家准备从莫斯科贝科沃机场乘坐专机飞往基辅,再从那里前往普里皮亚季。原子能联盟总工程师鲍里斯·雅科夫列维奇·普鲁申斯基(Boris Yakovlevich Prushinsky)整晚都在电话前召集组员。

级别更高的第二个小组也正在准备离开莫斯科。这个小组是由中央委员会和政府的代表组成的,包括苏联高级助理检察官 Yu. N. 沙德林(Yu. N. Shadrin)、苏联民防部长 V. P. 伊万诺夫(V. P. Ivanov)中将、苏联化学战部队指挥官 V. K. 皮卡洛夫(V. K. Pikalov)中将,还包括几位部长、院士和高级军官。这个小组的专机原定于1986年4月26日上午11点启程飞往基辅,但是在周末联系这些人很困难(那天是周六),所以专机起飞时间被推迟到了下午4点。

与此同时,核电站员工居住的普里皮亚季镇已经醒来。几乎所有的孩子都去上学了。

切尔诺贝利核电站建设部门高级工程师柳德米拉·亚历山德罗芙娜·哈莉托诺娃（Lyudmila Aleksandrovna Kharitonova）的证词：

1986年4月26日周期六，所有人都在为即将到来的"五一"假期做准备。那是温暖明媚的春日，花园里的花正在盛开。我丈夫是通风设备部门的负责人，他准备在下班后带着孩子们去我们在郊区的小屋——我们的乡间俄式别墅。我整个早晨都在洗衣服，然后把衣服挂在阳台上晾干。到了晚上，衣服上已经落满了大量的放射尘埃。

建筑施工人员与安装工人没有一个人知道发生了什么事。然后就有消息传来说4号反应堆机组发生了火灾。但是到底发生了什么事情，没人知道。

孩子们都去上学了，再小一点的孩子们在大街上和沙堆上玩耍，骑自行车。到了4月26日那天晚上，他们的头发上和衣服上都积累了大量的放射性物质，但当时我们对此并不知情。街上有人在叫卖果汁潘趣酒，很多人都去买了。那就是一个普通的周末。

建筑工人去上工，但在中午前后很快又回来了。我丈夫也去工作了。但他中午回来吃饭的时候告诉我说："发生了事故。他们不让我们进去了。整座核电站都被警戒线封锁了。

我们决定去郊区的小别墅，但民兵不让我们过去，所以我们又回到了家里。我们感到没法理解，因为我们仍然认为事故与我们的私人生活无关。毕竟，过去也发生过事故，不过只涉及核电站本身。

午饭后，他们开始清洗整个小镇，没有引起任何人特别注意。在温暖的夏季，这种景象很常见；道路清洗机械在夏季一点儿都不特别，实际上这是再常见不过的平凡景象。不过，我确实注意到了沿着路边有白色泡沫，但也没多想，也许是高水压产生的。

一群邻居的孩子们骑着自行车经过，他们骑到亚诺夫火车站附近的小桥上去看被毁坏的反应堆，那里的视野很好。后来，我们发现那里是小镇上辐射值最高的地方，因为爆炸产生的放射性云团正好从那里的上空经过。但是一开始谁都不知道这些，4月26日早晨，孩子们只是想看看燃烧的反应堆。但是后来他们都患了严重的辐射病。

午饭后，我们的孩子们从学校回家了，学校的老师告诫他们不要到街上去，还要在家里好好洗一洗澡。那个时候我们才意识到事情的严重性。

不同的人在不同的时间得知了关于事故的消息，但到4月26日傍晚，几乎所有人都知道了。即便如此，没有人过度紧张，因为所有的商店、学校和办公室都正常运转。所以我们觉得并不是太危险。

到了晚上，我们开始得到更多警告。很难说这些警告是从哪儿来的，也许就是从我们中间，也许是从空气中，那时，空气开始有一种金属的味道。不好说是哪种金属，但绝对是一种金属的味道。

到了晚上,烧焦的味道要更明显。人们都说那是石墨在燃烧。从很远的地方就可以看到火苗,但没有任何人对此特别注意。

"有什么东西烧着了。"

"消防队员已经扑灭了。"

"但它还在烧。"

而在核电站里,距离被毁坏的反应堆机组约300米的水电安装办公室里,保卫人员丹尼尔·捷连季耶维奇·米鲁任科一直等到早晨8点,由于一直没有联系到部门负责人,所以他决定步行1.6千米去找建设办公室负责人,通知建设经理瓦西里·特罗菲莫维奇·基济马(Vasily Trofimovich Kizima)或是调度员他前一晚看到的景象。没有人来接他的班,也没有人打电话给他指示。所以他锁上办公室后就步行出发了。他已经感觉到不舒服了,开始呕吐。他在镜子里看到,经过一夜,在没有太阳晒的情况下,他的皮肤变成了深褐色。除此之外,他去建设办公室的一段路正好经过爆炸产生的放射性云团。

当他到达建设办公室的时候,发现那儿的门紧闭着,没有人。毕竟,那天是周六。

一个站在前门旁边的陌生人对他说:"你最好赶快去一趟医疗中心,你看起来糟糕极了。"

最终,米鲁任科拖着疲惫的步伐到了医疗中心。

阿纳托利·维克托罗维奇·特拉皮科夫斯基(Anatoly

Viktorovich Trapikovsky）是水电安装办公室主任的司机，他非常喜欢抓鱼，他在 4 月 26 日一大早开着公车去引水渠那边捕鱼苗，随后又去抓梭鲈。他发现他常走的路被民兵封上了，就掉头试着从另一个方向开向温暖的河道。但在这一边，他发现民兵也封了路。他就从树林里抄了近路，沿着一条几乎看不见的小路到了河边。前一晚就已经坐在河边捕鱼的人们谈到了爆炸的事情。他们觉得好像是主安全阀被触发了，因为他们听到像是蒸汽喷发的声音。但在那之后就发生了强烈的爆炸，火焰和火星在空中四处乱蹦，一个火球冲向天空。

抓鱼的人一个接一个走了。特拉皮科夫斯基又待了一会儿，但他现在开始害怕起来，于是也收拾好东西回家了。

同一天早晨，两名夜班绝缘处理工人从当时正在建设中的 5 号反应堆下班了，他们是阿列克谢·德兹尤巴克（Aleksey Dzyubak）和他的主管扎普约克利（Zapyokly），他们下班后准备去距离 4 号反应堆机组 270 多米的化学防护办公室。他们所走的路穿过了放射性云团，因此接触到了散落在地面低处的核粒子，那些粒子正放射出每小时 10 000 伦琴的辐射。他们每个人吸收 300 拉德的辐射剂量。后来他们在莫斯科第六医院住了六个月院。

4 月 25 日至 26 日夜间，50 岁的克拉夫迪亚·伊万诺芙娜·露兹佳诺娃（Klavdia Ivanovna Luzganova）在 2 号入口当值，2 号入口就在核废料储存池施工现场，距离被毁坏的反应堆超过 180 米。她吸收了 600 拉德的辐射剂量，于 1986 年

7月末死于第六医院。

4月26日早晨,一队建设工人到了5号反应堆机组。他们在那儿遇到了瓦西里·特罗菲莫维奇·基济马,他是一个大胆、强硬的人,负责核电站建设工程。在抵达现场前,他已经驾车调查了4号反应堆机组周围建筑物残骸堆积的情况。他没有辐射测试仪,也就不知道自己吸收了多少辐射剂量。后来,他和我谈了当时的情况:

> 我当然知道有些不对劲,因为我的胸口感到很干,眼睛在发烫。在我看来,布留哈诺夫肯定释放了一些辐射。我看了看建筑物残骸,然后去了5号反应堆机组。工人们都问我,他们可以工作多长时间,还有辐射状况有多糟糕。在危险状况下他们想要额外的酬劳。包括我在内的所有人都咳嗽得非常厉害。我们的身体在对空气中的铯、锶和钚做出反应。更别提碘-131了,它已经进入了我们的甲状腺。那是令人窒息的。没有任何人有呼吸器或碘化钾药片。我给布留哈诺夫打电话,试图搞清楚到底发生了什么事。他回复说他正在研究现状。快到午饭时,我又给他打电话,结果被告知他还在研究现状。我是一个建筑施工人员,不是核电站操作人员,但即使是这样我也能看出来布留哈诺夫同志没有控制住局势。一朝入梦,终生不醒,这就是他。
>
> 中午的时候,我给所有工人放了假,让他们回家了。

坐等老板的进一步指示毫无意义。

普里皮亚季镇共产党执行委员会主席弗拉基米尔·帕夫洛维奇·沃洛什科（Vladimir Pavlovich Voloshko）的证词：

4月26日一整天，布留哈诺夫把每个人都蒙在鼓里，他不断地重复"普里皮亚季镇的辐射值在正常范围内"。他看起来真的精神崩溃了，脸上显露出一种明显很呆滞、很失落的表情，并且四处走动。而福明，唉，当他没有在指挥的时候，就不断地在哭泣和抱怨，一反往日的傲慢、恶毒与信心满满。因为谢尔比纳随时会到来，所以到傍晚的时候，他们又多少振作了一点，就好像谢尔比纳能救他们似的。布留哈诺夫对于爆炸显得非常轻松，这也没什么值得大惊小怪的。他只知道关于汽轮机的事情，实际上他身边围绕的都是汽轮机工程师，而福明身边的则都是电工。你能想象吗？布留哈诺夫居然在每小时一次的汇报里说，一切都在正常范围内，本底辐射值一直没有升高，等等。他们派顶尖的物理学家托利亚·西特尼科夫去挨了1 500伦琴的辐射。光想想这件事就让人怒不可遏了。然而当他回来汇报反应堆已经被摧毁时，他们还不相信他说的话。

切尔诺贝利核电站5 500名机组工作人员中，在第一天有4 000人没和任何人打招呼就不见了。

1986年4月26日上午9点整，在莫斯科的原子能联盟值班人员莉迪亚·弗塞沃罗德芙娜·叶莉梅耶娃（Lidia Vsevolodovna Yeremeyeva）联系了切尔诺贝利核电站的建设办公室。在普里皮亚季，工地总工程师V.泽姆斯科夫（V. Zemskov）接了电话。叶莉梅耶娃想知道，在过去的24小时里5号反应堆机组建筑施工工程的进展如何：浇铸混凝土的体积，安装金属结构部分的进展，使用机械的情况以及现场工人数量。

"我想您今天最好别管我们了。我们这边发生了轻微的事故。"泽姆斯科夫这样回答道，他刚刚绕着被毁坏的反应堆转了一圈儿，他把这视为自己的职责，结果遭受了剧烈的核辐射。后来他开始呕吐，被送往医疗中心。

专家顾问

4月26日上午9点整，一架雅克-40型飞机从莫斯科贝科沃机场起飞，这是一架专机。专机上乘坐的是第一个跨部门特别专家小组，组员包括原子能联盟总工程师B. Ya. 普鲁申斯基和副主席Ye. I. 伊格纳坚科；水电工程研究所副所长V. S. 孔维茨，水电工程研究所是负责核电站总体设计的一个产业研究机构；RBMK反应堆的主要设计方——能源与燃料科学研究设计院代表K. K. 波卢什金（K. K. Polushkin）和Yu. N. 切尔卡舍夫（Yu. N. Cherkashev）；I. V. 库尔恰托夫原子能研究所代表

Ye. P. 梁赞采夫（Ye. P. Ryazantsev）；以及其他人员。

我们已经知道，这个特别专家小组是由普鲁申斯基召集的，他单独给每一个小组成员打了电话。

在离开莫斯科前，这个专家小组掌握的信息极其有限，这些信息是由布留哈诺夫提供的，具体内容如下：

· "反应堆完好无损，正在用冷却水冷却"是对波卢什金和切尔卡舍夫的谄媚，因为他们是反应堆的总设计师。这一消息也一定取悦了总项目经理孔维茨，因为就是他在该核电项目中选择了这样可靠的内部硬件。

· "辐射值在正常范围内"是对所有人的安慰，特别是对 I. V. 库尔恰托夫原子能研究所的代表梁赞采夫来说，因为堆芯是基于研究所的计算结果设计的，这证明研究所设计的东西是健全、可靠、易管理的，而且在这种紧急情况下反应堆仍能幸存。

· "事故只造成 2 人死亡。"对于一次爆炸来说，还不错。

· "气体爆炸毁坏了约 110 立方米的用于电机驱动的保护与控制系统应急冷却水箱。"唉，将来水箱的安全特性明显需要改进。

4 月 26 日上午 10 点 45 分，紧急特别专家小组抵达基辅；2 小时后，有轿车将他们送至普里皮亚季镇共产党委员会办事处。

确定事故状况是特别专家小组的当务之急，因为需要在政府委员会一抵达现场的时候就向他们提供准确的信息。

首先，他们必须前往被毁的反应堆机组那里去亲眼看看，看看他们曾凭空想象的一切。当爆炸发生的时候，一架民防直升机停在亚诺夫火车站边的天桥旁不远处。找双筒望远镜和有照相机的摄影师花了一些时间。双筒望远镜没有找到，但确实找到一位摄影师。起飞之前，他们还是非常确信反应堆安然无恙，还在用水冷却。在特别专家小组抵达后一小时和一个半小时之间，这架米-6型直升机载着摄影师、原子能联盟总工程师普鲁申斯基和反应堆总设计师波卢什金起飞了。只有飞行员有一台辐射量测定仪，使得随后检测他们吸收的辐射剂量成为可能。

他们从水泥搅拌装置和普里皮亚季镇方向飞往核电站，在反应堆辅助系统装置前面稍稍偏左的地方，盘旋高度是海拔400米。他们拉低至约200米以便仔细查看。他们看到了令人非常沮丧的场面。根本没有中央大厅了，只有一大堆建筑物残骸。分辨不出来反应堆建筑。但他们进一步做了系统检查。

"在这里盘旋一会儿。"普鲁申斯基要求道。

在反应堆辅助系统装置的屋顶上，就在V区的墙边，他们可以看到大量扭曲的房梁、墙壁和天花板的浅色碎片、在阳光下闪闪发亮的不锈钢管道、黑色的石墨块，以及因腐蚀已经变为褐色的散乱的核燃料组件。在与V区外墙毗连的辅助系统装置的屋顶上伸出一个方形排气烟囱，周围散落了特别多的燃料与石墨碎片。在烟囱后面，他们看到了大量扭曲变形的管线、小钢筋混凝土块、设备、燃料和石墨，散落范围半径超过了90米，就在沿着T排的主循环泵室的外墙边上，在被毁坏的主循环泵室内，现在在视野里的右侧，朝着液体与固体废物储存建筑的侧墙那边，就是奇迹般保持"安然无恙"的反应堆。

瓦莱里·霍捷姆楚科就是被掩埋在这一堆瓦砾下。也就是在这里，反应堆值班工长瓦莱里·伊万诺维奇·佩列沃兹琴科在寻找他的下属霍捷姆楚科的时候吸收了致命的辐射剂量。就是在这里，他爬上成堆的废墟和设备痛苦地喊叫，他的声音因辐射而变得发干、发紧，他喊道："瓦莱拉！回答我！我在这里！回答我！"

普鲁申斯基和波卢什金当然不知道这些事。他们被所见的景象震撼了，逐渐意识到，事情比想象的要严重得多，他们认真记录下了看到的所有细节。

地上的柏油在阳光下泛着蓝光，在地上、在液体与固体废物储存建筑的屋顶上，他们都看到了漆黑的石墨碎块，甚至还有整个的石墨块组件。放眼望去，到处都是石墨。

普鲁申斯基和波卢什金凝视着，目瞪口呆。在这之前他们知道从理论上讲发生这样极端的毁坏是可能的，他们可能也模糊地想象过会是什么样子的。但是现在他们眼前的现实要更生动、更复杂、清楚得多。俄罗斯民间人物库兹马·普鲁特科夫（Kuzma Prutkov）有一句著名的话："永远不要相信你亲眼看到的东西！"现在看来，这句话成真了。普鲁申斯基和波卢什金都想要逃离下面的景象，就好像这与他们无关，是别的陌生人的事情。但这确实与他们有关。而且，被迫看到这样的场面简直太没有面子了。

起初，他们好像没有真的看到下面混乱的灾难场面，只是经历着深深的恐惧。场面实在是可怕了，以至于他们本能地想要退缩。要是有什么办法可以让他们不往下看该有多好！但他们不得不看，这是他们的责任。

主循环泵室好像是被内部发生的爆炸摧毁了。但到底发生了多少次爆炸？成堆的建筑物残骸一直堆到曾是分离器室地面的地方，在那一大堆废墟中，他们看到几截长长的粗管道，可能是集管。其中一根管道从辅助系统装置外墙与泵室形成的角落里伸出来，几乎要探出地面；另一根更高，几乎从正12级高度处伸到正24级高度处，上端靠着一根长长的下水管。这个管道一定是从抑压水池井里挤出来的。在正32级高度处的地板上（要是这样变形的废墟还能被称为地板的话），130吨重的鼓式分离器被连根拔起，在阳光下闪闪发亮，一同拔出的还有8根严重变形的管线、一大堆各种各样的碎片、天花板与墙壁嵌板的混凝土碎块，它们现在都悬在半空中。然而，分离器室的墙壁早已被吹跑，只剩下中央大厅附近还残存一部分。在残垣断壁与一堆瓦砾中间，有一个黑色的矩形坑洞，从坑洞中看不到什么突出的东西。这意味着这个坑洞通往抑压水池井或通往反应堆的上部交流管线。一部分管道和设备好像就是从这个坑洞中炸出来的。没有突出的结构表明那里面一定也曾发生了爆炸。

这些想法不断在普鲁申斯基的脑海中回荡，他又想到了这些设备刚刚安装好的时候，崭新的样子，那真是精湛技术的成果。但是现在……

中央大厅与脱气机的连接处，下半截墙壁还立在那里。反应堆大厅沿着 T 排的侧墙也幸存了下来，大约到达正 51 级高度处，上面就是保护与控制系统应急水箱的基部，水箱就安装在这一面墙上，位于正 51 级高度处和正 70 级高度处之间。按照布留哈诺夫的说法，那个水箱就是爆炸的发生点，其中的爆炸性气体摧毁了中央大厅。但是主循环泵室、鼓式分离器室和抑压水池室是怎么回事？是什么摧毁了这些地方？错了！布留哈诺夫的描述是错误的，甚至也许他是在故意误导。

现场有一个可以明显分辨的特征，就是石墨砌体碎块的存在，它们就散落在建筑物残骸四周。地上有石墨碎块的事实指向一个不可逃避的结论。

即便是现在，也不容易面对这个简单而又明显的事实真相：反应堆已被摧毁。

承认这样的事实真相将会立刻让某些人承担巨大责任，这责任不仅是对核电站的，实际上，是对数百万人民、对全世界的责任。这无疑是一场无言的人类悲剧。

而如果认真思考的话，就会发现这件事情要麻烦得多。首先，你必须彻底明白这台毁掉的反应堆的重要性，它充满有毒的放射性物质，这真是噩梦。

V 区朝向辅助系统装置与主循环泵室相连的地方的墙壁，已经被撕裂成锯齿状。在 V 区的屋顶上可以清楚地看到方形的石墨碎块，那原来是石墨砌体的一部分，中间还有孔道。太阳高高挂在无云的天空，直升机就悬停在 V 区屋顶上方约 150

米处，绝不会看错的。V区的侧墙附近也有石墨碎片。在爆炸中，石墨碎块也被均匀地喷到了3号反应堆机组中央大厅的屋顶上，以及V区屋顶上，刷着水平红色条纹的排气烟囱就在那里。在排气烟囱的检测平台上，也能看到石墨和燃料。所有这些东西都是强辐射源。在它们下面就是脱气机的屋顶，仅7个小时前，消防队员就是在捷利亚特尼科夫少校的指挥下，在那儿结束了对抗火情的奋战。

汽轮机大厅原来平坦的屋顶现在已经从里面炸开了，上边布满了扭曲的钢筋和破碎的金属桁架，都因为大火而被烧成黑色。消防队员晚上曾在熔化的沥青中奋战，现在它们已经凝固了。缠结的消防水带和卷轮散落在还没有塌陷的那部分屋顶上。

可以看到被抛弃的消防车就像是小小的红色盒子一样，沿着汽轮机大厅停放在A排和B排的角落里，靠近取水池边也停着一些，它们是沉默的目击者，看着脆弱的人类与强大的力量之间的悲剧斗争，这种强大的力量是由原子释放出来的，既有形又无形。

在右边，一些帆船和摩托艇停在金色的沙滩上，从这个高度看上去有点儿像是孩子的凉鞋；在它们的后面，是巨大的冷却水蓄水池，那里面水面平静，水看起来还很清。

仍然可以看到，或零散或成队的人正从5号反应堆建筑施工现场离开。他们就是工地负责人基济马安排的放假的那些工人，他已经决定不再等布留哈诺夫来告诉他实情了。他们所有人都在经过放射性云团时暴露于辐射中，他们所有人也都会把这可怕的毒物通过鞋底带回家。

"在反应堆右侧盘旋，"普鲁申斯基向飞行员说，"对！就停在这里！拍几张照片！"

摄影师按他的要求做了。他们打开了机舱门，向下望去。直升机现在位于从反应堆中升起的放射性烟雾正中，既没有呼吸器，也没有辐射计。黑色三角形的核废料储存池现在就在他们下方，但他们看到里面没有一点儿水。

"池中的核燃料会熔化掉的。"普鲁申斯基想。

那里就是反应堆了——反应堆坑室圆形的"眼睛"。看起来，它好像半掩着。巨大的"眼皮"，也就是生物性防护盖，已经移位，酷热的内部显现出樱桃红色。火焰与浓烟正从半闭的"眼睛"中冒出来。它看上去就像一束巨大的麦穗，随时可能成熟并爆开。

"10 生物伦琴当量，"飞行员在扫了一眼光学辐射量测定仪后说，"今天我们得多来几次了。"

"带我们离开这里！"普鲁申斯基下令。

直升机从中央大厅上方的有利位置下降后，向普里皮亚季方向飞去。

"唉，全完了。"反应堆主要设计方的代表康斯坦丁·普鲁申斯基郁闷地说道。

他们在对受损的反应堆进行航空观测后，就驱车前往布留哈诺夫所在的地下掩体。布留哈诺夫和福明看起来都非常沮丧。他对普鲁申斯基说的第一句话听起来非常悲痛。"就这样了。反应堆机组完了。"他压低了声音说。

然而，普鲁申斯基仍能听到布留哈诺夫在对前一晚的事故总结："保护和控制系统应急水箱发生了爆炸。中央大厅的屋顶部分被毁。反应堆完好无损。我们在向反应堆内注水。"

"咦，到底哪个说法是正确的？反应堆到底是不是完好无损？"普鲁申斯基问自己。

他和布留哈诺夫上了车，再一次驱车绕着被毁的机组转了一圈。

4号反应堆机组值班工长的妻子柳博芙·尼古拉耶芙娜·阿基莫娃（Lyubov Nikolayevna Akimova）的证词：

我丈夫人很好，很善于交际。他和别人相处得很好，但和不太熟悉的人就一般。总的来说，他是个乐观、乐于助人的人。他经常被工作缠身，还是普里皮亚季镇共产党委员会的一员。他特别爱自己的儿子们，非常关心他们。他喜欢去打猎，特别是他开始在反应堆机组工作以后，我们还买了辆车。

我们是在1976年从莫斯科能源研究所来到普里皮亚季的。起初，他与水电工程研究所的项目设计组一起工作。1979年，我丈夫成了一名机组操作人员。他是高级汽轮机控制工程师、高级反应堆控制工程师和汽轮机部门的值班工长，也是整个机组的副值班工长。1986年1月，他升任机组值班工长。当灾难发生的时候，他担任的就是那个职务。

4月26日早晨,他没有从工作岗位上回家。我给4号反应堆机组控制室打了电话,但没人应答。我也联系了布留哈诺夫、福明和佳特洛夫,没有一个人接电话。过了很久我才发现电话线路根本不通。我很不安。整个早晨我都在奔波,询问了所有人,想要找到我丈夫。他们都已经知道核电站发生了事故,我更加担心了。我匆匆赶到普里皮亚季市政执行委员会去找沃洛什科,又去镇上共产党委员会去找加曼纽克(Gamanyuk)。最终,在问过许多人之后,我弄清楚了我丈夫已经被送往医疗中心了,所以我立即赶去那里。但是他们告诉他正在接受静脉注射,不允许我看望他。我没有马上离开,而是趴在他病房的窗户上。他很快来到窗边。他的脸是深褐色的。他看到我的时候笑了。他有些过于激动了。他试着想要让我平静下来,隔着紧闭的窗户问我孩子们的情况。他当时给我的感觉就是非常庆幸他已经有了孩子。他告诉我让孩子们待在室内。他看起来甚至有些高兴,这让我多少感到放心。

L. A. 哈莉托诺娃的证词:

4月26日快到傍晚的时候,谣言开始传了起来,大概意思就是想要撤离的人可以自行撤离。当天,有很多人开着自己的车从城市的不同地方撤离了。①

---

① 他们的衣服上和汽车轮胎上都带着放射性毒物。

但我们是4月26日晚间乘坐赫梅利尼茨基至莫斯科的火车撤离的。军人们在亚诺夫火车站巡逻。有很多带着小孩子的妇女。人们看起来都很困惑，但是表现得很平静。人们好奇地看着那些军人，似乎在找任何警报或令人害怕的迹象。但是那些军人非常轻松，而且很友善，都带着笑。问题是，放射性云团正好经过亚诺夫，地面上、树上，到处都有很强的辐射。但是当时没有人知道这些事，一切看来都再正常不过了。尽管如此，我还是觉得一个新的时代已经到来了。当列车进站的时候，在我看来它有很大的不同，就好像它是来自于我们曾熟悉的那个洁净的旧时代，将驶向一个有毒的新时代——切尔诺贝利时代。

列车乘务员正在车厢里烧热水。我们给小女儿洗了澡。我们把她的衣服放在一个塑料袋子里，然后放在手提箱里。我们就这样出发了。在去往莫斯科的路上，我们都在不停地清洗我们的物品。我们带着烦恼和痛苦离普里皮亚季越来越远了。

核电安装公司普里皮亚季分公司前设备部门经理 G. N. 彼得罗夫的证词：

我们在4月26日上午10点醒来。那天就是普通的一天。温暖的阳光反射在地板上，外面天空晴朗。我感觉好极了。我回到家，想要放松一下。我走到外面的阳台上抽烟。有很多孩子在街上玩耍。有些孩子们在玩沙子，用沙子堆楼或做馅饼。年龄稍大一些的孩子们在骑着自行车相互追逐。年轻的妈妈们推着婴儿车在外面散步。一切看起来都很平常。突然间,我想起了前一天晚上我开车到反应堆机组那边儿。我真的非常害怕,我现在还记得当时的困惑。这种事是怎么发生的?一切都很正常,但就在同时,一切都具有很强的放射性。我有那么一段时间对于我看不到的毒物感觉很恐惧,因为一切都与平常一样。你去看的话,见到的一切都是洁净的,但实际上肮脏无比。要理解这样的事情很难。

到了午饭的时候,我高兴起来。现在的空气看起来要通透一些了。空气中已经没有那种金属的味道了,不过有一种馅饼的味道,一种奇怪的酸味就在我的嘴边,就好像是我刚刚舔了一下弱电池来检查它一样。

大约 11 点,我家隔壁的邻居,水电安装办公室的电器装配工米哈伊尔·瓦西里耶维奇·梅捷列夫(Mikhail Vasilyevich Metelev)爬到屋顶上,在一个橡胶垫子上伸展四肢,想晒晒黑。他中途下来喝了一杯,说那天很容易就晒黑,他从来没遇到过这种情况。他说他的皮肤立刻散发出一种烧焦的味道。他真是太会逗人开心了,就好像他刚参加完一次酒宴一样。他邀请我也加入,但我没去。他说:"谁还需要去沙滩?"在蓝天的映衬下,你能够清楚地看到反应堆在后面燃烧。

我后来才发现,当时空气中的辐射值高达每小时 1 000 毫生物伦琴当量。到傍晚的时候,那些钚、铯、锶以及大量的碘-131，都留在了我们所有人的甲状腺里，不论是孩子还是成人。

但我们当时不知道这些。我记得，我们还像平常一样生活——快乐地生活。

那天晚上，我们那位在屋顶上晒太阳的邻居开始控制不住地呕吐，被送往医疗中心了。随后，他又被送往莫斯科，或者是基辅。但我当时也没多考虑，因为那是一个平常的夏日，阳光灿烂，天空晴朗，气温宜人。就算是在那样的好天气，也不时会有人生病，救护车会把他们拉走。

那天的一切都很平常。只有稍晚一些，当我们被告知发生了什么事情后，我才回想起我驱车前往核电站的那个夜晚。我回想起车灯照耀下的那个坑，回想起在尘埃覆盖下的水泥建成的核电站。不知为何，这些景象在我的脑海里挥之不去。现在想来，那个非常普通的坑，有放射性，还有整个核电站，以及天空、我的血液、我的大脑，还有我的思想，等等，这一切都具有放射性。

与此同时，在莫斯科贝科沃机场，政府委员会的成员们已经准备好起飞。虽然他们的专机预定起飞时间是上午11点，但聚齐这些人还是花了些时间。起飞时间一改再改，先是推迟到下午2点，后来又改到下午4点。

核电建设与装配企业联合会主任米哈伊尔·斯捷潘诺维奇·茨维尔科（Mikhail Stpanovich Tsvirko）的证词：

1986年4月26日早晨,我高血压犯了,头疼,所以我去了苏联卫生部4号综合医院。①

大概上午11点左右。我给办公室打了电话,询问一下各个建设项目的进程。值班人员是技术部门高级专家莉迪亚·弗塞沃罗德芙娜·叶莉梅耶娃。她说切尔诺贝利工程没有给她汇报日常总结。总工程师或是调度员告诉她说核电站发生了事故,基济马已经让他的建筑施工人员离开5号反应堆机组回家了。

叶莉梅耶娃还告诉我说,马约列茨部长正在找我。

我给部长的副手打了电话。他的声音听起来很紧张,他说他给我家和我的单位打了电话都找不到我,他让我立即收拾行李前往贝科沃机场,然后从那里乘坐专机前往切尔诺贝利。我收拾了一下就去了贝科沃机场。亚历山大·尼古拉耶维奇·谢苗诺夫已经在那儿了,他不停走来走去。他告诉我说,4号反应堆机组相邻的汽轮机大厅有四根顶梁已经坍塌了。

"有没有发生核污染?"我问他。

"不,没有发生核污染,"他回答说,"一切都很干净。"

我已经开始想着,该移动哪几架起重机来让顶梁归位,这时候,中央委员会负责核能事务的高级官员V.V.马林到了。他告诉我说,除了汽轮机大厅的顶梁坍塌外,反应堆上方的屋顶也塌落了。

---

① 克里姆林医院。

"发生核污染了吗？"我询问道。

"令人惊讶的是没有任何核污染，"马林说，"最主要的是反应堆完好无损。这台反应堆真是棒极了！多列扎利设计的这个设备真的很好！"

工作越来越复杂了，我现在开始琢磨我该怎么让起重机进入汽轮机大厅。

我在这里打断一下 M. S. 茨维尔科的证词，我和他曾在核电建设与装配企业联合会并肩工作过四年。

米哈伊尔·斯捷潘诺维奇·茨维尔科是一个经验丰富、坚韧务实的人，数十年来他曾为不同部门修建工厂，担任过特殊工业建设中央理事会（Glavzavodspetsstroy）负责人。他实际上是被迫担任核电建设与装配企业联合会主任这一职务的，之前这个部门总是未能实现工作目标。值得称赞的是，他一直反对这个任命，理由就是他对核电站一无所知，对他而言核能是一个性质不同、令人费解的领域。但是中央委员会核能部门的人和部长本人施加了一些行政干预，他最终同意了。对他来说，尊重和服从上级就是规则。实际上，茨维尔科不仅是尊重他的上级，还很害怕他们，他也没有掩盖这一事实。

由于茨维尔科对核电站的细节并不熟悉，他把注意力集中在规划目标上。他知道如何算钱。我们作为他的下属，做了所有主要的研究，然后在推进工作的过程中教会了我们的老板关于核电站的奥秘。

他身形矮墩，有点儿偏胖。在他年轻的时候，他曾是个拳击手，有着拳击手典型的那种扁鼻子。他秃顶，方下巴总是收得紧紧的（拳击手的习惯），还有一双鞑靼战士那种略微上挑的眼睛。就是这样一个人，在一年内，带领整个企业实现了目标。

尽管如此，他一直都处于心惊胆战之中。人们在他背后嘲笑他，但我觉得，茨维尔科对上级的恐惧比不上来自他自己良心的苛责。他总是担心我们没有尽可能好好工作。在那些日子里，只要有一些特定的任务落后于预定计划，他总会对我说："他们会弄死我们的，我告诉你！根本没人听我们说什么。"

他也承认，他最害怕的事情就是辐射，因为他对此一无所知。

现在他也在贝科沃机场了。

专机下午 4 点起飞前往基辅。机上乘客有以下人员：苏联高级助理检察官 Yu. N. 沙德林、苏联能源与电气化部部长 A. I. 马约列茨、苏共中央核能部门书记 V. V. 马林、能源部副部长 A. N. 谢苗诺夫、中等机械建设部第一副书记 A. G. 梅什科夫（A. G. Meshkov）、核电建设与装配企业联合会 M. S. 茨维尔科、电气安装联盟副主任 V. A. 舍韦尔金（V. A. Shevelkin）、B. E. 谢尔比纳的顾问 L. P. 德拉奇、苏联卫生部副部长 Ye. I. 沃罗比约夫和副主任 V. D. 图洛夫斯基（V. D. Turovsky）。

他们面对面坐在休息室的红色沙发上，等待着即将出发的雅克-40 型飞机。马林（他曾在凌晨 3 点接到了布留哈诺夫的电话）不断与政府委员会的成员分享他的想法："我觉得特别高兴的一件事，就是反应堆经受住了保护与控制系统水箱的爆炸。多列扎利院士的工作的确非常出色！这是一台极好的核反应堆，是他主要负责建造的。布留哈诺夫凌晨3点给我打电话，告诉我说核电站发生了严重的事故，但是反应堆完好无损，现在正在向反应堆内注入冷却水。"

马约列茨说："我觉得我们在普里皮亚季不会待很久。"马约列茨唯一的专业领域是变压器，他根本跟不上核能快速发展的节奏。

一个半小时后，一架安-2型运输机载着政府委员会成员从基辅茹良尼机场飞往普里皮亚季，马约列茨在飞机上又重复了同样的话。乌克兰能源部长V. F.斯克利亚罗夫与他同行。当他听到马约列茨关于在普里皮亚季停留时间的乐观估计时，他纠正了他的上级："阿纳托利·伊万诺维奇，我觉得两天是不够的。"

"别吓唬我们，斯克利亚罗夫同志。"马约列茨直率地回应他，"我们的主要任务就是尽快修复好受损的反应堆机组，然后让它重新并网发电。"

M. S.茨维尔科的证词：

我们在基辅降落后，乌克兰能源部长斯克利亚罗夫立刻告诉我们普里皮亚季有核辐射。我个人对此十分担心，我确信反应堆肯定发生了什么事。但马约列茨部长十分平静。

最糟糕的是，我们在普里皮亚季酒店住了三个晚上，那里的核污染情况十分严重。

大约在政府委员会成员降落到基辅的同一时间，苏联部长会议副主席谢尔比纳的私人飞机正从巴尔瑙尔飞向莫斯科。抵达首都后，谢尔比纳换过衣服，吃过晚饭，从伏努科沃机场飞往基辅。他是在晚9点左右抵达普里皮亚季的。

G. A. 夏夏林的证词：

马约列茨降落后，我们一起乘坐安-2型运输机飞往普里皮亚季。在路上，我告诉马约列茨在事故现场需要建立几个工作组。我之前在从辛菲罗波尔飞往基辅的航班上已经认真考虑过了，我的意见是，这些工作组需要有序地帮助政府委员会开展工作，并协助准备和作出决定。以下是我向马约列茨建议的工作组名单：

一个小组负责研究发生事故的原因，以及核电站的安全问题——夏夏林和梅什科夫。

一个小组负责弄清楚核电站周边的实际辐射状况——阿巴吉安（Abagyan）、沃罗比约夫和图洛夫斯基。

一个小组负责紧急修复工作——谢苗诺夫、茨维尔科和安装工人。

一个小组负责评估是否需要进行疏散，包括普里皮亚季以及附近的农场和村庄——夏夏林、西多连科（Sidorenko）和列加索夫（Legasov）。

一个小组负责提供仪器、设备和材料——能源设备局（能源与电气化部负责提供能源设备的部门）和能源供给局（供应部）。

飞机降落在普里皮亚季和切尔诺贝利中间的一小段飞机跑道上，汽车已经等在那里了。贝尔多夫将军、共产党地方委员会书记加曼纽克、共产党地方执行委员会主席沃洛什科迎接了我们。我和马林乘坐的是基济马驾驶的加济克小汽车，我们要求他直接载我们到受损的反应堆机组。马约列茨也想马上到反应堆机组去，但人们劝他先不要过去，于是他就和委员会的其他组员先去了镇共产党委员会办事处。

我们通过了警察布置的警戒线，进入了核电站的范围。

我在这里打断一下 G. A. 夏夏林的证词，以便描述一下 V. V. 马林，这位中央委员会核能事务负责人。

弗拉基米尔·瓦西里耶维奇·马林接受过训练，有丰富的工作经验，是专门从事核电站建设的工程师。他曾在沃罗涅日的建设与装配公司作为总工程师工作多年，也曾参与新沃罗涅日核电站的建设。1969 年，他受邀在中央委员会下属的工程委员会中的核电部门做顾问。

我经常能在各种场合看到他，在苏联能源部的委员会议上，在党的会议上，在审查和评估核能工业主要部门和分支机构个人工作的会议上。马林积极参加各种核能建设工程启动小组的工作，他个人也熟识所有核电站的建设经理。除此之外，当他们遇到困难的时候,他会绕过能源部,在设备、供给、人员等方面帮助他们。

他身材高大,头发微红,声音厚实而响亮,有很严重的近视,厚角质架眼镜在灯光下闪闪发亮。我觉得他的坦率和目标明确是最具有吸引力的。马林是一个工作努力、有活力、有能力的工程师,他一直在努力提升自己的专业资质。尽管如此,他首先还是一名建筑施工人员,当遇到核电站运行问题的时候,就超出了他的能力范围。

20世纪70年代末,当我担任原子能联盟部门负责人的时候,我经常在中央委员会遇到他,他当时是委员会唯一能处理核能问题的人。

在讨论工作的时候,他常常以非常抒情的方式跑题,抱怨他自己工作过多。"你的部门有10个人,而我却要处理整个国家的核能工业事务,"接着他还恳求我说,"我现在就需要你的帮助,帮我弄点儿材料和信息。"

就在那个阶段,他常常会发生脑血管痉挛,还伴有阵发性昏厥,医生不得不到他的家里出急诊。

20世纪80年代早期,中央委员会组织了一个新的核能部门,委任马林为负责人,于是他终于有了一些助手,其中一个就是G. A. 夏夏林,他是一名经验丰富的核能工作人员,参与核电站运行管理已有多年,后来又成为能源部管理核电站的副部长。

马林现在就是和他一起乘坐基济马的加济克汽车前往被毁的反应堆机组。当他们沿着普里皮亚季-切尔诺贝利高速公路行驶的时候，他们看到客车和私家车正驶向相反的方向。自发的撤离已经开始。在 4 月 26 日白天，很多人带着家眷以及受污染的物品正在离开普里皮亚季，他们等不及地方政府的指示了。

G. A. 夏夏林的证词：

基济马将我们送到 4 号反应堆大楼下。我们下车的地方就在那一大堆废墟的旁边，我们既没有戴呼吸器，也没穿防护服。我们这些新来的人都不知道灾难是什么程度，布留哈诺夫和福明也不管我们。我们感到呼吸困难，双眼剧痛，还伴随着剧烈的咳嗽，我们内心深处感到极度担忧，不由自主地想要离开这里。还有一件事就是，看到这番景象真的让我们很心烦意乱。我们都在想，是不是我们造成了这一切。在车上，当被毁的反应堆机组第一次进入我们的视线时，马林开始咒骂："看看这个烂摊子。这可真伟大。现在我们都和布留哈诺夫还有福明绑在一起了。"

基济马从早上开始就在核电站了。不用说，没有放射剂量测试员跟着我们。我们的周围都是燃料和石墨碎片。鼓式分离器已经从支架上掉下来了，在阳光下闪闪发亮。一缕淡淡的黑烟从反应堆附近不知某处的火焰环中升起，就好像是中央大厅的地板上有一层日冕一样。当时，我们认为地板上有什么东西在燃烧，但我们从未想过那就是反应堆。马林暴跳如雷，咒骂着，狠狠踢了一脚石墨块。我们没有意识到，石墨释放出的核辐射值达到了每小时 2 000 伦琴，核燃料是 20 000 伦琴。被部分压碎的应急水箱还清晰可见，所以很明显，爆炸一定是在其他地方发生的。基济马丝毫没有害怕，他走来走去，看起来非常负责，他很感慨，毕竟，建设这个地方花费了很多努力，他们现在走过的废墟，曾是工人们辛勤劳动的成果。他说，从早晨开始，他已经到这个地方很多次了，只是想再三确认整件事不是海市蜃楼。事实已经证明，这一切不是海市蜃楼。他甚至有几次猛捶自己。他说他从未期望从不靠谱的布留哈诺夫那里得到什么好结果。按照基济马的想法，这样的事注定会发生，只是早晚的问题。

我们绕着核电站开了一圈，然后到地下掩体，普鲁申斯基、梁赞采夫、福明和布留哈诺夫正在那儿。布留哈诺夫非常迟钝和冷漠，只是盯着远方，但他回应命令却又快又准确。福明则与他相反，非常激动，在他那红肿的眼中放射出疯狂的光芒，就好像随时会爆发一样；不过他做事也很迅速。接着他又陷入深深的沮丧之中。

当我们还在基辅的时候，我问过布留哈诺夫和福明，向反应堆供水的管线是否完好无损，还有从鼓式分离器到集管的下水管线如何。他们向我保证所有的管线都完好无损。我当时想到，应该向反应堆内加入硼酸溶液。我命令布留哈诺夫采取一切必要措施恢复向受损的机组供电，并且连接好给水泵以便其向反应堆供水。我认为，至少一部分水将会进入反应堆。我当时询问了核电站是否有硼酸储备，他们回复说有，但不是很多。我与基辅方面的供应部门联系，他们弄到了几吨，答应在当晚运抵普里皮亚季。然而，很明显当时反应堆的所有管线都已经断裂，硼酸没有用了。但直到4月26日晚上我们才意识到这一点。然而与此同时，我、马林和基济马都非常确信反应堆完好无损并且已经在向内供水，所以就驱车参加在普里皮亚季镇共产党委员会办事处召开的政府委员会会议了。

1986年4月26日在普里皮亚季镇共产党委员会办事处召开了会议，苏联能源部电气安装联盟副主任弗拉基米尔·尼古拉耶维奇·希施金（Vladimir Nikolayevich Shishkin）是参会者之一，他的证词：

我们在普里皮亚季镇共产党委员会第一书记A.S.加曼纽克的办公室碰面了。第一个发言的是G.A.夏夏林，他说形势很严峻，但处于可控的状态。冷却水正在注入反应堆。他们正在想办法弄到一些硼酸，然后加入反应堆内，可以立即扑灭火焰。必须承认，相信出于某种原因，水并没有完全进入反应堆：地下线缆和开关设备被淹，一部分管线断裂，很有可能部分反应堆已经被毁。为了查清事故确切的状态，福明、普鲁申斯基和原子能研究所的物理学家们已经再次前往那里，确认反应堆到底发生了什么事。我们都期望他们很快回来汇报检查结果。

夏夏林一定已经猜到反应堆被毁了，他在地上看到了石墨和燃料碎片，他只是没有说出来而已。至少，没有马上说出来。他可能想慢慢来，这样他才能接受已经发生的可怕的毁灭性事实。

夏夏林接着说，总设计师的代表也已经到那里去查看了。他觉得已经到了要合作的时候了。4号反应堆机组现在根本没有供电。变压器已经断开以确保不发生短路。4号和1号反应堆机组之间的地下线缆槽已经被淹。由于地下开关设备也被水淹了，他就指示电工找一根约700米的电缆备用。福明和布留哈诺夫也发出了指示，确保电力、给水以及其他通向受损反应堆的交流管线与那些连在机组上仍在运行的管线分开。电气部门副主任莱勒琴科负责管理电工。

"这座核电站是怎么设计的？"马约列茨愤怒地说，"为什么这些管线不在一开始就分开设计呢？"

"阿纳托利·伊万诺维奇，我说的是正在发生的事情。至于为什么会这样，那是另一个问题。不管怎样，我们正在试着找电线，冷却水已经注入了反应堆，交流管线也已经分开了。看起来好像4号反应堆机组附近的辐射值非常高。"

马林用他那厚实而响亮的声音打断了夏夏林，他直接对部长说："阿纳托利·伊万诺维奇！刚刚，我和根纳季·亚历山德罗维奇到反应堆附近看了看，非常可怕。难以置信它会变成这样。空气中有一种烧焦的味道，到处都是石墨，我甚至踢了一脚石墨块来确认。石墨是从哪里来的？那儿又有多少？"

"我也在纳闷，"夏夏林说，"也许一些石墨是从反应堆里炸出来的，一些是……"

"布留哈诺夫！"部长转向核电站主管，对他说："你一整天都告诉我们说辐射值是正常的。那这些石墨是怎么回事？"

布留哈诺夫脸色苍白，眼皮又红又肿，他像往常一样慢慢抬起头来，沉默了很长一段时间。他在说什么之前都会等很长一段时间，但是这一次，他确实需要考虑很多事情。他压低了声音说："这很难想象。我们接收到的5号反应堆机组使用的石墨还在那儿，原封未动。我一开始以为肯定是那些石墨，但它们全在那儿。在这种情况下，可能是反应堆喷出来的。不管怎样，有一些是。但……"

"好像反应堆机组周围的辐射值非常高，"夏夏林回到了他的观点，说："不太可能测量确切的读数。我们没有测量范围合适的辐射计。手头上的这个显示辐射值为每秒1 000微伦琴，也就是每小时3.6伦琴。在那个区域，无论你走到哪里，仪器都超出了量程。我们确信本底辐射值非常高。实际上我们有一个辐射计，不过它在爆炸中被埋到废墟下了。"

"太离谱了！"马约列茨喃喃道，"你们怎么能没有需要的仪器呢？"

"最初的设计没有为这样的事故做准备，发生的事情是超乎想象的。我们已经向民防部门和化学战部门请求协助了。他们很快就会到达这里。"

"到底发生了什么事?"马约列茨问,"事故的原因是什么?"

"我们仍未确定,"夏夏林说,"是在凌晨 1 点 26 分,进行发电机惰转实验的时候发生的爆炸。"

"必须立即关停反应堆!"马约列茨说,"你们为什么还要让它一直运行呢?"

"反应堆已经停堆了,阿纳托利·伊万诺维奇。"夏夏林说。

好像所有引起灾难的人都渴望尽可能拖延,直到那可怕而又关键的时刻到来,所有的细节都将在那一时刻披露真相。他们的行为和平时在切尔诺贝利核电站一样——希望坏消息自己会说话,这样的话,责任与过失就会悄悄地平摊到每一个人身上。这就是他们有意拖延的原因,本来每一分钟都是非常宝贵的,拖延导致了无辜的居民暴露在核辐射中,每个人都提心吊胆地想说出"疏散"这个词,但是……

"这还不是所有,阿纳托利·伊万诺维奇,"夏夏林说,"反应堆现在正在碘坑里,也就意味着,它彻底中毒了。"

与此同时,反应堆就快燃烧殆尽。石墨在燃烧,向大气中喷发出成千上万居里的放射性物质。然而,反应堆并不是就这么完了。长时间隐藏在我们社会里的脓疮才刚刚开始爆发:自鸣得意与自吹自擂的脓疮、腐败与保护主义的脓疮、目光短浅与自私自利特权的脓疮。现在,由于它已经腐烂了,成了一具充满了谎言和堕落的旧时代的尸体，让空气中充斥着辐射的恶臭。

V. N. 希施金的证词：

给人的总体印象是，那些该负主要责任的人（布留哈诺夫、福明、梅什科夫、库洛夫等人）对于发生的事情和造成的危害都表现得轻描淡写。

这时候，我们收到了普里皮亚季镇共产党委员会第一书记 A. S. 加曼纽克传来的消息，事故发生的时候，他正在医疗中心住院接受健康检查。4 月 26 日早晨，他一听说发生的事情，就出院回到了工作岗位上。

他找到马约列茨后说："阿纳托利·伊万莫维奇，除了受损的反应堆机组形势困难甚至危急外，普里皮亚季镇的一切都很平静，没有恐慌也没有混乱。人们就像平时度过周末一样：孩子们在街道上玩耍，学校里的课程也照常进行，运动赛事正在开展。甚至还有人举办婚礼——实际上，今天共有 16 对共青团员举办婚礼。我们终结了谣言与误导性的报道。受损的反应堆机组那边出现了人员伤亡。瓦莱里·霍捷姆楚科和弗拉基米尔·夏谢诺克这两名操作人员死亡。12 名工作人员由于情况危急被送往医疗中心。另外 40 人的伤势不是很严重，随后将入院就医。越来越多的病人不断来到医疗中心。核电站主任布留哈诺夫每隔一小时就会向基辅方面向我们汇报，每次汇报均表示辐射值在正常范围内，所以我们一直在等待高层委员会的指示。"

下一位发言者是乌克兰苏维埃社会主义共和国内务部副部长、苏联内务部少将根纳季·瓦西里耶维奇·贝尔多夫，他沉着冷静，个子高高，头发花白。他在4月26日凌晨5点去了普里皮亚季，穿着崭新的制服，戴着金色的花结和一排色彩明亮的绶带，胸前的勋章证明了他在苏联内务部工作的业绩。然而，他的制服与他花白的头发已经受到了严重的污染，因为少将一整个早晨都在核电站旁边。实际上，包括马约列茨部长在内的所有在场人员的头发和衣服上都沾上了放射性物质。和死神一样，放射性物质并不会分辨是部长还是普通群众，它会落在任何碰巧经过的人的身上，还会穿透他们的身体，但是参加会议的人员都没有意识到这个问题。没有防护服或是测量辐射剂量的仪器，所有人都是这样。毕竟，布留哈诺夫已经告诉每个人，辐射值是正常的，既然这样，谁还需要防护服和仪器呢？

贝尔多夫少将对马约列茨说："阿纳托利·伊万诺维奇，我在凌晨5点的时候已经到达受损的反应堆附近了。民兵分队已经从消防队员手中接管了现场。他们封锁了所有去往核电站和通往工人居住区的道路。核电站周围的乡村真的是非常漂亮，所以人们喜欢在节假日到那里去，今天是星期六，就是这样的一天。但是即便布留哈诺夫同志已经告诉我们说辐射值是正常的，这些休闲区域也已经变成了危险的地方。在我的命令下，民兵分队封锁了去往这些地方的道路，特别是冷却水池沿岸的那些地方，以及进水渠和排水渠，那可是非常受欢迎的捕鱼胜地。① 普里皮亚季民兵站建立起一个临时的应急指挥部，波列西耶、伊万科夫（Ivankov）和切尔诺贝利当地民兵部队也派出了增援。到早晨7点的时候，苏联内务部有1 000多人到达了事故发生地。运输民兵增援小分队在亚诺夫火车站集合。在爆炸发生的时候，装载贵重仪器设备的货运列车就停在车站，客运列车按照时刻表来来往往，车组人员和乘客对于发生的事情一无所知。因为当时是夏天，列车的窗户都开着。我相信你也知道，铁路距离受损的反应堆机组仅约500米。我认为这些列车的车厢肯定受了核辐射，列车运行必须得停下来。② 民兵中不仅有中士和副官，还有上校。我查过危险区域内的岗位，没有一个人离岗，也没有人拒绝执勤。我们一直在联系基辅方面的运输仓库；1 100辆客车被派往切尔诺贝利，为人员的疏散做好准备，他们现在正在等待政府委员会的指示。"

---

① 这里值得注意的是，贝尔多夫将军直觉地感觉到危险的时候，并没有意识到他遇到的是哪一种危险，"敌人"看起来是什么样的，以及他应当如何攻击和防范，他都完全不知道。出于同样的原因，他的民兵在开展工作的时候既没有辐射量测定仪，也没有防护措施，他们所有人都暴露于严重的辐射剂量中。然而，他们本能地做了正确的事——严格限制人员进入危险区域。
② 需要再次称赞贝尔多夫将军，因为他是在场的高级官员中第一个正确估计现状的人，尽管他不具备核能技术的专业知识。

"那些关于疏散的说法是怎么回事?"马约列茨部长生气地问,"你们是想引起恐慌吗?我们必须让反应堆停堆,整件事就可以了结了。核辐射会回到正常水平。反应堆的情况怎么样,夏夏林同志?"

"反应堆正在碘坑里,阿纳托利·伊万诺维奇,"夏夏林回答他说,"按照布留哈诺夫和福明的说法,操作人员通过按下5级紧急功率降低按钮来停堆。所以反应堆现在完全关停了。"

夏夏林说这些话是有理由的,因为他并不知道反应堆的真实状况,他没有从空中看过反应堆。

"那操作人员又在哪里?我们能把他们请到这里来吗?"部长问道。

"操作人员都在医疗中心,阿纳托利·伊万诺维奇。他们危在旦夕。"

"我一大早就提议疏散了,"布留哈诺夫压低了声音说,"我请示了莫斯科的德拉奇同志,但他告诉我说,在谢尔比纳同志来之前,我不要采取任何行动。我也没有引起恐慌。"

"谁检查过反应堆?"马约列茨问,"现在那里面的状况怎么样?"

"普鲁申斯基和反应堆总设计师的代表波卢什金,他们已经乘坐直升机检查过反应堆了。他们还拍了一些照片,很快就会回到这里。"

"民防部说什么了吗?"马约列茨问。

沃罗比约夫[①]站了起来。他说他使用的仪器记录下了强辐射场。在建筑物废墟附近、汽轮机大厅、中央大厅和4号反应堆机组附近的其他地方,设备都超出了250伦琴的量程范围。

总之,他建议立即疏散居民,而布留哈诺夫一直压制他的下属,警告他不要让事态恶化。

下一个发言的是卫生部的代表V. D.图洛夫斯基,他说:"阿纳托利·伊万诺维奇,在视察过医疗中心以后,我们必须立即下令疏散居民。那些病人的病情十分严重。就初步检查的结果而言,他们肯定是吸收了超过致命剂量三至五倍的辐射。他们因极为严重的内部和外部辐射而遭受着痛苦。他们的皮肤明显呈现出核灼伤后的深褐色。毫无疑问,放射性物质已经远远扩散出了反应堆机组的范围。"

"要是你们弄错了呢?"马约列茨如往常一般沉着冷静,但很明显是在控制他的情绪。他问,"让我们搞清楚状况,做出正确的决定,但我是反对疏散的。危险明显被夸大了。"

会议暂停了。在休会期间,部长和夏夏林到走廊里抽烟去了。

[①] 他也是核电站民防部主任,他在事故发生2小时后,使用唯一的一台量程为250伦琴的辐射计测量了危险的辐射值,随后就向布留哈诺夫作了报告。读者对布留哈诺夫的反应都很熟悉了。另外,当天晚上沃罗比约夫通知了乌克兰民防指挥部,他的行为理应受到称赞。

原子能联盟（核能部门）总工程师 B. Ya. 普鲁申斯基的证词：

当我和科什焦·波卢什金回到普里皮亚季镇共产党委员会的时候，夏夏林和马约列茨正在走廊里抽烟。我们走上前去，就在那里向他们汇报对 4 号反应堆机组进行空中检查的发现。

夏夏林先看到了我们，他让我们描述一下我们从直升机上看到的景象。他使劲吸了一口烟，吐出一股浓烟来。他身材很小，参加党的会议时，站在像 A. N. 谢苗诺夫副部长这样身高体壮的人的旁边时，他就像是个玩具一样。但现在，他看起来更加苍白，更加萎缩，他那总是很柔顺的棕色头发现在也凌乱不堪。他的眼睛一眨不眨，从他那进口眼镜厚厚的玻璃镜片后面盯着我们，他浅蓝色的眼睛里透出一种心神不定。实际上，我们每个人都累得要死，都有点心神不定，可能只有马约列茨例外。他像往常那样衣冠楚楚，他的头发在粉红色的额头处整齐地分开，他那圆圆的脸一如既往地没有任何表情。也许他只是什么也不懂。很可能就是这样的。

我马上开始向他们汇报我和波卢什金是如何从空中检查 4 号反应堆机组的。从约 250 米的上空，我们可以看出反应堆已经毁了。换句话说，被毁的是主循环泵室、鼓式分离器室以及中央大厅。反应堆上部的生物性防护盖由于酷热而呈现出明亮的樱桃红色，现在斜盖在反应堆坑室上。我们可以清楚地看到燃料孔道完整性监测系统和保护与控制系统的残骸。石墨与燃料组件的碎片散落得到处都是，V区、汽轮机大厅和脱气机的屋顶上，机组周围的柏油地面上，甚至在330千伏和750千伏变电站之间都有。我可以肯定地说，反应堆已经毁了。冷却没有任何用处。波卢什金也同意反应堆全完了。当马约列茨问我们应该做什么的时候，我告诉他说："天晓得。现在我没法说。反应堆里还有石墨在燃烧。在采取进一步的行动之前，必须得扑灭它。但怎么扑灭，用什么扑灭？我们得认真考虑一下。"

我们都进了加曼纽克的办公室。政府委员会继续开展他们的工作。夏夏林提出建立工作小组的想法。当提及修复被毁的反应堆问题时，总设计师代表孔维茨主动发言，他说他认为掩埋可能更适合。马约列茨打断了他，敦促他回到正在讨论的主题上，接着，他又宣布，前面提到的工作组应该在一个小时内准备好汇报材料，等待谢尔比纳的到来，他在一两个小时后就会到。

G. A. 夏夏林的证词：

我与马林、西多连科一同乘坐直升机到达了受损的反应堆上空约250至300米处。西多连科是核能安全委员会副主席，也是科学院通讯院士。飞行员有一台辐射量测定仪，我更想要一个辐射计。在那个高度上，辐射值大约是每小时300伦琴。上部生物性防护盖由于高温已经变为明亮的黄色，而不是波卢什金汇报的樱桃红色，这也就意味着，温度又升高了。反应堆坑室上方的生物性防护盖在后来把沙袋扔上去之前，还没有那么斜。增加的重量导致了它的滑动。

现在，我完全相信反应堆已经被摧毁了。西多连科建议空投 40 吨铅来减少核辐射。我直截了当地拒绝了他的想法，这样的重量，又是来自约 200 米的高度，将会造成巨大的冲击，那会直接击穿抑压水池，将整个熔化的堆芯推到下方的水中。然后每个人都不得不逃命了。

谢尔比纳到达的时候，我在会前单独见了他，向他说明了情况，并建议整个小镇都应该立即疏散。他平静地回答说这可能会引起恐慌，恐慌甚至比核辐射更糟糕。

大概早晨 7 点的时候，核电站完全没有供水储备了；电工付出极大的努力，以暴露于过量的核辐射之下为代价而启动的水泵也停止了运转。我们已经知道，供水并没有注入反应堆，而是灌进了地下隔间，并在那里淹没了核电站所有反应堆机组的电气设施。核辐射在各处迅速升高，被毁的反应堆从它那炽热的巨口中继续喷发出数百万居里的放射性物质。空气中充斥着包括钚、镅、镉在内的全系放射性同位素。所有这些同位素都被核电站工作的人们以及普里皮亚季的居民们吸收了。4 月 26 日和 27 日整整两天，直到疏散以前，放射性核素一直在人们的身体内累积；此外，他们还受到了外部伽马射线和贝塔射线辐射。

在普里皮亚季医疗中心

我们已经知道，第一批受害者在爆炸发生 30 至 40 分钟后就被送往医疗中心了。我们不应忘记切尔诺贝利核灾难造成的极不寻常情况的极端严重性，它已经证明，辐射对人体造成的影响是非常复杂的：严重的外部与内部辐射加上热灼伤与皮肤表层是否湿润使情况更加复杂。实际受伤程度与暴露情况无法立即判定，因为核电站的辐射安全服务部门没有为医生提供辐射场的准确值。我们都知道，已有辐射计表明辐射强度为每小时 3 至 5 伦琴。同时，核电站民防部主任沃罗比约夫提供的更为准确的信息被忽视了。辐射安全服务部门提供的保守数据不足以警告医疗中心的医生们，不管怎样，他们对于这种意料之外的事情没有做好充足的准备。

事实上，病人们被送到医疗中心的时候，仅有的有助于判断伤害严重性的线索是他们明显的临床症状：他们有明显的皮肤晒斑（核灼伤导致皮肤变黑）、水肿、烧伤、恶心、呕吐、虚弱，还有一些休克的特定症状。

此外，为切尔诺贝利核电站提供服务的医疗中心没有必要的大量程放射性测量仪器，这种仪器可以立即检查出外部与内部的辐射性质和程度。从组织的角度看，很明显医疗中心的医生们没有为收治这样的病人做好准备。在这种情况下，应该基于特定的原初反应特征，按照急性放射综合征的进程立即对每个人进行分类，这种区分对治疗方式的选择有着至关重要的影响。然而，没有进行这种分类。疾病可能造成的结果是分类的基本标准：

1. 不可能或不太可能恢复。
2. 使用现代化治疗方法有可能恢复。
3. 有可能恢复。
4. 保证恢复。

在发生事故之后，这种分类方法尤为重要，受到辐射的人数量众多，有必要立即分辨出通过及时医疗救助可以挽回生命的人员。换句话说，这种救助应该运用于2类或3类人群，他们的命运主要取决于能否及时得到治疗。知道以下一些情况尤为重要：何时开始接受辐射，辐射持续了多久，皮肤是干的还是湿的，因为放射性核素对湿皮肤穿透力更强，特别是已经烧伤或破损的皮肤。

我们知道，事实上阿基莫夫当值时的工作人员都没有呼吸器、碘化钾或戊糖乳杆菌素防护药片，在工作时也没有对辐射剂量进行恰当的监控。

送往医疗中心的病人没有一个人是根据急性辐射病进程进行分类的，都被混在了一起。对皮肤的净化也不够，仅仅是冲个澡，这根本起不到什么效果，因为放射性核素已经扩散积累到了表皮下的颗粒层。

1组送来的病人得到了接受治疗的优先权，他们有强烈的原初反应，医护人员立即对他们进行了静脉注射，同时接受治疗的还有那些受到严重热灼伤的人员（夏谢诺克、库尔古兹以及消防队员们）。

而当一个专家组从莫斯科抵达普里皮亚季的时候，已经是事故发生过后14个小时了，这个专家组由物理学家、放射科医生和血液专家组成。验血多达三次，医疗记录也准备好了，包括事故后的临床症状、病人自诉症状的性质，还有淋巴细胞的数量与构成。

4号反应堆机组值班工长V. G.斯马金，他应该接阿基莫夫的班，他的证词：

> 大约下午2点的时候，我开始呕吐，还有些眩晕、头疼和昏厥的症状，我离开了控制室，在工作人员气闸室处洗了澡，换了衣服，去了1号行政大楼的医务室。那儿的医生和护士试图记下我去过的地方以及我曾吸收的本底辐射值。但我们一无所知。我们只知道那个每秒1 000微伦琴的仪器超出了量程。我去过哪儿？我怎么记得起我曾去过哪里？我不得不向他们描述整座核电站的布局。最重要的是，我一直感觉到恶心。接着，我们五个人都被救护车送往普里皮亚季医疗中心了。
>
> 我们被送到接待室，他们用一个特殊的测量仪器给我们每个人进行了放射性检查。我们每个人都有放射性。我们又洗了一次澡。我们还是有放射性。接着我们去了二楼的医生那里。柳德米拉·伊万诺芙娜·普里莱普斯卡娅

（Lyudmila Ivanovna Prilepskaya）一看到我就接诊了。她的丈夫也是一名值班工长，我们两家人关系一直很好。就在那时候，我们所有人都开始呕吐。我们只要看到桶或是盆就会立刻开始呕吐。

普里莱普斯卡娅记录下了我病情的细节，问我曾去过机组的什么位置，那里的辐射场如何。她根本没想到到处都是辐射场和核污染，没有一处干净的地方。整座核电站就是一个巨大的辐射场。她想要确认我们吸收的辐射剂量。在我呕吐的间隙，我尽最大的努力告诉她。我说，我们都不知道实际的辐射状况如何。我们只知道量程为每秒1 000微伦琴的仪器爆表了。我感觉非常糟糕，很虚弱，恶心，头晕。

他们把我送到一个房间里，放在一张空床上，并立即给我进行了静脉注射，大概持续了两个半至三个小时。他们给我输了三瓶液体，前两瓶是无色透明的，第三瓶是淡黄色的。

两个小时以后，我开始感觉好点了。静脉注射结束以后，我下了床，起身去找支烟抽。病房里还有另外两个人。其中一个是民兵，他躺在床上，一直说他想回家，他的妻子和孩子都很担心他，他们不知道他在哪里，他也不知道他家人的情况如何。我让他继续躺在床上，告诉他，他已经受到了核辐射，现在需要接受治疗。

另一张床上躺的是一位年轻人，他是切尔诺贝利核电站启动与调试公司的调试员。得知瓦洛佳·夏谢诺克大约在当天早晨6点死了的时候,他开始大叫,问为什么没有人告诉他。他已经歇斯底里了。他肯定是非常害怕,认为既然夏谢诺克死了,他也会死的。他用最高的音调喊道:"为什么要对他的死保密?为什么没有人告诉我?"后来他平静下来了,不过严重的间歇性打嗝让他筋疲力尽。

仪器测试显示,医疗中心也被污染了。几名特别从核电安装公司调来的妇女不停地清洗着走廊与病房。一名放射剂量测试员走来走去,检测所有的东西,我能听到他在喃喃自语,说尽管不停地清洗,辐射值还是相当高。

听起来好像他对这些妇女的劳动不太满意,但实际上,她们已经尽力了,无可指摘。窗户大开着,外面非常闷热,空气中有放射性物质,还有伽马辐射。这些放射性物质通过窗户飘了进来,落在了所有东西上面,这就是为何仪器上的读数不准确(但显示出的污染情况是真实的)。

我听到敞开的窗户外面有人在喊我的名字。我向外看了看,是我当值期间的反应堆值班工长谢廖扎·卡米什尼在下面的街上。他问我觉得怎么样,我回答说我需要抽支烟。我放下一根细绳,吊上来几根烟。然后我说:"你怎么样,谢廖扎,你在外面干什么呢?你也受到了核辐射。到医院来检查一下吧。"他回答我说他感觉不错,然后从兜里掏出一瓶伏特加说:"看,我刚刚已经消过毒了。你要来点儿吗?"我拒绝了他,告诉他我刚进行过静脉注射。

我看了看隔壁,莱尼亚·托普图诺夫正躺在床上。他全身都变成了褐色。他的嘴唇和舌头都肿得非常厉害,几乎无法说话。所有人都想知道同一件事：是什么引起了爆炸？我问他关于反应裕度的事情。他尽了最大的努力告诉我说，斯卡拉电脑显示为 18 根，但那有可能错了。机器偶尔会出错。

瓦洛佳·夏谢诺克大约早晨 6 点死于烧伤和核辐射。他们告诉我说，他被埋在一个村庄公墓里。但电气副总工程师亚历山大·莱勒琴科在静脉注射后感觉非常好，离开医疗中心后又回到了机组的工作岗位上。他再一次被送医是在基辅，情况已经非常糟糕。他在极度的痛苦中死于基辅。他吸收的总辐射剂量为 2 500 伦琴。已经无药可救了，强化治疗和骨髓移植都没用了。

在静脉注射后，很多人都感觉好多了。在走廊里，我遇到了普罗斯库里亚科夫和库德里亚夫采夫，他们都把手臂紧紧抱在胸前。在中央大厅，他们就是这样交叉双臂来保护自己免受反应堆核辐射的，现在他们只能保持这个姿势了，因为要把胳膊掰直了太痛苦了。他们浮肿的脸和手都变成了深褐色。他们俩都抱怨脸上和手上的皮肤剧烈疼痛。他们无法说太多的话，我也不想让他们更难受。

但是瓦莱拉·佩列沃兹琴科在静脉注射后没有起床。他身体表面的皮肤发生了多处开裂，成了一条一条的。他的脸和手浮肿得很厉害，全是疤，只要有轻微的运动就会再次裂开。他承受着巨大的疼痛。他抱怨说他的整个身体就是一个巨大的伤口。

彼得亚·帕拉马尔丘克的状况也差不多，是他把瓦洛佳·夏谢诺克搬出核地狱的。

当然，医生都在兢兢业业地帮助他们的病人，但他们能做的非常有限。他们自己也受到了核辐射。医疗中心的空气中全是放射性物质。重症患者由于皮肤吸收了放射性核素，本身也发出辐射。

事实是，像这样的情况从未在世界上其他任何地方发生过。广岛和长崎之后这还是第一次，尽管这没什么值得骄傲的。

所有觉得好一点了的人都聚集在吸烟室里。他们都在考虑同样的事情：为什么会发生爆炸？沙夏·阿基莫夫也在那儿，看起来很可怜，身上也是深褐色。阿纳托利·斯捷潘诺维奇·佳特洛夫也进来抽烟了，如往常一般若有所思。有人问他吸收的辐射剂量是多少，他回答说他觉得应该是在 40 伦琴左右，所以他才能幸存下来。

关于 40 伦琴的说法，他错了，实际上，准确地说十倍都不止。在莫斯科第六医院，他被检查出吸收了 400 伦琴的辐射剂量，患了 3 度辐射病。当他经过被毁反应堆旁的石墨与核燃料时，他的双腿已经受到了严重的核辐射。

这一切都是如何发生的？所有操作都是按步骤进行的。所有事都做对了，反应堆当时处于相对稳定的状态，突然，只不过在几秒之内，一切都土崩瓦解了。所有操作人员都是这样认为的。

大家都认为，只有托普图诺夫、阿基莫夫和佳特洛夫可以回答这些问题。但问题是，他们无法回答这个问题。

很多人开始觉得，可能是有人故意破坏，因为，当事情无法解释的时候，你就会开始考虑那些最不着边际的可能。

阿基莫夫回答我的问题时，只说了一件事："我们做的一切都是正确的。我理解不了为何就发生了爆炸。"他又愤怒又痛苦。

当时，很多人理解不了。我们还没明白这次势不可挡的灾难的严重性。佳特洛夫也确信他做的事情是正确的。

那天晚上，一组医生从莫斯科第六医院赶来，他们进入病房，对我们进行了检查。一位留着胡须的医生挑选了首批28名病人立即送往莫斯科，我想他就是格奥尔基·德米特里耶维奇·塞里多夫金（Georgi Dmitriyevich Selidovkin）。他没有进行检测，只是基于他们皮肤的核灼伤程度做了判断。这28人后来几乎都去世了。

透过医疗中心的窗户，我们可以清楚地看到被毁的反应堆建筑。夜里，石墨突然猛地燃烧起来，绕着排气烟囱卷起巨大的螺旋状火焰。那真是可怕又令人痛苦的景象。

共产党地方执行委员会副主席萨沙·叶绍洛夫（Sasha Esaulov）安排了第一批病人出发。库尔古兹和帕拉马尔丘克是用救护车送去的，其他26人乘坐一辆红色的伊卡洛斯客车前往鲍里斯波尔机场。他们凌晨3点启程飞往莫斯科。

剩下的病人病情没有那么严重，于4月27日被送往第六医院，我便是其中之一。经历了一阵含泪嘈杂的送别之后，我们一百多人在中午乘坐三辆伊卡洛斯客车离开了普里皮亚季，身上还穿着条纹病号服。

在第六医院，我被检查出吸收了280拉德的辐射剂量。

首次官方行动

1986年4月26日晚9点左右，苏联部长会议副主席鲍里斯·叶夫多基莫维奇·谢尔比纳抵达普里皮亚季。作为意在消除切尔诺贝利核灾难后果的政府委员会第一主席，他的行动才是真正具有历史性作用的。然而我认为，他通过无能的马约列茨对整个电力工业的管理，加剧了灾难的发生。

这个中等身材、非常瘦弱的人，现在显得比平常更苍白一些，他嘴唇紧闭的脸庞显示出他的年龄来，他瘦瘦面颊上的纹路显示出他的权威，他很平静、镇定、专心。他仍未注意到在他的身边，无论是在街道上还是在室内，空气中都充满了放射性核素，而大气中放射出的伽马射线和贝塔射线则穿透了每一个碰巧经过的人的身体，无论是凡人谢尔比纳，还是恶魔自己。那一夜，小镇里大约有48 000位居民，他们都是普通人，其中有老人、妇女和孩子。但在某种意义上，谢尔比纳显示出了同样的冷漠，只有他有权力决定是否疏散，以及是否要将所发生的事故归为核灾难。

他的行为具有典型性。最初他似乎比较安静、温和，甚至有点儿冷漠。这个弱不禁风的小个子显然享受着他所拥有的巨大权力，这种权力很难得到约束，他把自己想象成上帝般的角色，掌握生杀大权。然而，谢尔比纳终究是凡人，他随后的行为也证明了这一点。一开始他表面上很镇定，但在他的体内的风暴慢慢开始增长，当他理解灾难的意义并需要制定应对方案时，他暴发出了愤怒焦躁的能量，无情地驱使每一个人更努力、更快地工作。

在切尔诺贝利发生了世界性的灾难；处理这样的问题不仅仅需要蛮力，还需要理性，在这种力量里蕴含着生机，以及更为强大的力量。

马约列茨首先站起来总结小组的工作。他不得不承认，4号反应堆机组以及反应堆本身已经毁了。他接着又概述了封闭或掩埋机组的各种方法，其中包括在被毁的反应堆建筑内浇灌超过约200 000立方米的混凝土。必须得在机组周围修建金属沉箱，并将混凝土浇灌其内。他不知道需要对反应堆做什么，它现在还极其酷热。必须要考虑疏散人员了，但他对此有些犹豫，他觉得，要是反应堆被完全封闭起来的话，放射性物质也会随之沉降或消失。

"不要仓促做出疏散的决定。"谢尔比纳安静地说，但显然在竭力压抑自己内心无力的愤怒感。他是这么不想疏散人员！马约列茨已经在新的部门里开了一个好头；装机容量的利用率已经提升；电力系统的频率已经稳定。结果出了这种事情……

马约列茨之后，还有很多人也发言了：夏夏林、普鲁申斯基、贝尔多夫将军、加曼纽克、沃罗比约夫、皮卡洛夫中将（化学战部队指挥官）、设计师代表库克林（Kuklin）和孔维茨，以及切尔诺贝利核电站管理人员代表福明和布留哈诺夫。谢尔比纳在听过所有人的发言后，请大家把手放到一起，说："同志们，我们现在需要的是集思广益。我不相信有扑不灭的核反应堆之类的东西。毕竟，连天然气井的大火都已经被扑灭了，反应堆为什么就扑不灭呢？"

他们每个人都开始提出建议，不管怎么样，他都听了。这也就是集思广益的价值所在，一些牵强附会的、没有意义的甚至是荒谬的想法也有可能为明智的行动方案提供线索。有人建议用直升机吊起一个巨大的盛满水的水箱，空投到反应堆上；还有人建议做一个核能特洛伊木马——一个巨大的空心混凝土立方体，人们躲在里边就能接近反应堆，然后在恰当的位置向反应堆内投放些什么东西。有人明智地问，这个水泥装置或者说特洛伊木马该如何移动，又提出关于合适的轮子和发动机的问题。最后这个想法被放弃了。

谢尔比纳自己提了一个建议——使用消防艇接近紧挨着机组的取水渠，在那里向燃烧着的反应堆内喷水。一位物理学家解释说，水是无法扑灭核能火焰的，它只会增加辐射。水会蒸发，与核燃料混合后，会污染周围的一切。消防艇的想法也被放弃了。

最后，有人想起来沙子可以灭火，还没有副作用，这对核能火焰也有效。这时候，很明显飞机是必不可少的，所以他们从基辅请来了负责管理直升机的人员。

基辅军区空军副司令尼古拉·季莫费耶维奇·安托什金（Nikolai Timofeyevich Antoshkin）少将在 4 月 26 日晚收到了军区的命令，已经在来切尔诺贝利的路上了。命令是这样的："立即前往普里皮亚季。上级已经做出向受损核反应堆空投沙子的决定。反应堆约有 30 米高。从技术角度来看直升机显然是唯一适合开展此项工作的选择。在普里皮亚季根据情况采取行动。与我们保持联系。"

军方直升机驻地离普里皮亚季和切尔诺贝利都比较远，需要先调遣至近处。

安托什金将军还在路上的时候，政府委员会决定下令疏散居民，这也正是民防部门的代表和卫生部的医生一直坚决坚持的。

卫生部副部长沃罗比约夫慷慨陈词，恳请立即进行疏散，他说："空气中全部都是钚、铯和锶。医疗中心病人的病情只可能是超强辐射场造成的。所有人的甲状腺中都富集了放射性碘，包括那些孩子们。没有人服用碘化钾药片来做防护。这非常糟糕！"

谢尔比纳打断了他的发言，说："我们在 4 月 27 日早晨对小镇进行疏散。我希望全部 1 100 辆客车在夜里于普里皮亚季和切尔诺贝利之间的高速路上排成一排。你，贝尔多夫将军，请安排警卫到所有人的家里去，让所有人都待在家，不要再到户外。民防部门将会通过无线电广播传达必要的信息，包括具体的疏散时间。向每家每户都发放碘化钾药片。让共青团员来完成这项工作。我现在要和夏夏林、列加索夫去从空中看看反应堆。晚上能看得清楚些。"

谢尔比纳、夏夏林和列加索夫乘坐民防直升机，飞向充满放射性的夜空，在反应堆上方盘旋。谢尔比纳使用双筒望远镜观察反应堆，它现在由于高温而变为明亮的黄色。在夜空的映衬下，他能清楚地看到浓烟与火舌。透过左右两边的缝隙，在被毁的堆芯深处，泛出一丝微弱的蓝光，不像是星光。看起来就像是一只有力的大手在拉动无形的风箱，向直径约 20 米的巨大核熔炉内鼓气。这暴怒的核怪兽给注视着它的谢尔比纳留下了深刻印象，它无疑比这位苏联部长会议副主席拥有更大的能量。实际上，它的能量已经大到毁掉了很多高级官员的职业生涯，也可能会毁掉谢尔比纳自己。这显然是一个不容小觑的对手。

"火可真大啊！"谢尔比纳静静地说，就像是在自言自语，"需要往那个火山口空投多少沙子？"

"满载燃料的整装反应堆重量达到 10 000 吨，"夏夏林回答说，"要是有一半的石墨与核燃料被喷发出来的话，那就是约 1 000 吨，产生的坑洞约有 4 米深，20 米宽。沙子的密度要比石墨大。我认为需要空投约 3 000 至 4 000 吨沙子。"

"直升机飞行员有的忙了，"谢尔比纳说，"250 米高处的辐射状况如何？"

"每小时 300 伦琴。但落在反应堆上的沙子会激起核尘埃，那个高度的核辐射将会大幅度上升。我们将从较低的高度进行空投。"

直升机从火山口返回了。谢尔比纳还是相当平静，不过他的这种平静不仅仅是他的品质之一，从某种程度上说，也是由于他对核事务的无知和对形势的不确定。几个小时后，第一个指令发出之后，他就会用最尖利的声音向他的下属咆哮，催促他们并指责他们的迟缓以及光天化日之下的罪行。

1986 年 4 月 27 日

政府委员会的所有委员在没有任何防护措施的情况下，在普里皮亚季酒店吃了 4 月 26 日的午餐和晚餐，以及 4 月 27 日的早餐、午餐和晚餐，他们连同食物一起吃下了放射性核素。——V. N. 希施金的证词

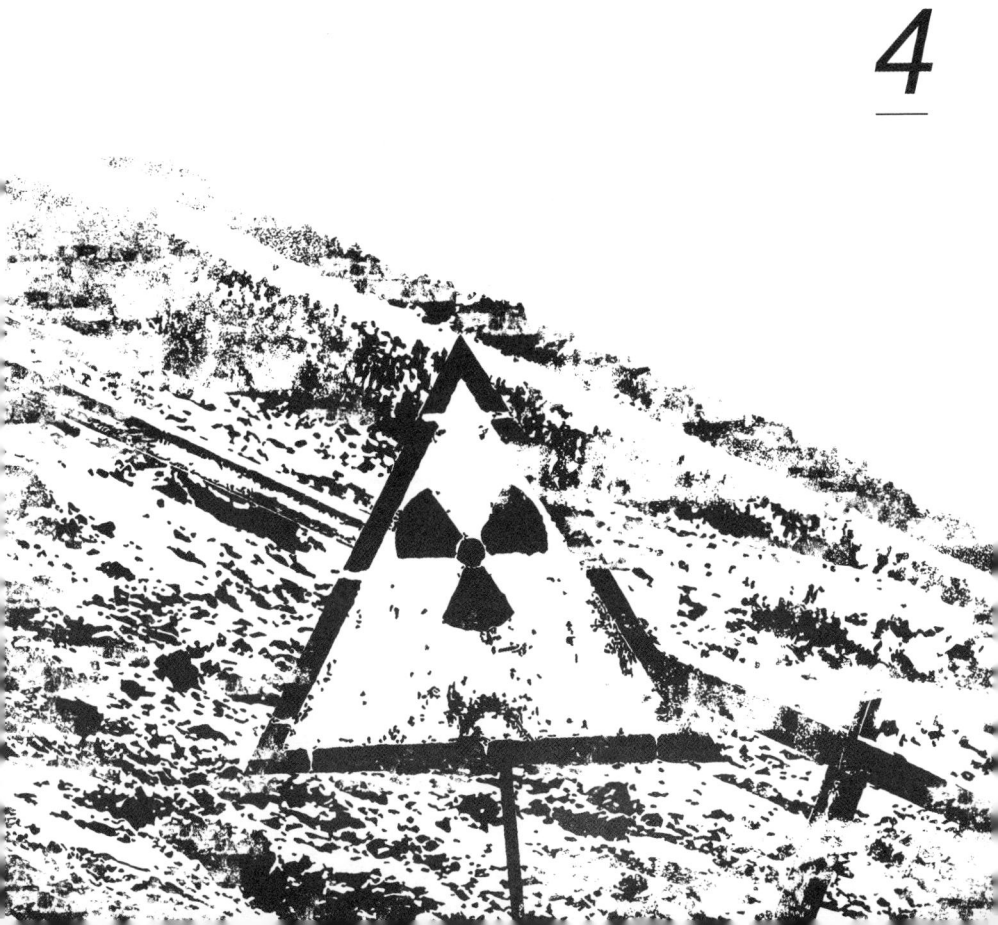

4

V. 费拉托夫（V. Filatov）上校的证词：

当空军少将安托什金进入普里皮亚季共产党委员会大楼的时候，已经过了 4 月 27 日的午夜了。在来普里皮亚季的路上，他已经受到了震撼，因为灯光从每一个办公室的窗户中透出来。整座小镇都在嗡嗡作响，没有人在睡觉，就像是一个受到惊扰的蜂巢一般。共产党委员会大楼挤满了人。他立刻向谢尔比纳报到。

谢尔比纳说："现在，一切都要靠你和你的直升机飞行员了，将军。必须得用沙子从上面把反应堆紧紧地封闭起来。从现在起，没有别的方式来接近反应堆了。只有你的直升机飞行员能完成这样的任务。"

当安托什金将军问他什么时候开始执行任务时，谢尔比纳吃惊地看着他，告诉他说应该立即开始行动。

"这不可能，鲍里斯·叶夫多基莫维奇，"少校抗议道，"直升机必须得先调遣到新的基地。我们必须得找一块停机场地，一个飞行控制中心。这些都必须得等到黎明之后。"

谢尔比纳同意了,但他强调行动在破晓时分就要开始,绝不能再耽搁了。他告诉将军,希望他能理解发生的事态,并指示他负责执行此次任务。

安托什金将军感觉有点不知所措,他绞尽脑汁想要制订一个计划。他要去哪儿找这么多的沙子?还有这么多的袋子?谁来把这些东西装到直升机上?他们飞往4号反应堆的航线是什么样的?应该从多高的高度空投沙袋?辐射状况如何?安排飞行员飞越火山口是否可行?要是他们在半空中突然生病了怎么办?交通管控是必要的。谁来管控?怎么做?又从哪里开始呢?什么样的沙袋?这一切都要靠他来从无到有地设想出来吗?

随后他设计了一个计划:沙袋——直升机,倾泄沙袋;停机坪到火山口的距离;停机坪——调试的位置;反应堆——核辐射——对人员和设备的净化。

安托什金后来想起来,当他从基辅开车前往普里皮亚季的时候,他看到无穷无尽的客车和私家车流正驶向相反的方向,这些交通工具里都像上下班高峰那样塞满了人。他突然想到了疏散。这是自发的疏散,早在4月26日白天以及傍晚,一些居民已经开始主动离开这座充满放射性的小镇。

安托什金考虑过在哪里停放直升机。突然,他想到了普里皮亚季镇共产党委员会办事处前面的广场。对他来说这是绝佳的场地。

他向谢尔比纳汇报了他的计划。因为发动机的噪音会打扰政府委员会的工作，谢尔比纳经过一阵犹豫后，还是同意了。

安托什金无视身边辐射值的变化情况，直接驱车前往受损反应堆建筑去检查一下直升机可能的航线。他这么做的时候并没有采取任何保护措施。在这么混乱的情况下，核电站管理人员没能向来访的人提供任何防护措施。他们就穿着他们来时的衣服去开展工作。24小时后，他们的头发和衣服都具有强放射性了。

疏　散

4月27日午夜过后很久，安托什金少将通过他的个人双向电台派遣首班两架直升机。然而，在这样的情况下，没有地面管制员飞行员就无法降落，所以安托什金带着他的双向电台登上了普里皮亚季酒店十层的屋顶，担任飞行管制员。他能看到受损严重的4号反应堆建筑，以及反应堆上方火焰的光晕，就好像在他的手掌上一般。在右边远处，亚诺夫火车站和天桥的后面，就是通往普里皮亚季的公路，路上停着无穷无尽的各色空客车，在清晨的薄雾中看起来很模糊——红色、绿色、蓝色、黄色，一动不动，等待着出发的命令。

1 100辆客车沿着从普里皮亚季到切尔诺贝利的公路停了

将近20千米长。那真是最令人沮丧的景象。客车那令人心寒的空窗在慢慢升起的太阳下反射着光芒，看起来似乎成了这片古老而一度纯洁的土地死亡的象征。

下午1点30分，这一队客车开始动了起来：它越过天桥，在小镇的四处散开，每一栋白色的公寓大楼前都停了一辆。它们带着这里的居民永远地离开了普里皮亚季，它们的车轮也带走了大量的放射性物质，因此污染了沿途乡村与城镇的道路。

当然，这些车本应该在离开约10千米范围的区域时更换轮胎，但没有人想到要这么做。在之后的很长一段时间，基辅柏油路面的辐射值为每小时10至30毫生物伦琴当量，人们不得不对道路进行了数月的定期清洗。

关于疏散的最终决定是在午夜做出的。然而，大家普遍认为，疏散只需要持续两到三天。在普里皮亚季共产党委员会大楼里召开的会议上，科学家们假设经过沙子和黏土密封后的反应堆辐射值会降低。诚然，对于这些问题，科学本身仍然有些模糊，尽管如此，辐射不会持续很久的意见占优势。因此，居民们得到的通知是轻装上阵，只带三天的食物和钱，把其他衣服放回抽屉里，关闭电源和煤气，锁好门。民兵将会保护好他们的公寓。

要是政府委员会的委员们已经知道了本底辐射的量级的话，他们可能会做出完全不同的决定。大批居民们用大塑料袋装着他们的大部分衣物。与普通尘埃一样，核辐射尘埃会不断通过门缝和窗缝钻进公寓里，一周后，公寓里遗留物品的辐射值已经达到每小时 1 伦琴了。

很多妇女离开的时候，只穿了薄薄的睡衣或连衣裙，而她们的身上，特别是头发上，携带了数百万个的核粒子。

苏联能源部电气安装联盟副主任弗拉基米尔·尼古拉耶维奇·希施金的证词：

> 最初的意见是，在清晨对小镇进行疏散。夏夏林，卫生部的沃罗比约夫、图洛夫斯基和民防部的代表们强烈支持这一想法。
> 科学家们对于疏散没什么可说的。实际上，在我看来，他们更倾向于对危害轻描淡写。他们对于如何处置反应堆格外地含糊与不确定。他们认为向反应堆倾倒沙子是与反应堆内的大火对抗的预防措施。

原子能联盟总工程师 B. Ya. 普鲁申斯基的证词：

> 5月4日，我与韦利霍夫（Velikhov）院士一同乘坐直升机前往反应堆查看。从空中对被毁的反应堆建筑进行研究后，韦利霍夫承认，他不知道如何恢复对反应堆的控制。他说的话非常令人担忧。这还是在将 5 000 吨各种材料通过核爆炸形成的缝隙灌入反应堆之后。

V. N. 希施金的证词：

凌晨3点,从组织角度与技术角度看来,想要在清晨进行疏散明显是不可能的了,必须要对居民发出警告。这个时候他们才决定要在早晨召集所有镇上企业与组织的代表召开一个会议,以解释疏散的细节。

委员会的委员都没有戴呼吸器,也没有人给他们分发碘化钾药片。实际上,都没有人问他们一句。在这里,科学再一次没能应对自如。布留哈诺夫和地方政府全都不知所措,谢尔比纳与包括我在内的很多委员会委员,对于剂量学与核物理学一无所知。

我后来知道,我们所在的那间办公室的辐射值达到每小时100毫生物伦琴当量,也就是每24小时3伦琴。这还是在室内,而在室外,辐射值达到每小时1伦琴,也就是每24小时24伦琴。这仅仅是外部辐射。碘-131在甲状腺积累得更快:后来放射剂量测试员给我解释了,到4月27日中午的时候,很多人的甲状腺发散出的辐射高达每小时50伦琴。甲状腺辐射与全身辐射的比是1:2。这意味着人们除了从外部环境中吸收辐射外,还要从自己的甲状腺当中吸收另外25伦琴的辐射剂量。到4月27日下午2点的时候,普里皮亚季镇的居民和政府委员会的委员,平均每个人吸收的核辐射剂量为40至50拉德。

凌晨3点30分,我感觉到我的膝盖因极度的疲劳而打颤,我就去打了个盹,后来证明那是核疲劳。

4月27日早晨,我大约6点30分醒来,到外面的阳台上抽烟。在隔壁普里皮亚季酒店的阳台上,谢尔比纳正拿着望远镜认真地研究受损的反应堆建筑。

大约上午 10 点钟,所有镇上的企业代表与组织代表都聚在了一起,有人向他们解释了现在的形势,并向他们介绍了疏散的安排,现在疏散计划定在下午 2 点整。主要目标是防止人员走失、分发碘化钾药片以及清洗公寓和街道。由于辐射量测定仪较为短缺,所以没有分发给大家;受损的反应堆建筑里那几台已经被污染了。

政府委员会的所有委员在没有任何防护措施的情况下,在普里皮亚季酒店吃了 4 月 26 日的午餐和晚餐,以及 4 月 27 日的早餐、午餐和晚餐,他们连同食物一起吃下了放射性核素。直到 4 月 27 日晚间,在民防部门的坚持下才分发了口粮,包括香肠、黄瓜、西红柿、融化的奶酪、咖啡、茶和水。每个人都拿到了一份,除了马约列茨、谢尔比纳和马林,他们与往常一样,在等着别人伺候。当他们自己去找食物的时候,什么都没有了。这闹了一个大笑话。

大概到了 4 月 27 日中午的时候,政府委员会的委员们都或多或少地表现出相同的症状来,也就是核能引起的疲劳(它比正常情况下进行相同的工作量所引起的疲劳出现得更早、程度更重):喉咙发痒、浑身发干、咳嗽、头疼以及皮肤瘙痒。

在 4 月 27 日白天,开展了对普里皮亚季每小时一次的辐射剂量检测。放射剂量测试员收集柏油马路上、空气中以及路边的尘埃样本。分析结果显示,50% 的放射性粒子是碘-131。道路上的地面辐射值高达每小时 50 伦琴，地面以上约 2 米高的辐射值为每小时 1 伦琴。

核电建设与装配企业联合会主任米哈伊尔·斯捷潘诺维奇·茨维尔科的证词：

4 月 27 日夜间，所有的厨师都没了。水龙头里也不再流出自来水了。没有地方洗手。他们给我送来了面包，装在一个纸盒里，第二个纸盒里是黄瓜，第三个纸盒里是果酱，其他东西也是如此。出于谨慎，我拿起面包，咬了一口，然后扔掉了我手里捏着的那部分。我后来意识到，这是多此一举，因为我吃掉的面包，与我拿在手里的那部分一样，都受到了污染。所有东西都被严重污染了。

普里皮亚季水泥搅拌部门秘书伊丽娜·彼得罗芙娜·采切尔西卡娅的证词：

有人告诉我们说，疏散只会持续三天，没必要带任何东西，所以我离开的时候只穿了薄睡衣。我带在身上的东西只有我的国际护照和一点钱，很快就花完了。三天以后，他们不让我们回去。我最远到了利沃夫，身上还没有钱。要是我当时知道的话，我就会带着我的银行存折，但我把所有东西都留在家里了。我拿我的普里皮亚季居住证作为证明，但根本没有人理我，他们根本就不重视。我申请了津贴，但他们没有批准。我还给能源部长马约列茨写了封信。我不太清楚状况，不过我觉得我的睡衣和身上的一切都被高度污染了，没有人对我进行测量。

马约列茨回复了采切尔西卡娅的来信："采切尔西卡娅同志可以向能源部的任何部门提出申请。拨付她 250 卢布。"然而，回信署的时间是 1986 年 7 月 10 日，而这些事是发生在 4 月 27 日。

核电安装公司普里皮亚季分公司前设备部门经理 G. N. 彼得罗夫的证词：

4 月 27 日早晨，我们从无线电广播中收听到，不要离开公寓。卫生工作者正在四处分发碘化钾药片。每一栋公寓的门口都有一位没有佩戴呼吸器的民兵在站岗。我们后来发现，街道上的辐射值大约是每小时 1 伦琴，空气中还飘浮着放射性核素。

并不是所有人都服从指令。那是一个温暖、晴朗的日子，此外，还是星期日。不过人们都在不停地咳嗽，感觉到喉咙发干、头疼，嘴里有金属的味道。有些人去了医疗中心测量。医生使用测量范围为每小时 5 伦琴的仪器对他们的甲状腺进行了检查，结果超出了量程。那是他们仅有的仪器了，所以实际辐射值是未知的。人们都很紧张，不过他们很快就忘记了。他们极度焦虑。

切尔诺贝利核电站建设部门高级工程师柳德米拉·亚历山德罗芙娜·哈莉托诺娃的证词：

早在4月26日下午，一部分人员（特别是在校学生）被警告不要到户外去。但几乎没人把这当回事儿。到晚上的时候，明显是有足够的理由警惕起来了。每个人都在与他们的朋友们和邻居们讨论着他们的担忧。很多人，特别是男人，都在喝酒给自己消毒，我没有亲眼看到这样的景象，不过我能理解。即便是在平常，工人与居民们中间都会有醉汉，不过现在，核灾难成了又一个喝酒的理由。事实上，酒是人们手边用来净化消毒的唯一东西。普里皮亚季镇异常活跃，成群的人们四处转乱，就好像一次盛大的狂欢即将开场。当然。五一国际劳动节的庆典即将到来；不过即便如此，也能明显看出人们正处于极度焦虑的状态之中。

4号反应堆机组值班工长的妻子柳博芙·尼古拉耶芙娜·阿基莫娃的证词：

4月27日早晨，我们从无线电广播中收听到，不要到户外或是窗口附近。女高中生在四处分发碘化钾药片。到中午的时候，已经很明确要进行疏散了，但时间不会持续太久，只有两到三天。他们告诉我们要保持冷静，不要携带太多东西。孩子们不断地跑到窗边看看街上发生了什么事情，我不断把他们拉回来。我们都很害怕。透过窗户，我发现并不是所有人都服从指挥。隔壁的一位妇女正坐在公寓外面的长凳上织东西，他两岁的儿子正在玩沙子。后来有人告诉我们，我们呼吸的空气正在放出伽马射线和贝塔射线，还饱含长寿命放射性核素，这些东西都在我们体内积累，特别是甲状腺中积累了放射性碘，这对孩子们构成了特别的威胁。我感到持续头疼，并伴有剧烈的干咳。

然而，总的来说，人们都过着普通的生活，准备早餐、午餐和晚餐，整天都有人去购物，一直延续到4月26日夜间，4月27日早晨也是如此。人们到彼此的公寓互相串门。

问题是，我们吃的食物也受到了辐射污染。我非常担心我丈夫的病情，他的皮肤已经变成深褐色，他的眼中发出极度兴奋的光芒，整个人非常激动。

G. N. 彼得罗夫的证词：

客车排成一排，在下午2点准时停在每一栋公寓门口。我们已经通过无线电广播得到了警告，轻装上阵，随身尽量少携带物品，因为我们可能三天后就回来。我当时还考虑这到底意味着什么，因为如果我们携带很多东西的话，就算有5 000辆客车也不够装。

绝大多数人按照警告的要求做了，甚至没有随身携带多余的钱。实际上,我们居民们表现得相当好,互相开着玩笑,互相安慰着,还告诉孩子们,他们将会去看望奶奶、去看电影或是去看马戏,来让他们平静下来。年长一点儿的孩子面色苍白,他们很伤心,什么话都不说。除了辐射外,空气中还回荡着警报与不自然的喜悦。很多人很早就带着孩子下楼了,等在公寓外面,尽管不断有人告诉他们让他们回去。时间一到,我们直接从入口上了客车。有几个人有些混乱,从一辆客车冲到另一辆客车,因此吸收了额外的辐射。通过这种方式,在那个普通的"平静的"日子里,我们吸收了超过平均值的辐射剂量,无论是体内还是体外。

我们被送到了离普里皮亚季60千米远的伊万科夫,接着又被送到不同的村庄。迎接我们的不总是热情的欢迎——有一位居民不让我们进入他那巨大的砖房,只是因为单纯的自私,而不是因为辐射(他根本理解不了,对他解释也没什么好处)。他说他建的房子不是让陌生人住的。

那些被送到伊万科夫的人中有一大部分继续步行向基辅方向走,有几个人还搭上了便车,不过他们也不知道该何去何从。过了不久之后,一位我认识的直升机飞行员告诉我说,他从空中看到一大群人正在沿着路走,他们中有妇女、儿童,还有老人,全都穿着轻薄的衣服,走在路边,向着基辅的方向而去。他们已经经过了伊尔佩尼(Irpeni)和布洛瓦罗夫(Brovarov)。汽车被困在人群之中,就好像是处在将前往草场的巨大牧群之中。在电影中,你常常能看到中亚有这类场景，给人的印象就是这样的，虽然这样的比喻并不恰当。人群就这样不断步行前进，无穷无尽。

当人们与他们的宠物告别的时候，那真是非常痛苦的场面。那些猫的尾巴直直地挺立着，恳求般盯着他们的主人，哀伤地喵喵叫着；各种各样的狗在痛苦地哀号，想要强行扑上客车，当它们被从车上拉下来的时候疯狂地咆哮和吠叫。无论孩子们多么喜爱他们的宠物，毫无疑问他们都不能带走这些猫狗，因为宠物的皮毛与人类的头发一样，具有强放射性。毕竟，动物们整天都在公寓外面的街道上，一定吸收了大量的放射性粒子。

有几只狗发现自己被主人遗弃了，跟在客车后面跑了很长一段路，但这只是徒劳。最终它们后退了，返回了被遗弃的小镇，它们聚成一群，开始四处乱逛。一开始它们吞食了大量有放射性的猫，接着就变得疯狂，开始向着人类咆哮。它们甚至多次袭击人类，以及被遗弃在农场里的动物。

当时，有三天的时间，4月27日、28日和29日（直到政府委员会从普里皮亚季撤离至切尔诺贝利的那天），匆忙组织起来的一队猎人用猎枪射杀了所有疯狂的、有放射性的狗。狗的品种有混血土狗、大丹犬、牧羊犬、猩犬、西班牙猎犬、斗牛犬、贵宾犬以及玩赏小狗。4月29日，猎杀结束了，被遗弃的普里皮亚季的街道上散落着各种各样狗的尸体。

考古学家们曾发现古巴比伦的一些石板上刻着这样一个有趣的故事："当一座城市的狗聚集成群，那座城市就会陷落、毁灭。"普里皮亚季镇并没有被毁灭，但它被遗弃了，辐射让它在接下来的几十年里保持原样——这里成了一座辐射鬼镇。

塞米霍迪（Semikhody）、科帕奇（Kopachi）、西佩利奇和附近的其他村庄与农场的居民也被疏散了。核电安装公司总工程师阿纳托利·伊万诺维奇·扎亚茨（Anatoly Ivanovich Zayats）和一些助手以及带着枪的猎人们一起，挨家挨户地到附近的农舍去，向住在那里的人们解释，告诉他们必须离开自己的家。

见证人们的痛苦与泪水本身就是十分痛苦的，人们要面对的是离开祖先留下的土地数年，甚至有可能是永远。

一位老妇人大声说："你们说的是什么啊？谁来照看房子和动物？菜园怎么办？嘿！小家伙，谁来做这些事儿？"

阿纳托利·伊万诺维奇试着向她解释："大妈，你必须得走。这里的一切都有放射性——土壤、草地，都有。你再不能用那草去喂牛了，你也不能喝牛奶了。什么都不行——都有放射性。国家将会赔偿你的一切损失，一切都会好起来的。"

但是没人能理解他们听到的，他们也不愿意理解。

"你说的话是什么意思？太阳还在照着，草是绿的，万物都在生长，花儿正在开放。你看！"

"那就是问题所在。辐射是看不到的，这也就是它为什么危险。你不能带着动物和你一起走。那些牛啊羊啊都有放射性，特别是它们的皮毛。"

很多当地人听说不能给牲畜喂草的时候，就把那些牛羊顺着斜坡赶到了谷仓的屋顶上,以阻止它们吃草。他们以为只要一两天,一切就会恢复正常。

所以不得不一遍又一遍地对人们解释这些问题。牲畜被射杀了,人们转移到了安全的地方。

尝试封闭核反应堆

让我们把注意力放回普里皮亚季以及空军将军安托什金的身上。

4月27日早晨,在安托什金的指挥下,首批两架米-6型直升机抵达,操作飞机的是两名经验丰富的飞行员B.涅斯捷罗夫(B. Nesterov)和A.谢列布里亚科夫(A. Serebryakov)。当直升机降落在共产党委员会办事处前的广场上时,发动机的轰鸣声惊醒了政府委员会的所有委员,他们之前一直熬夜到凌晨4点才睡觉。

安托什金将军在酒店的屋顶上控制着直升机的降落,那天他彻夜未眠。涅斯捷罗夫和谢列布里亚科夫仔细侦察了整座核电站及周边的情况,制定出向反应堆倾倒沙子的飞行计划。

从空中接近反应堆非常危险,主要是由于4号反应堆排气烟囱的缘故,它的高度有150米。涅斯捷罗夫和谢列布里亚科夫测量了反应堆上空不同高度处的辐射状况,不过,他们没有降到 100 米以下，那个位置上的辐射值陡然升至每小时 500 伦琴。当然，在每一次"轰炸"后，辐射值极有可能会显著升高。为了空投沙子，飞行员将不得不在反应堆上空盘旋 3 至 4 分钟，根据本底辐射状况来看，这么长的时间足以让他们吸收 20 至 80 伦琴的辐射剂量。需要飞行几次呢？很难说，得试试才知道。他们真的是在作战——一场核战争。

直升机已经在共产党委员会办事处前的广场上起降了几次。震耳欲聋的轰鸣声让政府委员会的委员们很难投入到工作中，但他们都付出了特别的努力，努力提高声音，甚至大声喊叫。谢尔比纳越来越紧张，他不断询问为什么还没有向反应堆空投沙袋。

直升机的旋翼叶片在起降时吹起了含有裂变粒子的核辐射尘埃。共产党委员会办事处及周边建筑物附近的空气中，放射性急剧增加。所有人都感到胸闷气短。

然而，受损的反应堆还在不断地向空中喷发出越来越多的、数百万居里的放射性物质。

安托什金让涅斯捷罗夫留在酒店的屋顶上做飞行管制员，他自己从空中侦察反应堆的情况。他花费了很长时间才成功定位反应堆的确切位置。实际上，任何对核电站设计不熟悉的人都会遇到同样的困难。他意识到应该安排一位操作人员或装配部门的工作人员随直升机一起进行"轰炸"。

更多直升机在不断地降落，空气中引擎轰鸣的声音不绝于耳。

侦察飞行已经完成，并确定了飞往反应堆的航线。下一步需要袋子、铁铲、沙子，以及负责装沙袋和向直升机上搬运沙袋的人员。

安托什金向谢尔比纳提出了这些问题。目前，共产党委员会办事处里的每一个人都在咳嗽，他们觉得喉咙发干，说话困难。

"你手下不是有人吗？"谢尔比纳问，"你为什么要拿这些问题来问我？"

将军坚持自己的立场。他说："飞行员不能装沙子！他们的任务是对直升机进行准确操控。他们必须每次都绝对准确地停在反应堆的正上方。他们的手不可以抖。他们绝对不可能去装沙子和搬沙袋！"

"给你，将军，"谢尔比纳说，"带着夏夏林和梅什科夫两位副部长去，让他们去干装袋、搬运的活，让他们去找袋子、铁铲和沙子。这里到处都是沙子，这个地方就是建在沙子上的。到不远处找个开阔的地方，快行动起来。夏夏林！尽可能多找些建筑施工人员和安装工人。基济马哪去了？"

苏联能源与电气化部前副部长根纳季·A.夏夏林的证词：

空军将军安托什金的工作做得非常好；他是一位务实且精力充沛的将军。他不断向我们提出要求，他很不讲情面。

大约离共产党委员会约500米远的地方，就在码头边的普里皮亚季咖啡馆附近，我们找到一大堆优质的沙子，那是为了建造新的公寓大楼从河中挖出来的。我们在仓库中找到大量的袋子，接着，我们开始装袋——我、中等机械建设部第一副书记 A. G. 梅什科夫和安托什金将军三人。我们很快就大汗淋漓了。我们穿着在办公室工作的衣服就开始干活了。我和梅什科夫穿着我们在莫斯科工作时的制服和鞋子，将军穿着他的制服。我们都没有呼吸器和辐射量测定仪。

我很快就安排别人来帮我们，有核电安装公司的经理 N. K. 安东修克（N. K. Antonshchuk）、核电安装公司总工程师 A. I. 扎亚茨和水电安装办公室主任 Yu. N. 维皮莱洛。

安东修克走上前来，递给我一份奖金申请，是为即将去装沙袋、系沙袋和把沙袋装上直升机的人们申请的。在那种情况下，这种想法简直荒谬至极，不过我立刻同意了。在核电站的运行过程中，当工人在受污染的地方从事安装或建设工作时，向他们发放奖金是以往的标准惯例。但在这里呢？安东修克和那些不得不干活的人很明显根本没弄清状况，他们没明白普里皮亚季到处都是受污染的地方，镇上的所有居民都该发奖金。不过我甚至没有试着向他们解释一下，只是让所有人继续干活。

然而，我们的人手还是不够。我让扎亚茨开车到最近的集体农场去寻求帮助。

核电安装公司总工程师阿纳托利·伊万诺维奇·扎亚茨的证词：

4月27日上午，我们不得不组织人手去帮直升机机组人员装沙袋。我们的人手不够。我和安东修克开车到"友谊"集体农场附近，在每个农舍前都停一下。人们都去自留地干活了，不过因为现在是春天，也是播种期，很多人在田地里耕作。我们向他们解释，田地已经不行了，必须得堵住反应堆的大口，我们需要帮助。

那天上午的天气真的很热。人们都很放松，五一国际劳动节的庆典就要到了。他们干脆不相信我们说的话，继续干他们的农活。接着我们去找了集体农场的主任和党组织书记。我们一起回到田地里，向干活的人们一遍又一遍地重复解释着同样的内容。最终，他们开始认真对待我们。我们找了100至150名志愿者，有男有女，他们接下来不停地装沙袋，并把沙袋搬上直升机。做这一切的时候，所有人都没有呼吸器，也没有其他的防护装置。在我们的帮助下，4月27日，直升机飞行了110架次，4月30日，飞行了300架次。

G.A.夏夏林的证词：

谢尔比纳非常不耐烦。外面直升机发动机在轰鸣，他在屋里用最高的声音斥责，说我们是差劲的工作人员，说我们不够好。他像赶牲口一样驱使着我们所有人，部长、副部长、将军，更别提其他人了。他说我们把反应堆炸没了很在行，但在空投沙袋的时候就一无是处。

最终，首批六只沙袋被装上了一架米-6型直升机。曾参与组装反应堆的安东修克、德伊格拉夫（Diegraf）和托卡连科（Tokarenko）轮流乘坐直升机进行"轰炸"，以便指导飞行员精确到达目标。

涅斯捷罗夫上校是一位非常优秀的空军飞行员，他执行了第一次任务，以140千米每小时的速度笔直飞往受损的反应堆，他一直注意着左边两座高达110米的通风井道。

他到达了核反应堆火山口上方约110米的地方。辐射计读数显示为每小时500伦琴。直升机盘旋在目标上空，目标就是这个炽热的生物性防护盖倾斜形成的反应堆坑室的开口。他们把门打开的时候，感觉到下面涌上来一股热浪；热浪中夹杂着放射性气体、离子以及伽马射线。没有一个人佩戴呼吸器，直升机的下面也没有用铅防护。数百吨的沙子被投入反应堆之后，更加重了辐射状况。机组人员从开着的门望出去，盯着反应堆火山，用肉眼瞄准，投下沙袋。后面又扔下了无数的沙袋。要完成这项任务别无他法。

第一组27个人很快就无法继续工作了，还有安东修克、德伊格拉夫和托卡连科以及他们的助手，这些人被送往基辅接受治疗。在投下沙袋后，约110米空中的辐射值升至每小时1800伦琴。飞行员在空中就开始产生不适感了。

事实上，从这么高的地方空投沙袋，不仅会对极度高温的堆芯造成巨大的冲击，还会将巨量的裂变碎片与放射性尘埃从燃烧过的石墨中震出来，特别是在第一天的投放过程中更是如此。这些东西最后会积累在人的肺中。必须花上好几个月的时间来把铀盐和钚盐从这些英雄的血液中冲洗出去；事实上，他们不得不换血好多次。

没过几天，飞行员就主动戴上了呼吸器，在他们的座位下面插入铅片，以便在核辐射中少暴露一点。

V. 费拉托夫上校的证词：

4月27日下午7点，N. T. 安托什金少将向谢尔比纳报告，150吨沙子已经投入了反应堆口。他对这次行动非常满意，因为付出的努力相当大。另一方面，谢尔比纳没有受到感动，他说："还不够好，将军。对这样的反应堆来说，150吨是微不足道的，我们得采取更快的行动。"他也狠狠批评了夏夏林和梅什科夫，责备他们效率低下。他责成核电建设与装配企业联合会主任茨维尔科负责装运沙子事宜。

M. S. 茨维尔科的证词：

4月27日晚间，当夏夏林和安托什金汇报空投沙袋的进展时，谢尔比纳向他们大喊大叫了很长时间，说他们事情办得太差劲了。他让我接替夏夏林负责装运沙子的事宜。我们没有去一开始装沙子的地方，那里的辐射太强了，我们去了一个离普里皮亚季9.5千米远的采砂场，在那里，装运的人们可以避免遭受不必要的辐射。我们从仓库和商店里找到了袋子，不过要先把面粉、谷物和糖从袋子里倒出来。后来，又从基辅拿来了袋子。4月28日，我们有了光学辐射量测定仪，但是需要充电，看起来好像它们从来没充过电。我的辐射量测定仪总是显示1.5伦琴；指针根本不转，我又另外拿了一台辐射量测定仪，这一次显示的是2伦琴，指针同样是一动不动。这个时候，我开始因恶心而呕吐起来，就没有再看读数。我们肯定至少吸收了大约70至100伦琴的辐射剂量。

由于疲劳和缺少睡眠，安托什金将军几乎站不住了，他也因为谢尔比纳的反应而灰心。不过没多久，他又再一次积极行动起来。在傍晚7点至9点间，他与所有的部门负责人建立了良好的关系，他们能够提供沙子、袋子以及人力来进行装运工作。他们忽然想到使用降落伞来提高效率。每个降落伞可以装相当于15袋的沙子，就像是一个大购物袋，然后用它的带子绑在直升机上，用直升机带着前往反应堆。

4月28日，空投了300吨沙子。4月29日，750吨。4月30日，1500吨。5月1日，1900吨。

5月1日傍晚7点，谢尔比纳宣布，向反应堆空投的量应该减半。因为他担心支撑反应堆的混凝土结构可能会撑不住，所有东西将会崩塌掉落到下面的抑压水池，造成热爆炸，释放出大量放射性物质。

总而言之，从 4 月 27 日至 5 月 2 日，大约 5 000 吨易碎材料被投入了反应堆。

能源部主要科学部门副主任 Yu. N. 菲力门采夫（Yu. N, Filimontsev）的证词：

我于 4 月 27 日夜间抵达普里皮亚季，旅程之后非常累。我先到了政府委员会工作地共产党委员会办事处，接着又去酒店睡觉。我带了一部便携式辐射剂，那是我在去莫斯科工作前，在库尔斯克核电站收到的礼物。这真是个好工具，具有定时功能。在我睡着的 10 个小时里，我吸收了 1 伦琴的辐射剂量。房间里的辐射强度肯定有每小时 100 毫伦琴。在街上各处，辐射强度的范围是每小时 500 毫伦琴至 1 伦琴。

我们稍后会再次回到菲力门采夫的证词。

回顾破坏：1986 年 4 月 28 日至 5 月 8 日

国家核能利用委员会主席 A. M. 彼得罗相茨为切尔诺贝利灾难进行了辩护，他说："科学需要牺牲者。"他认为这是非常机智的评论，但这话真的非常不敬且愚蠢。

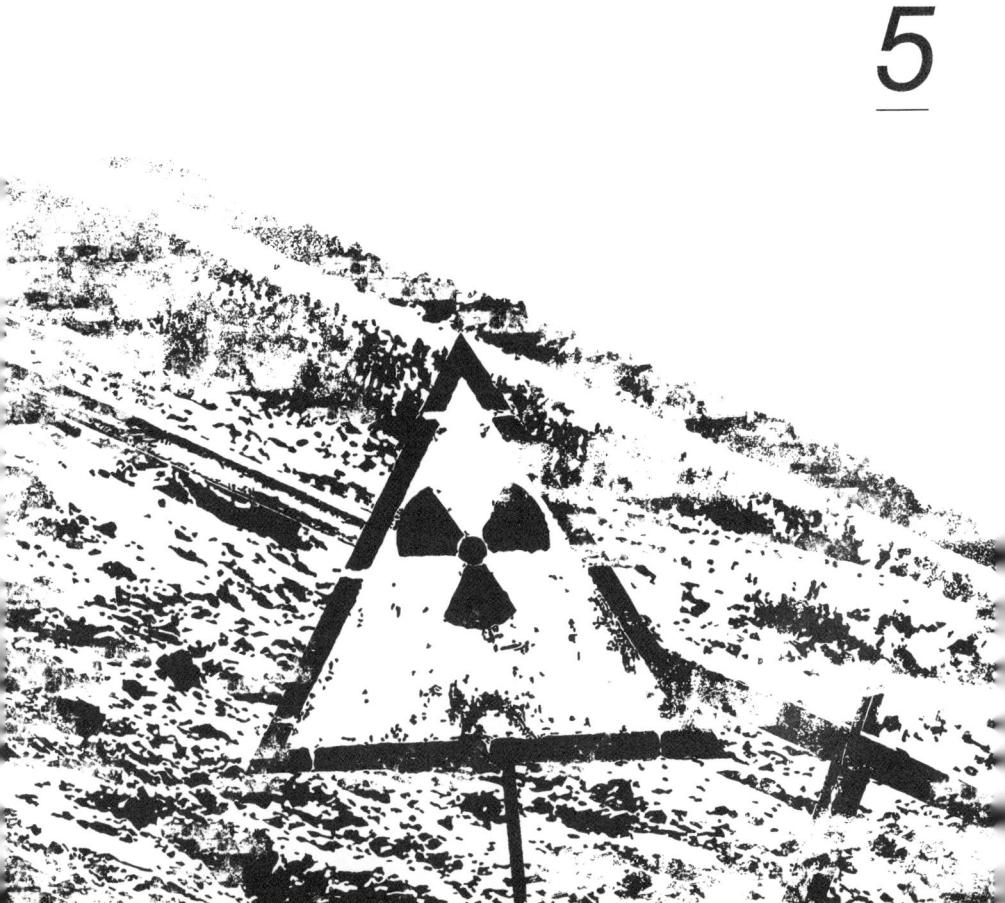

5

4月28日早晨8点,我去上班,进了叶夫根尼·亚历山德罗维奇·列舍特尼科夫(Yevgeny Aleksandrovich Reshetnikov)的办公室,汇报我在克里米亚核电站的工作。列舍特尼科夫是电站建设中央理事会主席,那是能源部的一个部门。这个特别的中央理事会简称Glavstroy,负责处理热电站、水电站和核电站的建设与安装事务。我作为理事会副主席分管核能部门。

虽然我自己是一名技术人员,也作为操作人员在核电站工作过多年,不过由于辐射病,我不能在有电离辐射源的地方工作。因此,我没有再从事操作工作,而到了核电建设与装配企业联合会,这个机构主要处理建设与安装事务,我负责协调核电站的安装与建设。这意味着我一直在从事技术与建设交叉的工作。在核电建设与装配企业联合会的茨维尔科手下工作的时候,我应列舍特尼科夫之邀加入了新的理事会。

换言之,对我来说,从事新工作的决定性因素是可以远离核辐射,因为我吸收的总辐射剂量已经达到了180伦琴。列舍特尼科夫是一位经验丰富、精力充沛的建筑工作管理者,尽管因心脏病而健康状况不佳,但他仍以饱满的热情投身到工作中。他曾在地方的建筑工厂、矿山、热电站和核电站工作过多年。然而，他对于核电站的技术方面并不熟悉，对于核物理学知道得就更少了。

当我走进他的办公室以后，我开始简短地向他汇报我的克里米亚核电站之行，但列舍特尼科夫打断我说："切尔诺贝利核电站的4号机组发生了事故。"

"发生了什么事？是什么引起的？"我问。

"与他们取得联系非常困难，"他回答我说，"核电站的电话都断线了。只有高频线路可以使用，不过效果不太好。接收器在萨多夫斯基（Sadovsky）副部长的办公室里。但传来的信息非常模糊。好像是中央大厅的一个应急水箱里的爆炸性气体发生了爆炸，把中央大厅的天花板和鼓式分离器室的屋顶都炸飞了，还摧毁了主循环泵室。"

我问他反应堆是否安然无恙。

"没有人知道，反应堆好像是没有受损。我正要去萨多夫斯基那里看看最近的进展如何。你能否看一下计划，然后准备一个备忘录以向中央委员会书记多尔吉赫进行汇报，用外行能听懂的话。萨多夫斯基会准备一个情况介绍，不过你也知道，他是水利技术工程师，对核能技术的要点不甚了解。我会和你保持联系，要是你有什么发现就告诉我。"

"最好能飞到那儿去直接看看。"我说。

"没那么快。已经过去太多人了，能源部里没什么人来准备汇报材料。你可以等部长和第二小组从那边回来以后再飞过去。我也要走了，祝一切顺利。"

我回到自己的办公室，找到建设计划，开始检查。使用应急备用水箱来冷却保护与控制系统的伺服驱动器是必需的，以防止原有冷却系统失效。水箱被安装在中央大厅的外墙上，位于正50级高度处和正70级高度处之间。水箱容量约为110立方米，可以直接向外排放。如果辐射分解的氢气积累在那里的话，应该会通过排气口向外排放。鉴于破坏程度的大小，我认为似乎不太可能是水箱发生了爆炸。更有可能的是位置非常靠下的排水集管里的爆炸性气体发生了爆炸，水从保护与控制系统孔道里回到那儿。我顺着这个想法进一步思考。要是爆炸发生在下面，冲击波会把所有控制棒从反应堆中炸出来，在这种情况下，就会发生瞬发中子能量浪涌，反应堆将会发生爆炸。此外，要是列舍特尼科夫说得没错，那么毁坏是非常严重的。应急水箱发生爆炸（似乎不太可能），中央大厅和分离器室的屋顶被炸飞了。但这不是全部。显然，主循环泵室也被摧毁了。只有内部的爆炸才会造成这样的结果，或许是在加固密封隔间里。

这样的情节让我感到脊背发凉。然而，信息还是太少了。我试着想要联系上切尔诺贝利方面，但无济于事，电话无法接通。我联系了原子能联盟，韦列坚尼科夫主任也是一无所知，至少他是这样宣称的。按照他的说法，反应堆安然无恙，正在注水冷却，不过辐射状况很糟糕。除了他之外，没有任何人能提供给我一丝有意义的信息。那一天的工作就只能靠猜测。在核电建设与装配企业联合会，执勤人员告诉我，在4月26日早晨，他们已经和工地总工程师泽姆斯科夫电话联系过了，他告诉他们，发生了一起小事故，他们不希望受到打扰。

很明显，没有什么材料供我形成报告，所以我基于爆炸发生于应急水箱的假设准备了一份备忘录，同时还提及了另一种可能性，就是位置靠下的排水集管发生了爆炸，导致瞬发中子能量浪涌以及反应堆爆炸。毫无疑问，爆炸之前通过安全阀向抑压水池释放了蒸汽。这就解释了加固密封隔间发生的爆炸和主循环泵室被摧毁的原因。

后来的事实证明，我的猜测离真相不远。至少，我猜中了反应堆已发生爆炸。

上午11点，高度紧张的列舍特尼科夫宣布，他终于通过高频线路与普里皮亚季方面取得了联系。反应堆上空的辐射强度达到了每秒1 000伦琴。我告诉他说，这个数值高了100倍不止，不可能是真的。也许是每秒10伦琴。一台运行中的核反应堆，辐射强度是每小时30 000伦琴，与核爆炸的中心一样强。

"所以反应堆已经被摧毁了？"我问。

"我不知道。"列舍特尼科夫故弄玄虚地回答我。

"肯定是这样的，"我肯定地说，就好像是在自言自语，"那意味着爆炸切断了所有的交流管线。"

我可以想象这种灾难最可怕的一面。

"他们正在空投沙子，"列舍特尼科夫再一次故弄玄虚地说，"你是一名核物理学家。你建议他们再空投点儿什么东西来封住反应堆呢？"

"二十年前，当一座已经关闭的反应堆发生瞬发中子能量浪涌的时候，我们从中央大厅向反应堆坑室内投入了很多袋的硼酸，生效了。在这种情况下，我认为应该使用碳化硼、镉或是锂，这些都是强吸收剂。"

"我立刻把这个信息告诉给谢尔比纳。"

4月29日，列舍特尼科夫告诉我说，萨多夫斯基副部长基于我们的备忘录，已经向多尔吉赫和利加乔夫（Ligachov）就切尔诺贝利所发生的情况进行了汇报。后来就传来了汽轮机大厅着火以及屋顶部分坍塌的消息。

接下来的几天里，莫斯科的政府部门全部都清楚地知道了在切尔诺贝利核电站发生了核电历史上从未有先例的核灾难。能源部立刻组织了大规模的专业建设设备与材料，经维什戈罗德（Vyshgorod）运至切尔诺贝利。水泥搅拌车、起重机、水泥泵、水泥制造设备、拖车、卡车、推土机，还有干燥的混合水泥以及其他建筑材料，只要能找得到的材料，都被运往发生灾难的地方。

我向列舍特尼科夫诉说了我的担忧：要是堆芯坍塌至反应堆坑室的水泥底板下，接触到了抑压水池里的水的话，将会发生可怕的热爆炸，释放出大量的辐射。为了避免发生这种情况，应立即排干抑压水池中的水。

"不过我们怎么才能进入抑压水池呢？"列舍特尼科夫问。

"要是没有现成的途径的话，你可以向混凝土发射中空反坦克炮弹。它们可以穿透坦克上的装甲板，所以穿透混凝土应该没有问题。"

这个主意也被转达给了谢尔比纳。

1986年4月29日，政府委员会从普里皮亚季搬到了切尔诺贝利。

苏联能源与电气化部前副部长根纳季·夏夏林的证词：

4月26日，我决定关停1号和2号反应堆机组。我们大约晚上9点启动了停堆程序，4月27日凌晨2点的时候完成了关停工作。我下令将均匀分布的20根辅助控制棒插入每一根堆芯的空燃料孔道中。要是没有空的燃料孔道的话，就把燃料组件拨出，然后用辅助控制棒替换进去。用这种方法人为增加了可操作反应性储备。

4月27日夜间，我和西多连科、梅什科夫、列加索夫坐在一起，思考可能引起事故的原因。我们开始把责任归咎于辐射分解的氢气，不过后来，出于某种原因，我突然觉得爆炸一定是发生在反应堆内部。我们还想到可能有人故意破坏，把炸药包绑在保护与控制系统的驱动器上，把它们炸出了反应堆。这让我们联想到了瞬发中子能量浪涌。就在4月27日同一天夜里，多尔吉赫就形势作了报告。他想知道是否可能会发生更多的爆炸。我们已经在反应堆附近进行了测量，数据显示中子数量不超过每秒每平方厘米20个，随后这一数值降至17至18个。这表示反应不再继续发生。诚然，我们的测量隔着一段距离，还要透过混凝土。实际的中子密度是未知的，从空气中是无法测量的。

那天晚上，我计算了控制1号、2号和3号反应堆所需最少机组工作人员的数量，并向布留哈诺夫提供了名单。

4月29日，在切尔诺贝利的那次会议上，我提出全部14座还在运行的RBMK型反应堆都应该停堆。

谢尔比纳沉默地听我说完了，会后，在屋子外面，他对我说："听着，根纳季，我们再别提这码事儿了。你知不知道这个国家如果没有这1400万千瓦的装机容量意味着什么？"

我们派人在能源部和我所在的建设部门二十四小时值班，检查前往切尔诺贝利的货物，确保优先权。看起来，没有什么遥控设备可以收集爆炸造成的散落在受损反应堆周围的核燃料和石墨碎片等放射性物体。

因为苏联没有这样的设备，我们一致同意花费100万金卢布从联邦德国一家企业购置3台操纵器，用来捡拾核电站内的燃料与石墨。我们的一组工程师在核电建设与装配企业联合会总工程师N. N.康斯坦丁诺夫（N. N. Konstantinov）的带领下，立即启程前往联邦德国购置操纵器并学习使用方法。

不幸的是，我们没用到这些设备。设备是设计用于平坦的地面，而切尔诺贝利核电站里到处都是建筑物残骸。我们又把这些设备放在屋顶上，用以捡拾脱气机屋顶上的燃料与石墨，结果机器人与消防员留在屋顶上的消防水带缠在了一起。最终，我们不得不用手捡起那些石墨和燃料碎片。这个稍后会进一步说明。

我5月1日、2日和3日在我们的建设部门值班，监控着运往切尔诺贝利的货物。当时仍然无法与切尔诺贝利进行通信交流。

政府委员会：
1986年5月4日至5月7日

G. A. 夏夏林的证词：

5月4日，我们找到了那个闸阀，为了将抑压水池下部位置的水排干，我们必须得把那个闸阀打开。水池内几乎没有水了。我们透过备用通道上的大洞看到了上面的水池里面，发现它是空的。我找到两套潜水服，把它们给了士兵，这样他们就能去把闸阀打开。他们还使用了移动泵和挠性管。政府委员会的新主席 I. S. 西拉耶夫（I. S. Silayev）开出了诱人的条件，承诺提供一辆小汽车、一栋乡间别墅、一套公寓，以及只要成功打开了闸阀，无论是谁在这次任务中牺牲，他的家人都会在余生得到很好的福利。参与这次任务的人员有伊格纳坚科、萨科夫（Saakov）、布龙尼科夫、格里先科（Grishchenko）、兹博罗夫斯基（Zborovsky）上尉、兹洛宾（Zlobin）中尉以及奥列尼克（Oleynik）下士和纳瓦瓦（Navava）下士。

5月4日星期六。谢尔比纳、马约列茨、马林、谢苗诺夫、茨维尔科、德拉奇和政府委员会的其他委员乘飞机从切尔诺贝利回到了莫斯科。在伏努科沃机场，一辆特别客车接上他们，送往第六医院，只给茨维尔科安排了一辆公务车，独自离开。

核电站建设局主任 M. S. 茨维尔科的证词：

我们抵达莫斯科后，我的血压非常高，双眼充血。所有人都集合前往第六医院的时候，我安排公务车把我送到了常去的4号综合医院（克里姆林医院）。医生问我为什么眼睛是红的。我告诉他说可能是高血压造成的。他帮我量了血压，高压220，低压110。后来我发现是辐射造成了血压上升。我告诉他我在切尔诺贝利受到了核辐射，让他帮我检查一下。他回答我说这儿不是做这种检查的地方，应该去第六医院。我请他无论如何帮我检查一下，血检和尿检后，他让我出院了。我在家彻底洗了个澡。我在切尔诺贝利和基辅也彻底地洗过。我想躺下休息一下，但电话响了。他们正在第六医院，希望我马上到那里去。我极不情愿地去了那里，我进门的时候告诉他们，我是从切尔诺贝利和普里皮亚季回来的。

有人告诉我先去等候室。一名放射剂量测试员用传感器对我进行了检测，他告诉我说好像很干净。我在去那儿之前的确仔细地清洗了，我也没有头发。在第六医院，我看到了谢苗诺夫副部长，他像伤寒病人一样被剃掉了所有的头发。他一直在抱怨，自从他躺到医院的病床上以后，他的头比之前受到了更多的污染。好像是因为，他们用的床就是4月26日送来的有严重辐射病的消防队员和操作人员用过的床。事实证明，亚麻床单没有换过，所以病人通过床单交叉污染。我要求出院并很快就回家了，这才得到休息。

其他新到第六医院的病人都经过了传感器的检测，更衣沐浴，并剃光了头发。一切东西都有很强的放射性。谢尔比纳是唯一拒绝剃头的人。他一清洗完就穿着干净的衣服回家了，头发还有放射性。谢尔比纳、马约列茨和马林在与第六医院相邻的医疗中心分别接受了治疗。

除了谢尔比纳、茨维尔科和马约列茨外，政府委员会的所有委员都留在第六医院接受治疗，时间为一周至一个月。由部长会议副主席 I. S. 西拉耶夫牵头的新的政府委员会随后飞往切尔诺贝利，接替谢尔比纳和之前的委员。

5月5日，切尔诺贝利开始疏散。一队猎人射杀了镇上所有的犬只。主人与宠物之间有更加戏剧化的告别。将近30千米区域内所有的居民和牲畜都被疏散了。政府委员会把指挥部搬到了更远的地方，设在伊万科夫。空气中的放射性物质大幅增加。

C. Kh. 奥加诺夫（C. Kh. Oganov）元帅与他的助手一起在5号反应堆演练中空穿甲弹的使用。军官与安装工人也参与了演练，为 5 月 6 日真实射击受损反应堆建筑的墙壁做准备。通过射击出的弹孔可以插入管道，向基础底板下注入液态氮以降低温度。

5 月 6 日，谢尔比纳召开了一个新闻发布会，会上，他对于普里皮亚季被毁反应堆建筑周围的本底辐射状况一笔带过。他为什么要这么做？

国家核能利用委员会主席 A. M. 彼得罗相茨为切尔诺贝利灾难进行了辩护，他说："科学需要牺牲者。"他认为这是非常机智的评论，但这话真的非常不敬且愚蠢。有人正在死去。

就在同一天，奥加诺夫元帅引爆了受损反应堆建筑上的中空穿甲弹。炮弹设置在辅助系统装置的墙上，通过导火线引爆。他们在三个房间的墙壁上穿孔，只为穿过管道与机械装置的层层阻碍。为了将管线穿过去，必须要将孔拓宽。此时他们非常谨慎，尝试了另一种不同的方法。

基济马提出另一种办法：不使用炸药，用焊工的电弧从运输通道抄近路过去。009 号房间就在墙的另一边。准备工作开始了。

为了减少石墨及六氟化铀的燃烧，并将氧气控制在堆芯之外，从反应堆的下方注入了氮气。

根据一位刚刚到达的安装工人的说法，5 月 1 日和 5 月 2 日，基辅空气中的放射性大约为 2 000 辐射剂量，当然这些数据还需要进一步证实。

5月7日，莫斯科的能源部成立了指挥部，为切尔诺贝利提供即时和长期援助，在第一副部长 S. I. 萨多夫斯基的办公室里，有工作人员通过高频线路与切尔诺贝利方面进行通信，每天工作到晚上 10 点。

在谢苗诺夫副部长办公室里召开的一次会议中，我提出应该通过直接爆炸的方式将被毁的反应堆深埋于地下。这一建议在水电建设部门专家的帮助下进行了检查，证明是不可行的。普里皮亚季的地基主要由沙土构成，经受不起直接爆炸。这一方式需要硬质地基，而这一地区没有这个条件，真是遗憾。我真应该将核电站建在硬质地基上，这样的话，如果有需要，就可以把它深埋在地下，变成现代版的西徐亚（Scythian）古墓。最先进的反应堆也不如哪怕一个人的生命更有价值，不是吗？

第一批无线电控制的推土机运抵普里皮亚季：有日本的小松牌和苏联的 DT-250。这些设备的操作方式非常不同。苏联模式是人工启动后再遥控，要是在强辐射区域工作时发动机出故障的话，必须要安排人员前去重新启动；而日本的小松牌则是启动和控制全部通过遥控。

调度员从维什戈罗德打来电话说，大量的机械设备已经抵达，而那里准备运往切尔诺贝利的硬件设备已经堆积如山。司机的数量非常多，很难管理他们。住宿和餐饮成为现实问题。似乎每个人都在喝酒，还说那是为了消毒。在基辅和维什戈罗德，放射性为每小时 0.5 毫伦琴；路面上的放射性为每小时 15 至 20 毫伦琴。

调度员建议将司机每 10 人分为一组，让最通情达理的人来管理。不守规矩的司机应该送回家,今后对人员的选择应该建立在不间断的人员储备上,以随时替换那些因身体状况而不能继续工作的人——就是吸收的辐射剂量达到25生物伦琴当量的人。

基辅空气中的放射性物质持续大幅增加,这无疑是由于钚、超铀等元素。当这种情况发生时,指挥部的工作人员就会搬到更远的地方,到达新的办公地址,把床上用品、家具和其他物品都留在原来的地方。接着,在新的地方,他们再一次重新开始。

当部长会议主席尼古拉·伊万诺维奇·雷日科夫视察受灾区域时,他听到最多的抱怨是差劲的医疗条件。部长会议主席不停地狠狠批评卫生部长和他的副手。

不幸的是,很明显在苏联境内,我们没有必要的专业硬件设备来消除和限制像切尔诺贝利这样的核灾难:比如可以挖掘足够深的壕沟的"地下墙"机械设备,或是有遥控器的机器人技术,等等。

谢苗诺夫副部长与苏联国防部长 S. F. 阿赫罗梅耶夫(S. F. Akhromeyev)元帅一同在会后返回。他说参加这样的会非常有必要,尤其是有像化学战部队指挥官 V. K. 皮卡洛夫这样三十多名高级军官一同出席。元帅用严厉的音调对所有出席人员强调,部队还未对净化工作做好准备,因为既没有技术,也没有为了达到目的而需要的化学资源。

事情的真相就是没有任何人为切尔诺贝利现象做好了准

备。这35年来,院士们一直向所有人保证核电站甚至比最简单的俄式茶炊还要安全。而事实已经说明,对任何科学与技术革命的评估一定要基于准确的理论假设,特别是核能。当然,它也一定要基于事实。

5月7日,能源部秘书处通过高频线路收到了受灾区域的核辐射状况,如下:

· 核电站内部及周边区域:石墨(近距离)——每小时2 000伦琴;燃料——最高为每小时15 000伦琴。总体而言,机组周边的本底辐射:每小时1 200伦琴(在建筑物残骸方向)。

· 普里皮亚季——大约为每小时0.5至1.0伦琴(大气)。道路——每小时10至60伦琴。

· 固体和液体废物储存设施屋顶——每小时40伦琴。

· 切尔诺贝利——每小时15毫伦琴(大气);地面——最高为每小时20伦琴。

· 伊万科夫(距离切尔诺贝利60千米远)——每小时5毫伦琴。

建筑经理基济马从切尔诺贝利打来电话,抱怨他们缺少轿车和货车。司机们从不同的建筑工地自愿前来,车的牌子有莫斯科人、乌阿斯伏尔加、拉菲克等,在吸收的辐射剂量达到安全值以后,他们就开着自己有放射性的汽车离开了,不可能清洗所有的车辆。车内的辐射值为每小时3至5伦琴不等。他要求提供辐射量测定仪,光学的或计数的均可,但这东西供不应求。事实上，离开的司机把这东西偷走当纪念品了。对建筑施工人员和安装工人进行辐射剂量监测是基济马最头疼的事。放射剂量测试员士气非常低落，以至于他们连自己的安危都不想管了。

我在5月7日与民防部的人通了电话，他们同意从基辅的基地提供2 000套带电池并充好电的光学辐射量测定仪。我把这个消息告诉了基济马，并让他准备一辆车。

许多普通市民一直打电话或直接到能源部来，要求前往切尔诺贝利，帮助战胜那里的灾难。当然，他们中的大部分人不知道等待他们的将是什么样的工作。但好像没有人因为辐射而灰心。听他们的说法，好像25伦琴是完全可以接受的；另外一些人则开诚布公地表示他们希望挣钱。他们认为在灾区工作可以得到普通工资五倍的报酬。

不过，绝大多数人都是无私地提供帮助。一位从阿富汗复员的士兵说："就算危险又怎么样？阿富汗也不是野餐。我想为我的国家做些什么。"

一份关于切尔诺贝利的政府命令草案正在准备中，包括消除事故后果的措施（设备、车辆、净化所需化学品、给建筑施工人员和安装工人的奖金）。同一天，马约列茨部长召开了政治局会议。

5月7日晚8点，他们决定将流态混凝土倾倒在爆炸形成的废墟上，就地封住燃料和石墨碎片，以降低本底辐射。这项工作需要60名焊工来组装输送混凝土的管线。当谢苗诺夫副部长命令核电站建设局主任 P. P. 特里安达菲力迪（P. P. Triandafilidi）安排这次任务的人员时，特里安达菲力迪愤怒地大叫："这是要把我们的焊工扔进辐射里油炸！谁去安装正在施工中的核电站管线呢？"

这促使谢苗诺夫向特里安达菲力迪下达了新的命令，这一次是起草一份焊工和安装工人的名单，然后转发给国防部，让他们去动员。

在接到切尔诺贝利核电站地区将有暴雨的预报后，政府委员会主席西拉耶夫发出指示，立即将普里皮亚季镇雨水渠中的水转移至冷却水蓄水池（之前已经排空至普里皮亚季河）。他还下令所有政府委员会指挥部的人员前往被毁的反应堆建筑，采取紧急措施掩埋爆炸后从反应堆炸出来的石墨与燃料碎片。下文我们还会回到这件事上。

在这强烈辐射场的中心，后面还有数月艰苦与危险的工作。而成千上万在这样的辐射场中工作的人们对于核辐射根本一无所知。

亲临灾难现场：1986 年 5 月 8 日

5月8日上午10点，我收到列舍特尼科夫的消息，指示我乘坐下午3点的航班从贝科沃机场前往基辅，从那里再去切尔诺贝利。我的任务非常简洁：查清发生了什么事，对形势进行评估，然后作出汇报。当亚历山大·尼古拉耶维奇·谢苗诺夫审批我的出差申请时，他要求我核实辐射场状况，他说："我们在那儿的时候，没有人真正知道他们说的是什么。现在他们都在撒谎和掩饰，帮我查查吧，可以吗？你回来以后用通俗的说法为我解释一下辐射的危害。你看我，坐在这里，头被剃光了，血压快蹿过屋顶了。这有可能是核能造成的吗？"

我们大约下午4点从贝科沃机场起飞。我们等了谢苗诺夫很久，他和他的助手迟到了一小时，这个助手是他从电气技术部招来的，谢苗诺夫在能源部担任现任职位前，是电气技术部的部长。

除了我之外，还有能源部其他部门的三位副主任：供给部门副主任伊戈尔·谢尔盖耶维奇·波佩尔（Igor Sergeyevich Popel）、能源相关设备部门副主任尤洛·阿伊诺维奇·奇埃萨卢（Yulo Ainovich Khiesalu）和核能建设人事部门副主任 V. S. 米哈伊洛夫（V. S. Mikhailov）。米哈伊洛夫是个活泼、善于交际但喜怒无常的人，他那敏锐而精明的目光中总是透露出他有很多想法和计划，虽然其中一些没有多大意义。他似乎不能保持一个姿势坐太久。

奇埃萨卢是个淡定、安静的人，话不多，不过一说话就有明显的爱沙尼亚口音。他很有魅力，是个好人。

波佩尔是个精力充沛的人，脸庞宽阔，性格讨人喜欢。

这三个人都是首次进入强辐射区域。他们自然会感到忧虑，想要听点能让人安心的东西来抚慰自己。在去往切尔诺贝利的路上，他们都一直用这几个问题缠着我，那就是：核辐射是什么样的，它是由什么组成的，它怎么会被人吸收，人们如何进行防护以及人能接受的安全辐射剂量是多少伦琴。

我们乘坐的是一架由能源部特许的雅克-40型专机，是专门为高级官员使用的。它分为两个隔间：前面的隔间是为最高级的官员准备的，后面的隔间供其他人使用。在前切尔诺贝利时代，这种等级制度很严格，而灾难使得这架专机上的氛围大大地民主化了。

前面隔间的左侧，部长与他的助手面对面坐在小桌子两侧的扶手椅中。右侧有四对扶手椅，上面坐着中央理事会副主席和不同分支部门的生产与服务负责人。

在这趟航班的所有旅客中，我是唯一一个有长期核电运行工作经验的人。对部长来说，虽然也已经在普里皮亚季和切尔诺贝利度过了他的第一个核星期，也已经经历了核辐射，现在他坐在那里，头发全被剃光了，但他还是不清楚到底发生了什么事情。谢苗诺夫对于事件只了解了表面，要是没有专家的建议，他没有能力对核问题做出任何实质性的决定。他是个丰满的人，吃得很好，甚至处于肥胖的边缘，现在他就安静地坐在那里，对隔间中他的助手不说一句话。一丝淡淡的笑容在他的嘴边浮现。

我用眼角的余光看着他，觉得他已经被突然降临在他身上的核灾难压倒了，完全不知所措。从他的脸上就能看出："我怎么会卷入这完全神秘的能源工作？为什么我要自己承担起我完全不了解的核电站建设与运行责任？为什么我要放弃我自己心爱的电动机和变压器？为什么？"

当然，部长也有可能正在考虑其他事情，但他明显被突如其来的核混乱弄得手足无措。他很困惑，却并不害怕。他不会害怕的，因为他理解不了核灾难会造成什么样的危害。实际上，他还没有准备好承认这是一场灾难。这只是一次事故，一次小的故障。

本次航班的另一位乘客是特殊水力建设部门副主任卡法诺夫（Kafanov）。他个子很高，面色严峻，脸很肿，他在外表上散发出奥运会选手般的信心，不过这也是他第一次遭遇核辐射。

我坐在座位的第一排，紧挨着窗口。我已经可以看到下面宽广的第聂伯河。这片地区刚刚经历了洪水，幸好已经结束了，要是事故早一个月发生的话，所有释放出来的放射性物质就会被洪水带到普里皮亚季河和第聂伯河。

米哈伊洛夫坐在我后面，非常紧张。他对于不确定的未来非常担心，急于提前弄清楚一切，他显然不想打扰部长，所以压低了声音问我："告诉我，人能吸收多少辐射而不会留下后遗症？就像身上什么事都没有发生一样？"

"别紧张，"我低声回应他，"等我们一降落就给你解释一切。"

波佩尔也非常担心。能听到从后面传来他那情绪丰富而一丝不苟的音调，他说："我有高血压。我好像听说过，辐射会让血压升高得蹿过屋顶，那我为什么还要去？"

卡法诺夫和奇埃萨卢都没说话。我不时瞧一眼部长，他在整个飞行过程中都面带微笑。他那空虚的灰色眼睛透露出少许的惊讶,一直令人费解地盯着他前方狭窄的空间。

当我们在下午 6 点即将抵达基辅茹良尼机场时,我们从城市上空低掠飞过。这是下班高峰期,但街道上异常空旷,几乎没什么行人。所有人都哪去了?我曾数次从这个方向飞抵基辅,我在切尔诺贝利工作的时候,也在这里度过了一段时间,但从未见过如此荒凉的景象,这让我很难过。

我们最终降落了。部长立即乘坐一辆吉尔豪华轿车走了。是乌克兰能源部长斯克利亚罗夫和地方党委书记把他接走的,斯克利亚罗夫的脸死一般惨白。而迎接我们这些普通人的是能源部供给部门负责人 G. P. 马斯拉克(G. P. Maslak),他瘦瘦的,头有点秃,和蔼可亲,给予了我们热烈欢迎。

我们整个团队在马斯拉克的带领下,上了一辆蓝色的面包车。米哈伊洛夫和波佩尔立即向他扔出很多问题。毕竟,他来自一个全新的环境——具有放射性的乌克兰。看起来简直不太可能,但确实如此。

马斯拉克说,根据无线电广播的报道,空气中的辐射值是每小时 0.34 毫伦琴,柏油路面要高得多;对于这一辐射状况一直没有官方说法,但他听说地面辐射值要高出 100 倍。他不太清楚那些都意味着什么,他也是第一次接触核事务。他还告诉我们,在爆炸后的一周内,已经有 100 万人离开了基辅,刚开始的几天里,火车站的景象简直难以想象,比伟大卫国战争[①]

[①] 第二次世界大战。

中疏散的人还要多。即使在这种情况下加开了列车，但车票的黄牛价最高达到了 200 卢布。乘客们如风暴一般上了车，人们爬在车厢顶上、挂在台阶上。然而，这种恐慌只持续了两至三天，现在已经可以正常地离开基辅了。显然，麻烦起始于高级官员们悄悄地把他们的孩子们送离这座城市。这种影响立刻在学校中显示出来，因为学生变少了。

地方工业遭遇了困境，因为很难每天安排两班工人，更别说三班倒了。然而，那些留下来的绝大多数人都情绪高涨，准备好迎接挑战。

有着鹰钩鼻的米哈伊洛夫留着和库尔恰托夫以前一样的长长的灰色山羊胡，他不耐烦地问我："该死！ 0.34 毫伦琴到底是什么意思？把你知道的全部都告诉我们，格里戈里·乌斯季诺维奇！"

"是的，快告诉我们！"他们齐声发出了请求，包括来自基辅的马斯拉克。

我别无选择，只能把我知道的告诉他们。

"核电站操作人员的最大允许剂量是每年 5 伦琴。对其他人来说是十分之一，也就是每年 0.5 伦琴或 500 毫伦琴。把这个数值除以 365 天，你会发现，一个普通人只允许每 24 小时吸收 1.3 毫伦琴。那就是世界卫生组织制定的标准。现在，在 5 月 8 日的基辅，要是官方数据可信的话，辐射值是每小时 0.34 毫伦琴，或每 24 小时 8.16 毫伦琴，这比世界卫生组织规定的正常值高出 6 倍。根据马斯拉克的说法，地面上的每日辐射剂量是世界卫生组织规定正常值的 300 倍。"

我们的面包车还在沿着道路行驶，那是晚上 7 点钟，道路两侧几乎没人。

马斯拉克指出，爆炸后的头三天，基辅的辐射值显然高达每小时 100 毫伦琴。

"那就意味着，"我说，"24 小时内的辐射剂量总计为 2.4 伦琴，大约是世界卫生组织规定普通人标准的 2 000 倍。"

米哈伊洛夫突然大喊道："快，马斯拉克！你是负责供给的，我们的辐射量测定仪都哪儿去了？"

"你们将会在伊万诺夫拿到辐射量测定仪，那儿已经给你们准备好了一切。"

米哈伊洛夫开始催促司机把车停在一间卖酒的店铺外："我们需要伏特加来消毒。要是你的睾丸也被辐射了的话就完了。下半辈子还有意义吗？"

司机笑了笑，但并没有停车。经历了之前的十天以后，他还没死，他觉得还有可能继续活下去。

"当然没有意义了！"波佩尔大喊道，"太可怕了！我的血压已经升高了。我现在感到头疼，脖子后面也觉得疼。"

"浇点儿尿在上面，管用。"米哈伊洛夫推荐道。

"别，说正经的，"波佩尔继续说，"他们需要我做什么？我什么都不懂。我们一到那儿，我就会问萨多夫斯基：'你需要我吗？斯坦尼斯拉夫·伊万诺维奇？'要是他说不需要，我立刻从哪儿来回哪儿去。在我们没有被分好类之前，你可别走。"他对司机说，司机冲他点了点头。

"我也会问萨多夫斯基的。"奇埃萨卢说。

"萨多夫斯基自己就是个外行。他是水力学专家。"米哈伊洛夫说。

波佩尔提醒他,最重要的是他是第一副部长。

我透过窗户瞥了一眼路边的行人,绝大多数人看起来都很难过和担忧。

我们经过舍甫琴科广场,还有长途客车站,在20世纪70年代,我经常在工作任务结束后从那里乘坐班车返回普里皮亚季。我们驶出了基辅的市区边缘。

我凝视着道路两侧高大的松树林,突然意识到尽管表面上非常干净,但这里的一切都被污染了。附近的人比以前要少得多,他们似乎更沮丧、更孤独。另一边的路上,从切尔诺贝利方向来的车非常少。

我们经过了佩特里维茨伊(Petrivitsy)和德梅尔(Dymer),道路两侧都是农舍与村庄,极少能看到行人。一些孩子背着帆布背包从学校回家。熟悉的景象,熟悉的人,但现在总有些不同。

曾经这里到处都是大群的人,以及很多活物。现在,似乎一切都慢下来了,数量也少了很多。我感到伤心和愧疚,虽然不是我的错。对于在这些完全无辜的人身上发生的事,包括我在内的核工业领域的所有人都应受到谴责。我的同事们中有极少一部分也已经意识到了核电站给社区和环境带来的危害,他们也应该承担一部分愧疚。我们虽然拥有丰富的知识,却未能努力坚持向民众传播核知识。我们没能推倒官方为了宣称核电站安全性而筑起的坚固的宣传围墙。我觉得这些情绪席卷了我，尽管我奋力抵抗。我再一次回忆起切尔诺贝利、布留哈诺夫，以及在乌克兰核电站那过去的15年，还有爆炸的原因。

前几章记录的4月26日和27日的事件，是我在拜访了切尔诺贝利和普里皮亚季之后所写的，我煞费苦心地质疑了很多人，包括布留哈诺夫、几位部门主管、值班工长以及核电站内悲剧事件的其他参与者。我还发现，我在核电站多年的工作经验、我的辐射病、20世纪70年代我在第六医院住院的经历都有助于探索这非常复杂的情况，以及准确重塑事件的经过。没有一个人了解整个局面，每一个参与者或目击者都只知道他那一小部分悲剧。然而，我有义务尽可能去描绘出一幅完整而精确的画面。只有全面了解这个地球上发生过的最大的核灾难真相，才能帮助人们深入地分析这次悲剧，从中吸取教训，把对于未来的理解和责任上升到一个新的高度。这不仅仅适用于专家的小圈子，还适用于每一个人，无一例外。

然而，与此同时，我们正驱车驶向切尔诺贝利，所掌握的灾难信息少得可怜，也就是说，我所知道的信息就是在4月28日至5月8日期间，在莫斯科收集到的。

晚8点半，我们的面包车沿着宽阔而完全空旷的基辅——切尔诺贝利高速公路行驶，十天前，这里还是一派繁忙的景象，交通拥堵，灯火通明。现在我们距离伊万诺夫只有不到10千米。在问遍了辐射及其生物学作用的问题后，我的同事们都累了，安静了下来。只有米哈伊洛夫或波佩尔偶尔会说出像"让我们面对它吧"这样的话，随后就又陷入了沉默。

我问马斯拉克，伊万诺夫那边是否给我们准备了防护装备。他说会准备的，已经打过电话了。当天晚上，部长和我们一样会在伊万诺夫过夜，住的只是一间租来的农舍。夏夏林会住在公寓里。在满足电力供应的前提下，伊万诺夫所有的宿舍和住处都已经人满为患了。前几天，辐射值突然升高之后，工人们就从切尔诺贝利撤退出来了。

我说我们应该在当天晚上赶到切尔诺贝利指挥部去。那需要花费一小时，考虑到更衣和吃饭的时间，需要花费一个半小时。我觉得参加当天晚上的政府委员会会议对我们来说非常重要。马斯拉克看起来对我们的计划不太赞同。

我们的面包车在晚上 9 点 30 分停在了伊万诺夫电力办公室的院子里。我们下了车，伸展双腿，并在院子里的木屋快速吃了饭，那是为电力工人准备的食堂。马斯拉克出去找我们的防护装备，并去安排住宿的地方。

我们大约等了 30 分钟。有三名工人刚从切尔诺贝利返回，在不远处进行着激烈的讨论。他们穿着棉质的工作服，一个人的是白色的，另外两个人是深蓝色的，他们胸前的口袋中装着辐射量测定仪。穿白色工作服的工人个子很高，有些秃顶，他已经摘掉了帽子，正指着西北方向的夜空，那边被脏兮兮的薄雾覆盖着，他喊道："今天真是太热了——空气中全是钚。简直让人窒息。"他皱着眉头，不断地咳嗽，用帽子擦拭着他那满是皱纹的脸。

"我全身都在发痒，"另一个人说，"就像过敏了一样。"

第三个人说："我的腿在痒，特别是脚踝附近。"他把腿从工作服中伸出来,弯下腰,开始抓挠他那紫色浮肿的双腿。

我们也把头转向相同的方向。现在的天空阴沉而凶险,你会发现,我们眺望时的表情与战时前线士兵的表情是一样的。

"在这儿,院子里的辐射值是每小时 5 毫伦琴。"穿白色工作服的秃顶男子说。

我们的喉咙也开始发痒了。米哈伊洛夫有些激动,他说:"听到了吗? 5 毫伦琴!我确定我对这东西过敏。"然后,他问我:"机组工作人员 24 小时的允许剂量是多少?"

"17 毫伦琴。"

"听到了吗? 3 个小时,你就吸收了 24 小时的允许剂量,就在这儿!我们在那儿的话得吸收多少辐射?"

"我们不会有事的。别惊慌!"

马斯拉克带着坏消息回来了。

"没有防护装备,没有辐射量测定仪,也没有地方过夜。所有地方都满了。人们简直要叠起来睡觉了。没有足够的床,所以人们就睡在地板上。今天晚上我们只能回基辅了。像这样的话,我们没法去切尔诺贝利,他们会把我们送回来的。刚开始的几天里,人们想穿什么就穿什么。我给基辅方面打过电话了,让他们送一袋防护装备和辐射量测定仪到基辅能源酒店,你们就在那儿过夜。明天 6 点,会有面包车去接你们,然后把你们送到切尔诺贝利。"

我们没有别的选择,只能回到面包车上,然后返回基辅,到达的时候已经晚上 11 点 30 分了。在基辅能源酒店,我们拿到了一大袋深蓝色棉质工作服、靴子以及黑色羊毛贝雷帽。我对羊毛贝雷帽不太满意，因为羊毛会吸收辐射；要是棉质的就更好了，但没有。有个羊毛的总比没有好。

当我的同事们在签文件的时候，我去了外面。这里与伊万诺夫一样，空气中有浓重的味道。有些地方的辐射值肯定达到了每小时3至5毫伦琴。片刻前，我在大厅的无线电广播中听到，辐射值是每小时0.34毫伦琴。他们显然低估了危险，但这是为什么呢？

第二天早晨阳光明媚，气温是25°C。我、米哈伊洛夫、波佩尔、奇埃萨卢、卡法诺夫、拉祖姆内（Razumny）和菲洛诺夫（Filonov）坐进了面包车。途经维什戈罗德的时候，我们看到了与昨天同样的景象：安静低沉的基辅，为数不多的几个居民匆匆赶去上班，完全沉醉于自己的事务中。

当我们离开维什戈罗德的时候，一位放射剂量测试员正在高速公路巡逻岗执勤。我们在佩特里维茨伊、德梅尔和伊万诺夫也看到过同样的放射剂量测试员，他们把辐射计放在胸前，把长长的树枝状的传感器放置在高速公路巡逻站上。他们正在拦下从切尔诺贝利方向来的仅有的几辆车，把探针伸到轮胎的上方。他们让我们通过了。在伊万诺夫市外的放射剂量测量岗附近，我们被拦下来了，他们检查了我们的证件，包括进入这个地区的许可证，一切都符合程序。在路肩上停着一辆浅蓝色的日古利汽车，车门和行李箱盖敞开着，露出一大堆包裹和一些毛毯。一男一女两位车主站在车的旁边，非常困惑。

"这些东西都是从哪儿来的？"高速公路巡警问他们，这时，放射剂量测试员将探针伸到了他们的包裹上方。

"从切尔诺贝利来。不过所有东西都是干净的。"那名男子说。

"不完全干净,"放射剂量测试员说,"每小时 500 毫生物伦琴当量。"

"这是怎么回事?"那名妇女抱怨道,"这都是我们的东西,别把它们拿走!"

我们继续向前开,在昨天去过的伊万诺夫电力工人食堂里吃了早餐,接着直接前往切尔诺贝利。

在道路两侧,目力所及的地方,都是无人的绿色田野;我们经过的村庄与小镇上没有任何生命的迹象。居民们要么还在睡梦中,要么已经离开了。母鸡在尘埃中到处翻找,大约 15 只绵羊沿着去往切尔诺贝利的公路游荡,没有牧羊人。一个背着帆布背包的小男孩正在去上学的路上,当我们驶过的时候,他盯着我们看了一会儿,因为我们都穿着蓝色的工作服。一位老妇人正在用力拉着一只顽固的山羊。四周几乎再没有其他人了。我们的眼睛开始刺痛,肺部开始发痒。

"今天的空气真糟糕。"司机边说边戴好了他的"猪鼻子"。那是我们给尼龙防尘呼吸器起的名字,它看起来像极了猪鼻子。

我们超过了一列水泥搅拌车队,它们装载着干燥水泥混合物正匆匆赶往普里皮亚季。当我们进入 30 千米区域的时候,我们遇到了军事巡逻队和辐射检查站。他们中有一些人戴着呼吸器,另外一些人则没有戴。他们检查了我们的证件以及进入区域的许可证后,让我们进去了。

一辆装甲运兵车从相反的方向经过我们身旁,坐在前面的司机看起来很严厉,他戴着呼吸器。现在,呼吸变得更加困难,我们的眼皮感到刺痛。继司机之后,其他人员也都戴上了呼吸器,不过我没戴。我觉得这在某种程度上是一种侮辱,我不想让自己屈服于这该死的辐射。一辆伏尔加载着部长从我们身边经过,穿过了前方布满灰尘的道路,激起的云团携带着每小时30伦琴的辐射包裹住了我们的面包车。我这才戴上了自己的呼吸器。部长的伏尔加消失在前方的拐弯处,路上又只剩我们了。我们偶尔会经过一队迟缓的装载着干燥水泥混合物的搅拌车,随后又安静下来。在广袤的田野上、农田里和村庄里,一个人都看不到。植物还是翠绿色,不过根据我的经验,它们很快就会变黑,枯萎,甚至会变得比松果的颜色还要深。初萌的绿芽在经过一阵疯长之后,会像羊毛一样白,它们作为土壤的"头发",也会积累辐射。实际上,植物吸收的辐射总量将会比路面辐射总量多两至三倍。

我发现自己不得不反复回答同事们连珠炮似的问题,向他们解释辐射是什么,它是如何被人体吸收的。我真想告诉他们,辐射可以被你提到的任何东西吸收,因为它就在我们身边,无处不在,它也在我们体内,在我们呼吸的空气中。然而,我克制住了。我向他们作科学的解释,但他们没有真的听进去。他们几乎忘了我之前在基辅的解释,这并没有让我感到惊奇,因为我是这辆面包车里唯一一个和辐射有关系的人。

波佩尔抱怨他的脖子后面感到疼痛。

"我的血压升高了,"他推测道,"谁想这样啊?我曾在战争中经历过很多事。我们一到那儿,我就会问萨多夫斯基是不是真的需要我。事实上，我在莫斯科会比在切尔诺贝利有用一千倍，也会快一百倍。"

米哈伊洛夫、拉祖姆内和卡法诺夫会不时地看一眼他们的辐射量测定仪，其刻度盘的指针会显示吸收的伦琴总量。我们拿到的是很粗糙的辐射量测定仪，测量范围最大到50伦琴，而我们需要的是更灵敏的仪器，比如可以测量5伦琴的辐射量测定仪。

"我这台仪器的指针指到了0以下了，超出了左边的范围，"拉祖姆内说，"真是一块垃圾！典型的垃圾！"

"那是因为你现在没有吸收辐射，而是在释放辐射，"菲洛诺夫开玩笑，"你释放的辐射已经比你吸收的还要多了。"

"我的在0刻度右边，"米哈伊洛夫说，"不过我的眼睛感觉刺痛，我的腿在发痒。"然后他就猛烈地抓挠脚踝。

"那是因为你在害怕，瓦伦丁·谢尔盖耶维奇，"拉祖姆内说，"不然的话，你不仅会过敏，可能还会腹泻。"

我们接着又遇到一台道路清洗机，正在向路面喷出泡沫溶液。当一些泡沫溶液溅到我们面包车下面时，我闻到一股熟悉的解吸剂的恶臭。实际上，用这种方法清洗柏油路面就和往尸体上涂药膏一样没用，因为柏油非常容易吸附放射性物质；要想把柏油路面弄干净，你必须把柏油挖掉重铺，或至少铺一层新的覆盖在污染层上面。

一个人都看不到，也没有鸟，只有一只乌鸦在远处低飞。如果能检查一下它的放射性一定很有意思，因为羽毛具有很强的吸收性。在几千米外的更远处，我们无意中碰到了又一个生物——一只花斑小马，正沿着路肩从切尔诺贝利方向向我们跑来，搅起一阵放射性尘土。它看起来完全迷路了，也很迷茫，因为它可怜地嘶叫着，想找它的妈妈。所有的本地家畜都已经被射杀了，不过这一只奇迹般地存活了下来。

它尽了最大的努力逃了出来，当然，它身上厚厚的皮毛就像是一件有放射性的外套。尽管如此它还是不停地奔跑。谁知道呢，它可能会是幸运的。

我们驶近切尔诺贝利的时候，看到了军营，里面有帐篷、士兵、大量的硬件设备，包括装甲运兵车、推土机和用来除去障碍物的带机械手的重型履带式车辆。这些履带式车辆看起来像坦克一样，只是没有炮塔。接着我们又看到了更多的帐篷，以及随处可见的军队。这就是苏联化学战部队。

我们经过了看起来像是鬼村一样的村庄，视野中没有一个活人。这不同寻常的平静开始让我觉得沮丧。在那之后，道路两边出现了更多的田野，放射性作物绵延到远方。有几只小鸡在放射性尘土中到处翻找、啄食。

我们最终到达了切尔诺贝利。蓝色的天空中没有几朵云彩，但飘着一丝轻霾。柏油路面上湿湿的，全是去污剂溶液。街道上和道路两边到处都是装甲运兵车。车辆在位于城中各处的政府机构和不同部门的指挥部之间来回穿梭。我们沿着主路向前行驶。

"去哪儿？"司机问，"是去地区共产党委员会办事处？还是去工艺学校找基济马？那是切尔诺贝利核电站建设管理处现在的所在地。"

"请把我们送到地区共产党委员会办事处。"我说。

巡逻的士兵多半都戴着"猪鼻子"呼吸器，但也有一些戴着"花瓣"呼吸器。一些装甲运兵车的舱门打开着，士兵们正坐在上面抽烟。为了抽烟，他们中有一部分人把呼吸器完全拿下来了，其他人则在呼吸器上戳了个洞，把烟放进去。行人中也有戴着呼吸器的。出于某种原因，这些人没有车又急需赶到煤炭部或运输部的指挥部去。

我们驱车前往地区共产党委员会办事处所在的广场，那里挤满了车，主要是各种牌子的轿车、客车、面包车，还有为政府委员会委员保留的装甲运兵车。在广场上，党委办事处外以及停泊的车辆附近，许多戴着呼吸器的哨兵正在站岗。

不久之后，这些轿车与其他车辆都将不得不被掩埋，因为经过在这片区域内一两个月的行驶，每一辆车的内部的放射性都足以达到每小时5伦琴甚至更多。

我们在前门遇到了原子能联盟副主席 Ye. I. 伊格纳坚科和两个我从未见过的人。伊格纳坚科就那么站在那儿，没戴帽子，夹克敞开着，呼吸器挂在脖子上，抽着烟。

"你好！怎么不遵守辐射安全规则？"我说。

"你好！你们来了！去见见萨多夫斯基。"他回答说。

"部长在这儿吗？"

"他在。他也是刚到。"

一名放射剂量测试员站在门边，胸前挂着辐射计，他正向地面上方伸出传感器棒，在不同量程间进行着切换。我问他读数情况如何。

"地面辐射值是每小时 10 伦琴。空气中是每小时 1.5 毫伦琴。"

"室内呢?"

"每小时 5 毫伦琴。"

我进了楼里,波佩尔和奇埃萨卢紧随其后,他们两人都急于通知萨多夫斯基他们到了。

沿着一楼的走廊,每个房间都是不同组织的办公室。门牌就钉在门上:原子能研究所、水电工程研究所、煤炭部、运输部、能源与燃料科学研究设计院(切尔诺贝利反应堆的主要设计方)、苏联科学院以及很多其他部门。我进了调度员办公室,萨多夫斯基正在那里质问波佩尔和奇埃萨卢:"你们来这儿干什么?"

"我们也不知道,斯坦尼斯拉夫·伊万诺维奇!"波佩尔的声音中满是希望。

"你们现在立即哪儿来的回哪儿去!就在今天!你们有车吗?"

"是的,有车,斯坦尼斯拉夫·伊万诺维奇!"

波佩尔和奇埃萨卢匆匆回到面包车上,非常高兴。他们生命中的一个目标刚刚已经实现了,那就是离辐射越远越好。我也真诚地为他们感到高兴。

我也通知了第一副部长我已经到了,还提到了谢苗诺夫和列舍特尼科夫给我的任务。萨多夫斯基去了工艺学校,基济马把他的建设办公室设在那里,离地区共产党委员会办事处约 1.6 千米远。

我向门上标着原子能研究所的屋子里瞥了一眼。在窗边,两张办公桌面对面拼在一起。叶夫根尼·帕夫洛维奇·韦利霍夫坐在左边的桌旁,另一张桌旁坐着马约列茨部长,他穿着和我一样的深蓝色棉质工作服,光头上戴着羊毛贝雷帽。我们肯定是从同一个包裹里拿到的防护装备。坐在他旁边的是核能安全委员会副主席和科学院通讯会员 V. A. 西多连科,瓦莱里·阿列克谢耶维奇·列加索夫院士,副部长夏夏林和伊格纳坚科。我进了那间屋子,坐在一张空椅子上。

马约列茨正在与韦利霍夫院士争论,他说:"叶夫根尼·帕夫洛维奇!必须得有人接管这里的一切事务。现在有许多部门在这里工作。能源部无法协调所有部门。"

"但切尔诺贝利核电站是你的,"韦利霍夫反驳他说,"所以你必须得管理所有事务。"韦利霍夫穿着一件格子衬衫,上面的扣子开着,露出了他多毛的胸部,他看起来脸色苍白,筋疲力尽。他已经吸收了大约 50 伦琴的辐射剂量。"无论如何,阿纳托利·伊万诺维奇,你必须意识到发生了什么事。切尔诺贝利爆炸比任何其他的核爆炸都要严重。比广岛事件还要严重。那只是一颗炸弹,而在这儿,释放出来的放射性物质总量比那多十倍,再加上半吨钚。今天,阿纳托利·伊万诺维奇,你必须得清点人数,还有生命。"

我非常尊敬韦利霍夫。此刻,我感受到了一名院士对公众健康的担忧。

后来,我发现"清点生命"这个短语在那时有了新的含义。在政府委员会晚上和早晨的会议中,每当他们讨论如何执行一项具体的任务时,比如收集爆炸喷发出的燃料和石墨,又如进入强辐射区域，再如打开或关闭某个闸阀等，政府委员会的新主席西拉耶夫会说："去做这项任务，我们将不得不清点出两至三个人。为了完成这个任务，会有一人牺牲。"

这些简单、实事求是的说法敲响了不祥的警钟。

韦利霍夫和马约列茨继续争论谁应该负责管理目前的局势。

我离开了办公室。我很想见一见布留哈诺夫，和他好好谈谈。15 年前，当我在切尔诺贝利核电站工作的时候，我曾在普里皮亚季向他提出过警告，现在变成了现实。我有很多话想和他说，更确切地说，我有很多的怒火与愤恨想向他倾泻。所有那些危险的事情现在真实地发生了。然而，在过去的日子里，他过于自信了，他以忽略危害性和轻视核灾难发生的可能性作为自己的行事方法。在过去的 10 年中，切尔诺贝利核电站一度是苏联能源系统中最好的，发电量总能超过计划，轻微的事故很容易就遮掩过去了；这里曾登上光荣榜，获得过锦旗、奖章、有声望的奖项、更多的奖章和荣誉。然后却发生了爆炸。

我有满腔的怒火。我相信，在场的所有人中，他是罪魁祸首。至少比其他所有人罪责更大。

在过去的 15 年里，是他的政策、他的意识形态被付诸实践。他的总工程师福明只是执行政策的小卒子，根据情况被政策所左右。然而，这只是布留哈诺夫一个人的意识形态吗？他自己也只不过是被停滞时代那些意识形态的盲目追随者所左右的小卒子罢了，这一时代已经一去不复返了。

但他是谁？在灯光昏暗的走廊下面，我看到一个人，个子不高，身体虚弱，花白的头发卷曲着，没戴帽子，靠在墙上。他穿着白色棉质工作服；在他布满皱纹、粉一样白的脸上，露出了沮丧与窘迫的神情。他用一双红色的、无助的眼睛盯着我。

我已经从他的身边经过了，一股疑虑突然从我心底升起。"布留哈诺夫？"我转过身叫了起来，"维克托·彼得罗维奇？"

"对，就是我。"那个靠着墙的男人说话了，还是他那熟悉的迟钝的声音，他又把脸转了过去。

起初，我为他感到难过，我的愤怒与怨恨全都消失不见了。我眼前的这个男人很可怜，他已经被压垮了。他再一次抬起头看着我。

我们对视了一会儿。

"是的。"他终于说话了，再一次把脸转了回去。

奇怪的是，那一刻，我因自己被证明是对的而感到羞耻。要是我被证明是错的话，应该还好些。然而，在那种情况下，一切都可能会像以前一样继续。对有对的价值。

"你看起来不太好。"说完我就觉得自己蠢极了。这么说当然很愚蠢，因为就因为这个人，成千上万的人在那一刻被辐射了。即使这样，我也没法用其他任何方式和他说话，只好说："你吸收了多少伦琴的辐射剂量？"

"大概 100 至 150 伦琴。"他靠着墙说，声音还是一如既往的迟钝、嘶哑。

"你的家人在哪儿？"

"我不知道。可能在波列西可耶（Polyeskoye）。我不知道。"

"你为什么站在这儿?"

"没人需要我。我现在无所事事,就像是一坨屎。我对这儿的任何人来说都没用。"

"福明哪儿去了?"

"他疯了。他们送他去休息了。"

"送到哪儿去了?"

"波尔塔瓦。"

"这儿的情况怎么样?"

"没有人负责。他们意见不统一。"

"有人告诉我说,你想让谢尔比纳允许在4月26日早晨疏散普里皮亚季。是真的吗?"

"是的。不过他告诉我等他来这儿以后再说,不要引起恐慌。那时候我们没弄明白的事太多了。我们以为反应堆完好无损。对我来说非常恐怖,那是最可怕的一夜。"

"对所有人都一样。"我说。

"我们一开始没意识到。"

"我们站在这儿干嘛?我们找一间办公室吧。"

我们进了韦利霍夫办公室旁边的一间空屋里,隔着一张办公桌面对面坐着,又一次对视。没什么可谈的,一切都很清楚了。我开始回想起布留哈诺夫曾是共产党第二十七次代表大会的代表。我曾在电视上看到过他。电视摄像机在会场扫了数次,试图找到他的脸,在当时,他的脸是非常高贵的,脸的主人达到了赞誉的顶峰。他的脸就是权威。

"你在4月26日向基辅方面报告的时候说,普里皮亚季的辐射值在正常范围内？"

"是的。我们当时手边的仪器就是那样显示的。除此之外，我还处在震惊中。我在不知不觉中一遍遍地在脑海中回放事故的经过，还把我过去的成功与毫无希望的未来进行比较。在谢尔比纳到来之前，我没有真正恢复平静。我一直认为还有什么东西可以被挽救。"

我拿出笔记本想记下点儿什么，不过他阻止了我。

"这里的一切都被污染了。桌子上有无数的放射性粒子。你会把它们弄到你的笔和笔记本上。"

马约列茨部长在门边环视了一圈，布留哈诺夫又恢复了他的老样子，立即站起来，消失在门边，完全忘记了我。

一个陌生人接着进来了，他的脸也是粉一样白（100伦琴的辐射剂量导致皮肤表面毛细血管痉挛，让脸看起来像是上了粉一样）。他做了自我介绍。他是核电站的一名主管。他苦笑着说："要是不进行发电机惰转实验的话，一切可能都会和以前一样。"

"你吸收了多少辐射？"

"我想大约是100伦琴。我的甲状腺在刚开始的几天发出每小时150伦琴的辐射。碘-131。很遗憾他们不给人们提供需要的东西。他们中的很多人现在正在赴汤蹈火。他们本可以使用塑料袋，"然后他突然说，"我记得你。你曾是1号反应堆的副总工程师，曾和我们一同工作。"

"我也觉得你面熟。你们的操作人员现在在哪儿？"

"在一楼的会议室和旁边的屋里。那儿原来是地区委员会第一书记的办公室和会议室。"

我和他告别后去了一楼,想着外面的辐射值那么高,最好能在窗户上放铅屏。

在进会议室前,我沿着一楼的走廊慢慢地走,看看那儿都有什么办公室,里面都是谁。办公室大部分是部长们和院士们的,但有一扇门上没有钉牌子。我打开这扇门,向里面看了看,在长长的办公室里,百叶窗半开着,一名头发花白的男子坐在桌边。那是部长会议副主席和前航空工业部长西拉耶夫,他5月4日取代谢尔比纳在这里开展工作。

他看着我,一句话也没说,眼中放出权威的光芒,显然是在等我先说话。

"应该用铅屏把窗子挡上。"我说,并没有透露自己的身份。

他还是保持沉默,但他脸上的表情越来越不友善。我关上了门,到了会议室。

在这里我要提一下,在西拉耶夫担任主席期间,政府委员会指挥部的窗户上一直没有放置铅屏,而很久以后,在1986年6月2日,西拉耶夫的继任者,部长会议副主席L. A. 沃罗宁(L. A. Voronin)上任之后,才做了这项工作。这么做是为了应对放射性污染的一次突然泄露,当时放射性污染已经冲破了之前投入反应堆的成袋的沙子和碳化硼。

几名核电站操作人员正坐在会议室主席台边的台阶上,带着他们的工作记录,他们正用带电池的电话与地下掩体和1号、2号及3号反应堆控制室保持联络,骨干人员还在那几个地方轮流工作,保持反应堆处于冷停堆状态。坐在主席台边的所有人对他们都有一种愧疚的表情，核电站操作人员在他们光辉岁月里曾有的自信已经消失了。他们都已经疲惫不堪，肤色惨白，眼睛由于缺乏睡眠和辐射的影响而红肿。

人们在会议室里聚成几小堆。他们是不同专业部门的代表，讨论着政府委员会召开的会议中的问题。

我走过主席台，那里已经变成了临时控制台，冲着窗户。在旁边，椅子的第一排，我认出一位老朋友，化学部门负责人Yu. F. 谢苗诺夫（Yu. F. Semyonov）。他正和一个我不认识的人谈论着净化设备的事，那个人穿着防护装备。我后来知道，他是一名工长。

我以前雇用过谢苗诺夫，他经验丰富，判断准确，在1972年就从梅列克斯到普里皮亚季工作了。他当时非常渴望到切尔诺贝利核电站工作。他曾在净化放射性废水系统的岗位上工作多年。他很乐意在切尔诺贝利工作，生活上的需要也基本能得到满足。

"你好！"我打断了他们的谈话。

"哦！见到你真是太好了！你好像在最糟糕的时候来了。"

"那是肯定的。"

自从我上次见他后，已经过去好多年了，谢苗诺夫的脸也是粉一样白，头发也花白了不少。他那浓黑的连鬓胡子现在也变白了。

"你两年前没有申请提前退休吗？你不是想离开核电站，找一份干净的工作吗？"我问他。

"是啊，我就是那么想的，不过这事儿拖延了。我本来想和家人一起去梅列克斯，不过发生了这样的事儿，我就到这儿来了。"

这时，有操作人员通过电话找谢苗诺夫。伊格纳坚科到会议室来，看到了我，走过来和我交谈。

"要是你的小说《专家的意见》能够在爆炸前发表的话，"他笑着说（他曾为该小说题写了序言），"它现在将会变成收藏家的藏品了。你的判断真的是正确的——反应堆被爆炸性气体炸飞了。"

"那就是他们不让发表的原因，"我说，"为了阻止作者成为预言家。实际上，原话是这样的：'在政府委员会的结论发布后再出版。'所以，它最终会出版的。"

"是的，他们在这里真的开展了工作，"伊格纳坚科说，略带深思，望向窗外，"我们会花很长一段时间来克服难关。"

窗户旁边是一大袋子足球内胆，涂上了白色的滑石粉。

"为什么有这么多内胆？"我问。

坐在主席台边的一名操作人员尴尬地笑着回答了我的问题，说他们用内胆来收集空气样品。我又问在哪儿收集。

"唉，到处收集。在普里皮亚季，在切尔诺贝利，在29千米区域内。"

当我问他们是否打算用这东西替代图尔金样品管[①]时，他笑了。看来，合适的样品管严重短缺，而这些内胆则多得很。那名操作人员对我的问题作出回应，他解释说内胆可以用气泵

---

① 一种带阀门的塑料风箱，拉开时可以吸入空气或气体样品以供测试。

充气,如果必要的话也会用嘴,因为在这种形势下,气泵也非常短缺。

"要是你们用嘴吹气的话,测量结果是不准确的,"我说,"当你吸气的时候,有一半放射性物质还留在肺中。它们起到了过滤器的作用。每次你吸气再呼气的时候,放射性就会增加。"

"那我们该怎么办?"那名操作人员大笑着说,"我们在最初的几天里已经吸入了太多放射性物质,再吸一点也没什么区别。"

我和伊格纳坚科到了旁边的屋子,这间之前是地区共产党委员会第一书记的办公室,几乎被一张巨大的U形桌塞满。穿着棉质工作服的人坐在桌边,我认得其中的几个。面色苍白的布留哈诺夫也坐在桌子的一头,带着一种超然的气质。我还记得他以前就摆出过这个姿势,那是他最成功的时候,这是一种刻意的冷漠或高傲,就好像他与手边的工作完全无关。

"这人可真是的!"我也回忆起基济马多年前对这个人的尖刻评价:"从这个男人那儿永远不能得到迅速、准确的决定。"

从直升机上拍摄的大量被毁反应堆的照片摆在桌上,还有项目的总体规划和其他的文件。我和伊格纳坚科查看了拍得最清楚的照片。布留哈诺夫指着中央大厅地板上的一个黑色不规则三角形,那里的建筑物残骸堆得很高。

"那是核废料储存池,"布留哈诺夫说,"那里堆满了燃料束。因为所有水都蒸发了,池子里现在没有水。余热会毁坏燃料束。"

"那儿有多少燃料束？"我问。

"池子里是满的，肯定有 500 根。"

"你怎么把它们取出来？"伊格纳坚科问，"我们会把它们和反应堆一同掩埋。"

一名个子很高、体形匀称的将军穿着军礼服进来了，向屋里的所有人说："同志们，你们有人能给我们点儿建议吗？我是部队辐射剂量测量分队的指挥官。我们无法与建筑施工人员或操作人员协调我们的行动，我们也不知道要测量什么，在哪儿测量。我们不熟悉核电站的设计，也不清楚前往强辐射区域的路径。必须得有人协调我们的行动。"

伊格纳坚科说："找核电站辐射测定部门负责人卡普伦。他知道一切。把这些问题带到政府委员会的会议上。你刚来吧？"

"刚刚到这儿。"

"那就照我说的做。"

将军离开了。时间飞掠而过，我需要一辆汽车前往普里皮亚季和被摧毁的反应堆建筑。我向伊格纳坚科寻求帮助。

"这太棘手了，"他回答我，"车辆的需求量非常大。我自己都没有车。这里负责的人太多了。找基济马试试。"

我下了楼，去了一楼的调度员办公室。能源部施工技术部门副主任巴甫洛夫（Pavlov）正在高频电话边值勤。

"你有车吗？"我问他，"我想去一趟基济马的指挥部，很快回来。"

"恐怕没有。所有人都竭尽所能到这里来。这里一片混乱。萨多夫斯基开着他的日古利汽车不知道去哪儿了。"

"好吧，那我步行去吧。再见。"

我到了外面的街上。太阳很暖和。柏油路面上升腾起些许污浊且令人恶心的蒸汽，这是到处喷洒的去污剂溶液。我沿着街道走。正常情况下，树上站满了鸟儿，欢叫着迎接太阳，但现在非常安静。树上的叶子看起来特别的安静，死气沉沉。虽然还没死，但看起来不再是像在清洁的空气中那样充满了生机与活力。树叶的绿色看起来像假的一样，好像是有人在上面涂了蜡来保护树叶；实际上给人这样的一种印象，它们站在那儿一动不动，设法感知周围空气中的电离气体。空气正放射出高达每小时 20 毫伦琴的辐射。

然而，树还活着；它们想方设法从等离子体中吸收生命所需的一切东西。樱桃花与苹果花到处盛开。植物子房开始随处可见，但子房与花朵一样，都在积累放射性物质，无处可逃。

在一个废弃小院的篱笆附近，一个 20 来岁，穿着白色棉质工作服的女孩正在折下一枝樱桃花。她已经拢好很大一束花。我问她是从哪儿来的。

"从叶伊斯克（Eisk）来。我来这儿是为了帮助切尔诺贝利。怎么了？"

"哦，没什么。这儿有很多的追求者。年轻有为的士兵，想要多少有多少。"

"留好你的追求者吧，"她大笑着说，"我来这儿是为了帮忙的。"她把脸埋在了花束中。

"那些花儿已经被污染了。"我说。

"得了吧！"她不屑一顾地说，又开始折下更多花枝。

我也折了几枝开满了花的树枝，带着它们去找基济马。当我拐到左侧的一条狭窄街道时，一辆水泥搅拌车轰隆隆开过，带起了一大团放射性尘埃。我戴上呼吸器，用帽子把我的头裹得更严实。尘埃携带的辐射剂量是每小时10至30伦琴。

切尔诺贝利核电站的建设部门（这个名字现在看起来好像过时了，简单说来就是基济马的指挥部）现在位于以前的工艺学校。指挥部的门口和整栋大楼里全是人，有目标的人大步流星，还有些人则根本没有目标；有人站着，有人坐着。不断来往的车辆激起的尘埃根本来不及落下。那是安静、无风的一天，太阳毒辣辣地照耀着。绝大多数人把呼吸器挂在脖子上，而有些人则在尘埃扬起时戴上呼吸器。废弃的水泥卡车、水泥搅拌车和自卸卡车停在离工艺学校大概30米远的院子里。这些车辆都能使用，但严重的污染会让使用车辆的工人们暴露在不必要的高辐射剂量下。尤其是坐在车上的驾驶员，将会吸收高达每小时10伦琴的辐射。事实上，所有设备都面临着因辐射而被迫放弃使用的问题。

在离工艺学校门口不远处停着两辆装甲运兵车，还有一些轿车和面包车，司机们正在驾驶室里休息或在附近抽烟。

一名胸前装着辐射计的放射剂量测试员从那里经过，用绑在长木棒上的传感器测量尘埃的放射性。门口不远处有一棵高大的酸橙树，树叶非常茂密，不过树上没有小鸟在欢唱。一只大个蓝色苍蝇在太阳那灼热的光线下嗡嗡作响。

不是所有的生命迹象都销声匿迹了，还有苍蝇。楼里面到处都是青蝇和普通家蝇。我可以从空气的味道中分辨出厕所无法正常使用了。在大厅里,一名放射剂量测试员正测量一名男子卡其工作服的辐射状况,那个人个子不高,精神紧张,皮肤呈现出核灼伤特有的那种深褐色。

"你到哪儿去了?"放射剂量测试员边说边把传感器靠近那个人的甲状腺。

"去那一大堆建筑物残骸附近了。还去了转移通道。"

"以后离那儿远点儿。你现在的放射性太强了。"

"我吸收了多少辐射?"那名工人问。

"你以后就照我说的做,离那儿远点儿就行了。"放射剂量测试员边说边走开了。

我请他测了一下手中花枝的放射性。

"每小时20伦琴,把它扔掉。"

我走到街上,把花枝扔到放射性机械旁边的院子里。然后我回到楼里,向几间房间里看了看。穿着蓝色和绿色长袍的工人们在受到辐射后正在休息,坐得满地都是。在一个房间里,一个年轻人正用胳膊肘支在地上,对另一个人说:"我觉得我像被鞭笞了一样,好累啊。我觉得非常困乏,但睡不着。"

"我也是,"他的同伴回答道,"我吸收的25伦琴起作用了。"

基济马办公室的大厅里,一名调度员正在努力工作,他在与维什戈罗德方面通电话,电话那头显然是核电站建设公司经理 A. D. 雅科文科(A. D. Yakovenko)。

"我们需要换班的人!"他冲着话筒喊道,"我们需要司机……首长就在这里,我让他来接电话……不需要吗?……好的,他们吸收的辐射剂量都超过允许值了。"

几个看起来非常紧张的人从基济马的办公室出来后,我进去了。基济马一个人在里面,他正在开一罐芒果汁。"花瓣"呼吸器的布带在他脸上勒出的痕迹看起来像蜘蛛网一样。

"早上好啊,瓦西里·特罗菲莫维奇!"

"嗨!很高兴见到你们这些从莫斯科来的人!"他的回答一点都不热情。他的问候总是带着讽刺的利刃,这样不是一天两天了。这也是我永远记得他的地方。在工作中,他和任何人说话都只是出于纯粹实用。聊天不是他的特长。他冲那罐芒果汁点了点头,说它含有丰富的多种维生素,有助于克服核辐射的影响。

他狼吞虎咽喝完了那罐芒果汁,他的喉结在吞咽时轻轻地颤动。他说:"你能看出来,我现在的工作是工地工程师。"

此刻,电话响了,他接了起来。

"对,基济马……是的,阿纳托利·伊万诺维奇……部长,"他用手捂着话筒,悄声对我说,"是的,笔和纸?我这里就有……一条40度角的直线……然后是一条垂线。好的……再来一条横线……构成一个直角三角形。就这样?"他又听了一分钟,然后挂掉了电话。

"你也看到了,我是工地工程师。马约列茨部长是工地总工程师,苏联部长会议副主席西拉耶夫是工地管理员。彻底混乱了。他们对于建设根本一无所知。部长刚刚打电话给我就是让我在纸上画了个三角形,"他把那张纸递给我看。"他让我把反应堆附近的那一大堆建筑物残骸拉走，告诉我说要在那儿灌水泥，就好像我是一年级的学生，什么都不懂一样。我4月26号早晨绕着那堆瓦砾走了一圈儿，后来又去过好多次，既没戴呼吸器，也没拿辐射量测定仪。实际上，我刚刚从那儿回来。结果他打电话来就让我画个三角形！所以我就画了一个！那下一步呢？实话实说，我根本不需要什么部长和副主席。这里是建筑施工现场；尽管可能因为辐射而有些危险，但不管怎样这里是建筑施工现场。我是工地管理员。韦利霍夫是我唯一需要的科学顾问，而部队可以组织操作人员，还可以维持秩序。我当然也需要人手。我们自己的人都不在这儿了——我的意思是建筑施工需要的劳力，还需要管理人员。3 000多人离开了，没有计划，没有授权。剂量测定工作无法开展，我们缺少辐射量测定仪和辐射计。我们已有的绝大部分光学仪器都发生了故障。我已经安排人员到危险场地工作了，25个人只有一台辐射量测定仪，结果它坏了。但即便是坏了的仪器还像被施了魔法一样在用。工人们相信那一小块金属，没它就不去辐射区域。你有一台辐射量测定仪，给我吧。有它我就能再安排25个人去干活了。"

"我从普里皮亚季回来以后就能把这台给你。"我答应他说，"我从民防部帮你申请的那些仪器呢，你有没有安排一辆车去取回来？1500套装备可以帮到忙。你自己组织开展工作吧。别光等着事情自己发生。给你自己安排一名经验丰富的放射剂量测试员吧。"

"好。我们正准备这么做。"

一个人走了进来。他是负责运送干燥水泥到水泥搅拌装置的管理员，湿水泥就是从水泥搅拌装置泵到那堆建筑物残骸那儿的。

"瓦西里·特罗菲莫维奇，"他对基济马说，"我们需要司机来替换那些不能继续工作的人。我们的人已经用光了。这一小队人吸收的辐射剂量已经超过允许值了，几乎所有人都吸收了高达25生物伦琴当量甚至更多。他们感到非常不舒服。"

"雅科文科怎么样？"我问，"三天前，他的调度员给莫斯科方面打电话抱怨说，派来的司机都不守规矩，要么酗酒闹事，要么到处闲逛。他也没有地方和食物给他们安排睡觉和吃饭。"

"唉，他肯定在撒谎！我们极度需要人手！"

管理员离开了。基济马说，他的胸口有一种灼烧感，还诉苦说他在咳嗽和头疼，一直都是这样。我问他为何不在窗边和汽车驾驶室放置铅屏。

"铅是有害的。"他强调说，"它会让人们担心，还会影响工作。我已经见识过这种影响了，我们不需要铅。"

电话再一次响了，基济马接了起来。

"对……好的……韦利霍夫怎么说？……他还在考虑？让他考虑吧。暂时停止向建筑物残骸输送水泥。"他挂了电话，"水泥浆喷泉开始喷涌了。因为水泥浆落在了建筑物残骸中的核燃料上，现在既有核能浪涌，又有热传导的破坏和核燃料温度的升高，核辐射状况变得更糟糕了。"

几声敲门声后，一位年轻的少将进来了，身后还有三名军官，分别是一名上校和两名陆军中校。他自我介绍是斯米尔诺夫（Smirnov）少将，然后说有人建议他向基济马寻求帮助。

"请坐。你需要什么？"

"我们部队的任务是保卫冷却水池，里面的水有强放射性。"

"放射性和运行中的反应堆一回路冷却水一样强，"基济马说，"淹没了核电站地下隔间的放射性废水经由消防车泵入冷却水池。池中废水的放射性为每升1微居里。"

"好的。为了防止有人故意破坏，炸毁大坝，把所有污水都排入普里皮亚季河和第聂伯河，我沿着大坝都安排了哨兵，不过我们需要给他们某种遮蔽物来抵挡辐射。"

"我建议用混凝土板，"基济马说，"我们有一些15厘米长的钢筋混凝土板可供你们使用。把它们一头着地立起来，另一头彼此靠着形成出入口，这样就做成了你们的岗亭。需要我下一道命令吗？"

"需要！"将军欣喜地说。

基济马通过电话作了安排，军官们离开了办公室。

接着我给莫斯科方面打了电话，请他们立即安排司机过来换班，接替那些已经吸收了太多核辐射的人。我也和雅科文科谈了这事儿，他答应我说明天早晨就会安排25名替班人员到切尔诺贝利。

"瓦西里·特罗菲莫维奇，"我对基济马说，"我必须得去被毁的反应堆那儿看看。你能给我弄辆车用几个小时吗？"

"这可真是个难题。从核能建设项目分配到这儿的司机，吸收的辐射剂量达到安全值以后，就开着自己的车走了，不提前打招呼，也不等替班人员到来。他们还把放射性污染一起带走了。"

"昨天已经向莫斯科方面提出了一批新的、追加的汽车申请。我今天从普里皮亚季回来以后会再次核实的。能给我辆车吗？"

"我们的一位工长去基辅了。你用他的尼瓦汽车吧。那辆车是四轮驱动的，应该没什么问题。从放射剂量测试员那儿拿一台辐射计。他们会借一台给你用几个小时。"基济马告诉了我车牌号，还有司机的名字——瓦洛佳（Volodya）。

"但愿他不会轻易害怕。"

"不会的，他很坚强，刚从部队退伍。"

我离开了基济马的办公室。当我告诉放射剂量测试员我是谁的时候，他们借给我一台辐射计用几个小时，我也检查了一下我的DKP-50型光学辐射计并充好了电。

幸运的是，瓦洛佳碰巧有进入普里皮亚季的特别通行证。10分钟后，我们已经在通向切尔诺贝利核电站的高速公路上了。在20世纪70年代，以及后来我已经在莫斯科工作又被派到这里出差的时候，我曾沿着这条路往返了足有100次。这条从切尔诺贝利到普里皮亚季的柏油路是独一无二的，因为在路面两边各有一条超过1米宽的独特的粉红色混凝土硬质路肩。这么做是为了保护柏油路面，防止开裂。当时，我们非常高兴是唯一拥有如此特别道路的人，因为这意味着我们可以在公路维护上节省开支。不过现在……

"要是发动机正好在4号反应堆外面熄火了会发生什么事？"

瓦洛佳突然问，带有明显的讽刺意味，"这种事已经在我们身上发生过了——不是在核电站外面，而是在普里皮亚季。那儿的辐射状况还不是很糟糕。"

"你刚从部队退伍吗？"我问他。

"大概六个月前吧。"瓦洛佳回答我。

"那就没问题了，"我说，"要是熄火了，你就去再把它发动起来。你以前在什么部门？"

"我是团司令部的司机，开一辆乌阿斯-469型四轮驱动汽车。看，那儿有一个放射剂量测量站。他们都是化学战部队的人。"瓦洛佳说。

一辆巨大的绿色油罐卡车停在路边，上面挂着各种各样的附属装置——水泵、仪器和胶皮软管，等等。

一辆从普里皮亚季方向驶过的莫斯科人汽车停在那儿。有人用传感器检查了车轮、车底和行李箱的顶部。乘客和司机都被请下了车，然后有人用解吸剂溶液对车辆进行了清洗。士兵们都佩戴着呼吸器，紧身衣物把头和耳朵包裹得严严实实，一大片后襟垂在肩上。

一名士兵挥手示意我们停车，他胸前挂着辐射计，拿着一根长长的传感器棒。他检查了我们的通行证，瓦洛佳已经把它粘在前挡风玻璃上了，没有问题。当传感器从我们的尼瓦汽车顶上掠过时，可以显示出本底辐射值。

"你们可以走了，"他说，"不过记住，无论你们到哪儿，你们的汽车都会被污染。那边儿那辆莫斯科人的辐射值是每小时3伦琴，清洗也是除不掉的。对你们的汽车感到惋惜！"

"我们有辐射计,"我指着仪器说,"我们也会多加注意的。"

那名士兵用他那深邃的蓝色眼睛盯着我,他不确定地摇了摇头,就好像不相信我说的话一样。他接着呼的一声关上了车门,摆摆手让我们走了。

瓦洛佳提高了车速,汽车带着鸣笛声向前射了出去。我看着镶着粉红色混凝土路肩的柏油路面,想着我们以前高兴得太早了,想当年,路肩刚刚加上的时候,我们还在为不需要再维修柏油路面而高兴。现在,一切都被严重污染了,包括柏油路面和独特的混凝土路肩。

我心里想着,随着我们接近普里皮亚季,看看辐射值升得有多快肯定很有趣,我摇下了车窗,把传感器探出窗外。右侧正前方,在快速掠过的放射性植物的后面,我能看到切尔诺贝利核电站的大楼,在五月阳光的照耀下呈现出亮白色,还能看到 330 千伏和 750 千伏变电站高压输电塔的网格结构。

我已经知道,爆炸把核燃料碎片喷到了 750 千伏变电站周围的地面上,它们在那里继续释放出大量的核辐射。

4 号反应堆外明显能看到黑色的建筑物残骸,与优雅的白色建筑和网格形成了鲜明、痛苦的对比。

一开始,辐射计上的指针显示为每小时 100 毫伦琴,接着稳步向右边爬升——200,300,500。突然,指针超出了量程范围。我切换了量程。那意味着什么?可能是受损反应堆建筑那边刮过来一阵核之风。又走了 1.6 千米或更远,指针读数再次下降,这次指向每小时 700 毫伦琴。

熟悉的旧指示牌现在在远处清晰可见:"切尔诺贝利,列宁核电站",旁边还有一个混凝土火炬。在那后面,是一个混凝土路标:"普里皮亚季,1970年。"

我们向右拐,经过了建设办公室和水泥厂,朝着正前方的反应堆机组方向开去,接着沿着混凝土箭头指示的方向稍稍向左,经过了铁路上方的大桥,左手边就是亚诺夫火车站,这才到达了普里皮亚季镇,这里,就在前不久还住着5万人,不过现在……

"瓦洛佳,我们先去普里皮亚季。"

他突然向左拐,加速,我们很快就驶上了大桥。在明亮的阳光下,雪白的小镇一下子出现在眼前,在桥上,因为辐射计的指针已经指向右侧,我开始切换量程。

"我们离开这儿,快点儿。"我说,"放射性云团从这里经过,会造成某种真正的伤害。再快点儿!"

我们从大桥中间猛地冲出,快速驶入了这座死亡小镇的街道上。我们的眼前立刻展现出令人痛苦的景象:到处都是猫狗的尸体,在路上,在院子里,在广场上——被射杀的动物尸体有白的、棕的、黑的和花斑的。

这一幕幕凶险的景象提醒着我们,这里是一座空城,是被人们遗弃了的小镇,普通的日子一去不复返了。尽管如此,我还是想知道,为什么没有人来把这里清理干净。毕竟……

"沿着列宁大街向前开,"我对瓦洛佳说,"很快就能经过我在这儿工作时住的地方。"

门牌号是9号,我记得。

列宁大街的中间是一排小杨树,已经长得非常高了,在大街两边的小路上有长椅和厚厚的灌木丛。在道路尽头,可以看到壮观的普里皮亚季共产党委员会大楼。大楼的右边是十层的普里皮亚季酒店,右边再远一点的地方是普里皮亚季河码头。码头的后面是一家饭店,以及通往燕子酒店(Lastochka Hotel)的马路,那里曾是前来访问的高官驻地。

小镇看起来真是奇怪,就像是刚凌晨时候的样子;然而实际上,太阳高高挂在天上,阳光很耀眼。一切都在沉睡中,没有什么能够将它们唤醒。阳台上有居家用品和洗好的衣服,窗台上有枯萎的花朵。几扇窗户上反射出来的阳光显得那么不真实;有一扇窗户一直开着,窗帘垂在外面,就好像是死人的舌头一样。

"停一下,瓦洛佳。就是这儿,在右手边。放慢速度。"

辐射计指针在左右徘徊,数值指示从每小时1伦琴至700毫伦琴。

"慢点儿开,"我对他说,"那儿就是我的屋子。我以前就住在那儿,在二楼。看那棵山梣树长得多高了,但现在它的花儿也全都有放射性了。我以前在这儿的时候,它还没长到二楼那么高,不过现在它已经长到四楼那么高了。

这里很空旷,窗户都关着,不过你能感觉到,在百叶窗后面没有人。它们就那么痛苦地一动不动。阳台上能看到几辆自行车,一些小木箱,还有一个旧冰箱,滑雪板以及红色的雪杖。没有一个地方有生命的迹象。

在院子对面的狭窄混凝土小路上,躺着一具硕大的带着白色斑点的黑色大丹犬尸体。我让瓦洛佳在附近停一下,这样我就可以检测一下它皮毛的辐射值。他打了一下方向盘，左轮压在了花坛上，车停了下来。辐射让绿叶的颜色变暗，让花枯萎了。土地和混凝土道路的辐射值为每小时60伦琴。

"你看！"瓦洛佳指着三层学校大楼和体育馆的大窗户说，"我儿子以前在那儿上学。我记得在特别庆典的时候去过学校礼堂，孩子们和老师们看起来都很幸福。"

两头很大但很瘦弱的猪正沿着一条狭窄的小路从学校向我们跑来，紧贴着五层大楼的墙。他们向汽车冲过来，低声幽咽，用猪嘴拱着车轮和散热器。在它们充血的眼睛里，有一种哀伤的、受迫害的表情，它们的动作摇摇晃晃，还不协调。它们显然已经极度虚弱了。

我举着传感器靠近一只猪的一侧——每小时50伦琴，又靠近了那具大丹犬的尸体——每小时110伦琴。那只猪想要用牙咬传感器，不过我及时拿开了。具有放射性的猪开始吞食那具大丹犬的尸体。它们轻而易举地撕下了一大块已经开始腐烂的肉，摇动着尸体，沿着混凝土小路拖走了它。一大群受惊的蓝色苍蝇从张开的嘴里和腐烂的眼睛里飞了出来。

"看看那些苍蝇！它们是怪物吗？辐射对它们没有效果！我们回去吧，瓦洛佳。"

"到哪儿去？"

"到大桥那儿，然后再去被毁的反应堆建筑那儿。"

"要是我们熄火了怎么办？"瓦洛佳第二次说这话了，还带着坏笑。

"要是熄火了，你就再发动。"我用一模一样的语调说，

"我们走吧。"

我们刚回到列宁大街上,瓦洛佳就问我:"我们走对面车道还是怎么着? 我们应该到那儿去。要绕着广场开吗?"

"不需要。"

"真让人觉得可笑。人们会为了那样的东西买票。"

"你看这儿还有什么车辆行驶吗?"

瓦洛佳冷酷地笑了笑,我们行驶在对面车道上,快速经过了猫狗的尸体,向着被毁的反应堆建筑驶去。我们非常快速地通过了铁路桥。辐射计的读数突然升高然后又降低。

我们沿着一条老路向前行驶,这条老路贯穿了核电站建设办公室、居住区建筑工地、利索娃·佩妮娅饭店(Lisova Peniya)和水泥厂。

在右侧,我们能够看到4号反应堆建筑遭到了惊人的破坏。破碎的砖石和建筑物残骸都烧成了焦黑色。因辐射而高度电离的气流冲出了曾是中央大厅的地面,反应堆就在那儿。在焦黑的残骸中,鼓式分离器已经从原来的位置扭到了一边,它反射出明亮的阳光,看起来格外新。

距离4号反应堆还有大约400米远。

"打开四轮驱动开关,"我说,"我们在这附近很可能需要附加牵引力。"

"你看,瓦洛佳!"在围墙里,靠近被毁坏的反应堆机组,紧挨着那堆建筑物残骸的地方,几名士兵正在边走边捡东西。"向右拐,就在这儿,去废物储存建筑那儿,然后正对围墙停下来。"

"我们会被煎熟的。"瓦洛佳认真地看着我说。他很紧张,脸通红。我们都戴着呼吸器。

"停在这儿。噢喔!我还看到了军官。还有一名将军。"

"那是一名中将。"瓦洛佳纠正我说。

"可能是皮卡洛夫。他们正在徒手捡拾地上的石墨和燃料碎片。看,他们拿着桶在这周围把东西捡起来,再倒到那个容器里——就是那边儿的那个铁箱。"

围墙的另一边,也就是我们的汽车旁边,也有很多石墨碎片。我打开车门,把传感器放在一块石墨的正上方。读数是每小时2 000伦琴。我关上了车门。空气中有臭氧的味道、烧焦的味道、灰尘的味道,还混杂着其他的味道。也许是烧焦的尸体的味道。军官和士兵们手里的桶装满后,就走到金属箱那儿,把桶里的东西倒出去。在我看来,他们并没有特别匆忙。

"你们这些可怜的人啊,"我自思自忖,"你们现在面对的是可怕的丰收,是二十年沉寂时代的丰收。但国家投入几百万卢布研发的机器人和遥控机械手现在怎么样了?它们在哪儿?经费被偷走了吗?还是白白浪费了?"

军官和士兵们的脸呈现出核灼伤特有的那种深褐色。气象部门已经预报了暴雨将至,为了防止雨水将放射性物质冲刷到土壤中,军官和士兵们被派来执行这项任务,之所以没有派机器人来干,是因为根本没有机器人。亚历山德罗夫院士后来知道这一情况后,愤愤不平地说:"在切尔诺贝利,人的生命一点都没有被仁慈对待。我将因此受到责备。"可是,当提议在乌克兰修建有潜在爆炸性的RBMK反应堆时,他可没有这么愤愤不平。

一路上都能看到成堆的沙子。运输部的工人们正在反应堆下方挖掘，他们已经挖成两条隧道。煤矿工人随后会来接替他们。

"他们在混凝土地基的下面挖掘。"瓦洛佳说，"他们告诉我说，在反应堆下面，一瓶伏特加要卖150卢布，为了消毒。"

"我们走，瓦洛佳！"我命令道，"这条路通向取水渠。你向左拐。"

我们经过了汽轮机大厅的侧墙，那儿的辐射值是每小时200伦琴。沿着经过变压器的那条路，我们一共遇到19辆废弃的消防车。

瓦洛佳回到大路上。当我们经过750千伏变电站的时候，辐射计的指针跳到了每小时400伦琴，几乎可以肯定是爆炸喷发出的核燃料造成的。大约182米外的更远处，在330千伏变电站的对面，指针跳回到每小时40伦琴。我突然屏住了呼吸。混凝土砖挡在路上，前面没有办法过去了，铁路就在我们的左边。这是一次和时间的赛跑，因为辐射值每一秒都在升高。

"好吧，瓦洛佳，展现出你的能耐吧。掉头开到铁轨上去，在那上面开大概45米，然后再回到通往1号行政大楼的混凝土路上来。我们走！"

尼瓦车的性能非常好，瓦洛佳也干得非常漂亮。

1号行政大楼附近的辐射值是每小时1伦琴。在大楼前的广场上停着好几辆装甲运兵车，把一小队士兵围在中间。一名军官正在来回走着，训斥着违背了辐射安全规则的士兵们，士兵们坐在地上，抽着烟，喝着伏特加，光着膀子露出他们因核灼伤而变成深褐色的皮肤。军官和士兵们的呼吸器都挂在脖子上，没有一个人戴着。

在我看来，他们不遵守规则是因为他们没有经过正确的训练。这些年轻人都将会有自己的孩子——但是，即便只吸收每年 1 伦琴的辐射量，都会有 5% 基因突变的风险。

"在这儿停一会儿，瓦洛佳，我很快回来。你要保证你不会走，不然我就被困在这儿了。"

瓦洛佳向我露出了同情且让我放心的笑容。

我拿着辐射计冲进了地下掩体，那儿没有受到污染，甚至连本底辐射都没有。然而，那里既拥挤又闷热，很像战时的防空洞。掩体的两侧都有桌子和床以供人休息。有几个人正在玩儿多米诺骨牌，我能听到骨牌彼此相撞的声音。放射剂量测试员正在这里值班，操作人员们都配备了电话，正在与切尔诺贝利控制室和共产党委员会办事处的指挥部进行着联系。墙上挂着的地图显示出了核电站周边的辐射状况，不过我不需要查看，因为我已经自己进行了测量。

我离开地下掩体，上到行政大楼二楼。这里很安静，空无一人。我穿过一条走廊到了正 10 级高度处，也就是脱气机所在的位置。从那儿开始，我就必须得快速行动了。我的目标是 4 号反应堆的控制室。我必须得看到那个不幸的按钮被按下的地方，还有显示控制棒位置的指针停在多高的地方。我必须得测量一下控制室及其附近的放射性，才能更好地理解操作人员曾工作的环境。

我几乎是跑着通过了那条奇长无比的走廊。离 4 号控制室足有550米长。我必须迅速行动。

辐射计显示辐射值为每小时1伦琴，不过指针在慢慢地向右移。当我经过1号和2号控制室的时候，我透过开着的门能看到操作人员在里面。他们正在冷却反应堆——或更准确地说，将反应堆保持在冷停堆状态。我到了3号反应堆，爆炸已经对这里造成了影响，这里的辐射值达到每小时2伦琴。我在前文已经提到，我嘴里有一股金属的味道，闻到了臭氧和烧焦的味道，还能感觉到身边有气流。窗户上掉下来的碎玻璃散落在地板的油毡上。辐射值现在已经达到每小时5伦琴了。在斯卡拉电脑室附近的凹处，辐射值为每小时7伦琴。我现在已经到了二期建设工程的控制台。我觉得我正走在一艘失事船舶的过道与船舱内。右手边是通往升降电梯井的门，再远处是通往备用控制台的门。通往4号控制室的门现在在我的左手边。在莫斯科第六医院死去的那些人当时就是在这儿工作。我先进了备用控制室，辐射值是每小时500伦琴，透过备用控制室的窗户就可以看到那堆建筑物残骸。窗玻璃已经在爆炸中被吹到了地上，在我踩在上面时发出碎裂声和吱吱声。我从备用控制室出来后去了4号控制室。入口处的辐射值是每小时15伦琴；在高级反应堆工程师列昂尼德·托普图诺夫的办公桌旁，辐射值是每小时10伦琴，他当时正在垂死的边缘。指针显示，控制棒的位置卡在6.5至8英尺（1.98米～2.44米）中间。我越往右边走，放射性越强；在控制室的最右端，辐射值为每小时50至70伦琴。我冲出了控制室，尽我最大的努力向1号反应堆机组跑去。

不可思议的事情就那么发生了：和平的原子蕴含着原始的美丽与惊人的能量。

瓦洛佳还在那儿。当时的天气温暖而晴朗，气温大概有30摄氏度。广场中间的那队士兵已经分散了，军官也已离开。士兵们坐在装甲运兵车上，抽着烟；有两三个人正光着膀子，晒着太阳。年轻人认为他们是不朽的，他们的确永垂不朽，因为我自己当时在那儿能看得出来。

我不忍心看着他们，所以向他们喊道："嗨！小伙子们！你们没必要把自己暴露在辐射中！他不是刚刚才向你们说明了一切吗？"

一名金发士兵笑了笑，站在装甲运兵车上对我说："我们什么都没干。我们只是晒晒太阳。"

听到这样的回答后，我让瓦洛佳发动了汽车。

5月9日晚大概8点30分的时候，反应堆中的一部分石墨燃烧殆尽，在已倾倒入反应堆的材料下方形成一个空腔；总计5 000吨的沙子、黏土和碳化硼坍塌了，它们下落的时候，释放出大量的核尘埃。核电站、普里皮亚季和29千米区域内的辐射值急剧上升。核辐射增量甚至在伊万科夫和其他地方都很显著。

一架直升机最终被派去测量放射性，但也面临重重困难，因为天已经黑了。

核尘埃落在了普里皮亚季和附近的田野上。

5月16日，我乘飞机回到了莫斯科。

切尔诺贝利的教训

人既是原因,也是结果,你必须更有责任感,必须仔细审视你自己和你做的事。

6

莫斯科第六医院的病人

当我思考切尔诺贝利悲剧带来的教训时,我首先想到,成千上万人的命运或多或少受到了1986年4月26日核灾难的影响。

我想到,许多我们知道名字的人在灾难中死去,还有数百个未出生的孩子,他们的生命就此夭折,受到4月26日和27日普里皮亚季核辐射的影响,他们的母亲终止了妊娠,我们永远都不可能知道他们的名字了。

我们有责任记住,因数十年来在核事务上犯罪般地欠缺考虑和自鸣得意而付出的极为惨痛的代价。

1986年5月17日,在米季诺(Mitino)公墓,能源部民防服务部门的人员带着崇高的敬意,安葬了14名死于莫斯科第六医院的人,他们从4月26日起就不断遭受病痛的折磨。他们是在被毁反应堆机组附近待过的操作人员和消防员。医生还在继续抢救那些严重受伤和身体状态没那么危险的人员的性命。

政府官员轮流协助医院里的医护人员。

早在20世纪80年代,我在那儿住过院,病房在九楼,我的主治医生是 I. S. 格拉祖诺夫(I. S. Glazunov)。当时,医院的左配楼还没建成。我所在的科室全是患有严重辐射病的病人，有些人的状况极为糟糕。

我还记得迪马（Dima），他是个年轻人，大概30岁左右，当他受到辐射的时候，正背对着辐射源站着，身体稍稍向右偏，离辐射源只有45厘米远。辐射波从下面击中了他，辐射造成的主要伤害集中在他的小腿、足底，以及他的会阴部和臀部，到达头部的时候逐渐减弱。因为他背向辐射源站着，所以他没有看到闪光，只通过对面的墙壁和天花板看到了反射。当他意识到发生了什么的时候，他冲出去想关掉某个开关，因此绕着辐射源走了三分之一的路程。他在危险区域待了3分钟。他镇静地应对着发生的事情，计算着吸收辐射的大致剂量。他在事故发生1小时后就被送到了医院。

入院的时候，他的体温将近39摄氏度，他感到想吐、发冷和焦虑，目光呆滞。他说话的时候还比画着手势，想要对他身上发生的情况开个玩笑，不过他话语连贯，有逻辑性。他的玩笑让一些人觉得不舒服。他表现得机智、耐心，还很体贴。

事故发生24小时后，医生从他的胸骨和髂骨处（都是从前面和左后面）抽取了四份骨髓样品进行分析。在穿刺过程中，他非常耐心。他全身吸收的平均辐射剂量是400拉德。事故发生后的第四天和第五天，他感觉到口腔、食道和胃部黏膜上的伤口非常疼痛。他的嘴里、舌头上和脸颊上都起了溃疡，黏膜一层层地脱落，他开始失眠和厌食。他当时的体温保持在38摄氏度至39摄氏度之间，他焦躁不安，像吸了毒一样不停地眨着眼睛。从第六天开始，他右边小腿上的皮肤开始肿胀、破裂，看起来好像要炸开一样，接着就变得僵硬，非常疼。

第六天，由于深度粒细胞缺乏（由于免疫的原因，粒状白血球的数量减少），医生给他注射了大概140亿骨髓细胞（大约750毫升含有骨髓的血液）。

随后他搬到一间经紫外线消毒的病房。他又开始受到肠道综合征的折磨：排便次数达到每24小时25至30次，大便中有血和黏液；他感到里急后重，腹鸣，盲肠区有液体流动。由于口腔和食道受到严重的损伤，为了不刺激黏膜，他6天都没有吃东西，通过静脉注射营养液维持生命。

在此期间，他的会阴部和臀部开始出现软泡，右小腿紫中带蓝、浮肿、发亮，摸上去非常光滑。

到了第十四天，他开始以一种奇怪的方式脱毛：头部右侧和身体右侧的毛发全部脱落。迪马说他觉得自己像逃犯。

他还是很有耐心，不过他的玩笑打了不少折扣。他为了让和他一起受到辐射的同事们高兴起来开了不少玩笑，但那是一种黑色幽默。

他们都非常疲惫，即使他们的状况比迪马要好得多。他会给他们写有趣的押韵小故事，会给他们读阿列克谢·托尔斯泰（Aleksey Tolstoy）的三部曲《苦难的历程》（*The Road to Calvary*），还说他终于有机会可以躺下了。然而，有时他会失态，突然陷入沮丧之中。对他的同事来说，这种沮丧也没有那么烦人。大声讲话、音乐和高跟鞋的声音总会让他连续愤怒好几天。有一次，他正处于那种沮丧中，他冲着一名女医生叫喊，说她高跟鞋的噪音造成了他的腹泻。到了第三周，医生才允许他和家人见面。

到第四十天的时候，他的病情开始好转，到了第八十二天的时候，他出院了。他瘸得很厉害，右小腿留下了永久的深深的伤痕。医生甚至考虑过从膝盖处截去右腿。

第二个病人是29岁的谢尔盖（Sergei），他独自住在隔壁的无菌病房。他一直在一家科学研究所工作，在"热室"里手动操作放射性物质。因为两块裂变物质靠得太近了，引起了核闪光。

他顾不上瞬间造成的呕吐，估算出大致吸收的辐射剂量——10 000拉德。半小时后，他失去了知觉，在极其严重的状况下乘飞机被送往医院。他反复呕吐，体温为40摄氏度，他的面部、脖子和上肢开始肿胀。他的胳膊浮肿得非常厉害以至于无法套上普通袖带来测量血压，后来护士们不得不把袖带扩大了才成功。

他以惊人的毅力接受了活检和骨髓穿刺检查，过程中他完全有意识。事故发生后第四十四天，他的血压突然降为0。57个小时后，谢尔盖死于急性心肌萎缩。

我出院后，我的主治医生已经和我变成很好的朋友，他和我谈起了谢尔盖的死，他说："在显微镜下不太可能看到他的心肌组织，因为他的细胞核已经没有了，只剩一团撕裂的肌肉纤维。他的确是直接死于辐射本身，而非次生生物学病变。这样的病人是无法挽救的，因为他们的心肌组织已经被摧毁了。"

他36岁的朋友尼古拉（Nikolai），在事故发生的时候就站在他身边，事故发生后，活了58天。尼古拉一直处于极度的痛苦中，严重的烧伤导致他的皮肤一层层脱落，他还遭受着肺炎和粒细胞缺乏带来的痛苦。医生用老办法给他输入了来自16名捐献者的骨髓。这些措施的确治愈了他的粒细胞缺乏和肺炎。但他还有严重的胰腺炎症状，胰腺的疼痛常常让他大声尖叫，吃药也没有用。只有一氧化二氮麻醉剂才能让他安静下来。

我确信，当时是早春四月，与切尔诺贝利发生事故时的季节是一样的。阳光照耀着，医院很安静。我去探望了尼古拉，他独自一人在无菌病房里。紧挨着床边有一张小桌，上面放着无菌手术器械，另外一张桌子上放着西姆伯逊（Simbezon）和维什涅夫斯基（Vyshnevsky）软膏、呋喃西林、酊剂、乳膏和纱布，这些东西都是用于治疗皮肤损伤的。

他躺在一张高高的、略微倾斜的床上，在床的上方，肋骨状金属灯架上的强光灯发出的光线照在他的身上，让他裸露的身体保持温暖。乳膏让他的皮肤变成了黄色。不过他是谁？尼古拉……弗拉基米尔·普拉维克。看到重复的事情真的令人感到非常可怕！15年后，同样的房间，同样的一张倾斜的床，同样的金属灯架、加热灯以及定时开关的紫外线灯。

弗拉基米尔·普拉维克就躺在金属灯架下他那张略微倾斜的床上，他全身的皮肤表面大面积灼伤，有些是高温导致的，有些是辐射造成的；实际上，根本无法分辨。他的全身都在浮肿，无论是体外还是体内——他的嘴唇、口腔、舌头和食道。

早在15年前，尼古拉曾因内脏器官和皮肤的疼痛而大声尖叫，但当时没有办法制止他的疼痛。现在，他们已经学会了止痛的办法。这么多年以来，遭受痛苦的人有很多。但核能造成的疼痛尤其残忍，让人无法忍受。它会引起休克，让人失去知觉。即使在当时，注射吗啡或其他药物可以暂时缓解核辐射综合征造成的疼痛。普拉维克和他的同事们接受了静脉骨髓移植，用同样的方法，他们接受了从大量胚胎中提取的肝浸膏，试图刺激造血功能。但是还是没有挣脱死亡的命运。

他的身体呈现出所有可能发生的病症：粒细胞缺乏、肠道综合征、脱发，以及浮肿和口腔黏膜剥离等严重的口腔炎症。

弗拉基米尔·普拉维克坚韧地承受着病痛与折磨。这位斯拉夫英雄本可以活下来，本可以战胜死亡，要是他的皮肤没有先于他毁灭就好了。

大多数人在这种情况下没有余力考虑普通生活中的快乐和悲伤，也不会想到他们同伴的命运。然而，普拉维克不是这样的人。只要他还能说话，他就试着通过他的姐妹和他的医生弄清楚他的同伴们在与死亡抗争中有多努力，无论他们是否活着。他非常希望他们能够保持斗志，这样，他们的勇气也会鼓舞他。而当他不知怎么听到某个同伴死亡消息的时候，这消息也许是为他自己的死亡做了铺垫。医生说他们已经去了别的地方，到了别的医院，这是创造性的、能救人的谎言。

那一天终于到来了，很明显，一切现代辐射医学能做的都已经做了。为了应对急性辐射综合征，一切标准疗法或是更具危险性的治疗手段都用上了，不过这都是徒劳。即便是用最新的"生长因子"来刺激血液细胞增殖也不奏效，因为必须得有活皮组织。普拉维克在辐射中失去了所有的皮肤组织，辐射还摧毁了他的唾液腺,使得他的口腔如同干旱的土壤一般。这也就是为什么他始终无法说话。他只能用没有睫毛的眼睛看着,然后眨眼;他用那双会说话的眼睛观察着周围,眼神中对死亡的抗拒清晰可见。此后,他体内的力量逐渐减弱,最终彻底消散了。随着死亡的临近,他开始枯萎和干涸,因为辐射,他的皮肤和身体组织开始像木乃伊那样发生干枯和皱缩。在核时代,就算是死亡也会转换形态,让逝者失去了人的模样,因为死者会全身变黑,皱缩如木乃伊,轻如孩童。

4号反应堆机组值班工长维克托·格里戈里耶维奇·斯马金的证词:

> 在位于莫斯科舒肯斯卡亚(Shchukinskaya)大街上的第六医院里,我先被安排在四楼,后来又转到六楼。那些受伤最严重的消防员和操作人员被安排在八楼。消防员是瓦舒克、伊格纳坚科、普拉维克、奇贝诺克、提特诺克和提舒拉,操作人员有阿基莫夫、托普图诺夫、佩列沃兹琴科、布拉日尼科、普罗斯库里亚科夫、库德里亚夫采夫、帕尔楚科、韦尔希宁、库尔古兹和诺维克。
>
> 他们都住在单人无菌病房中,里面的紫外线灯会定时开关。紫外线灯的灯光冲着天花板,这样就不会造成灼伤。我们所有人的皮肤都变成了可怕的深褐色——实际上,那是核灼伤后的深褐色。
>
> 我们在普里皮亚季医疗中心接受的静脉注射让我们中

的大部分人感觉好多了，因为它消除了辐射引起的中毒症状。吸收辐射剂量在 400 拉德以下的病人都说自己感觉好多了，其他人的症状也有轻微的好转，不过高温和核辐射导致的皮肤烧伤造成了严重而持续的疼痛。这种皮肤表面和身体内部器官同时疼痛是令人疲惫的，也是非常致命的。

最开始的头两天，也就是 4 月 28 日和 29 日，沙夏·阿基莫夫到我们的房间里来，他的皮肤因核灼伤而呈现出深褐色，他十分沮丧。他不断地重复，他也不知道为什么会发生爆炸。一切都进展得很顺利，"紧急功率降低"按钮也按下了，没有一个参数偏离正常值。

"这比身体上的疼痛还让我伤心。"他在 4 月 29 日最后一次离开的时候告诉我说。从那以后，我们再也没有在我们的病房里看到过他。他一直躺在床上，他的病情突然变得非常糟糕。

所有病重人员都在无菌单人病房，他们躺在高高的稍稍倾斜的床上，加热灯在他们上方照着。他们什么都没穿，因为他们全身的皮肤都发炎红肿了；他们必须接受治疗，而且只能在别人的帮助下翻身。所有伤情严重和中等严重的病人都接受了骨髓移植以及"生长因子"治疗，这种药物能够加速骨髓细胞的生长。即便如此，病情极为严重的几个人最终还是无法挽救。

4 号反应堆机组值班工长的妻子柳博芙·尼古拉耶芙娜·阿基莫娃的证词：

沙夏的父母和孪生兄弟轮流在床边照看他。他兄弟中的一人为他提供了骨髓供移植，但并没有帮助。当他还能说话的时候，他不断地告诉他的父亲和母亲，他所做的一切都是对的，他就是无法理解发生了什么事情。这样的想法直到他死前还在折磨他。他还说他对当班的工作人员没有怨言，他们都尽到了自己的职责。

我在我丈夫去世前一天一直陪在他的身旁。他已经说不出一句话了，但你能从他的眼中看到疼痛。我知道他想起了那该死的致命的一夜，在脑中一遍遍地回放所有的情节，他无法接受自己应承担的责任。他吸收了 1 500 伦琴的辐射剂量，也可能更多，注定要死去。他皮肤的颜色越来越深，到了他去世的那一天，他全身发黑。他的身体真的都烧焦了。他死的时候，眼睛一直睁着。他和他的所有同事们都被同样的想法折磨着，那就是：为什么？

原子能联盟副主任V. A. 卡扎洛夫（V. A. Kazarov）的证词：

1986 年 5 月 4 日，我去探望了 30 岁的斯拉瓦·布拉日尼科[①]。我试着问他发生了什么事情，因为莫斯科这边没有人对整件事了解得很清楚。布拉日尼科光着身子，躺在一张微微倾斜的床上，全身肿胀，皮肤变成了深褐色，他的嘴也肿得厉害。他费了好大劲告诉我，他全身都疼得

---

① 维亚切斯拉夫·布拉日尼科的昵称。——译者注

非常厉害。

他说,起初,屋顶掉了下来,一部分钢筋混凝土板掉到了汽轮机大厅的地板上,砸断了输油管。热油引起了火灾。当他正灭火的时候,又一大块混凝土猛地掉下来,摧毁了给水泵。他们把那台水泵关掉,断开了回路。黑色的灰烬穿过屋顶的大洞飞了进来。

他说话时很痛苦,所以我也就没再多问。他不断地要水喝。我给他弄了一些博尔若米矿泉水。他告诉我他身体的每一部分都给他带来痛苦,而且那种疼痛是非常可怕的。

他说他从没想到过会遭受这样痛苦的折磨。

V. G. 斯马金的证词:

我在普罗斯库里亚科夫去世前两天去探望了他。我看到他光着身子躺在倾斜的床上,他的嘴肿得非常厉害,他脸上所有的皮肤都脱落了。加热灯从上面照着他。他不断地要求喝水或饮料。我随身带了芒果汁,就问他要不要喝点儿。他说他要喝,而且要喝很多。他说他已经厌倦了矿泉水。他的床头柜上就有一瓶博尔若米矿泉水。我用玻璃杯给他倒了些芒果汁。我把果汁罐留在了他的床头柜上,请护士喂给他喝。他在莫斯科没有什么亲戚,出于某种原因,根本没人来探望他。

高级反应堆控制工程师莱尼亚·托普图诺夫的父亲陪在他床边。他父亲给他捐献了一些骨髓来帮助他,但毫无结果。他日夜守在他儿子的床边，帮他翻身。莱尼亚的全身都烧伤成了黑色。只有背部颜色稍浅，可能是因为没有过多地暴露于辐射中。他跟着沙夏·阿基莫夫到了所有的地方，就像他的影子一样，他们几乎同时被烧伤，灼烧伤的方式也是一样的。阿基莫夫死于5月11日，托普图诺夫死于5月14日。他们是最先去世的操作人员。

很多已经认为自己正在好起来的病人会突然死去。比如一期建设工程运行副总工程师阿纳托利·西特尼科夫，他在事故发生后第三十五天突然死亡。他接受了两次骨髓移植，但结果不匹配，他的身体出现了排斥反应。

那些身体状况有好转的病人常常聚在第六医院的吸烟室里，他们不断地唠叨着同一个问题："是什么导致了爆炸？"

他们考虑过一系列可能的情节。他们认为爆炸性气体可能是聚集在保护与控制系统排出冷却剂的联箱中。或是，反应堆内的爆炸已将控制棒喷出，造成了瞬发中子能量浪涌。他们还考虑过控制棒末端的效应。要是这种效应结合蒸汽形成，就会导致能量浪涌并引发爆炸。所有人逐渐统一到了同一个结论上——能量浪涌已经发生，但他们不能绝对肯定。

核电站维修工业部门副处长 A. M. 霍达科夫斯基（A. M. Khodakovsky）的证词：

能源部已经指示我来负责安排死于切尔诺贝利核电站辐射人员的葬礼。截至1986年7月10日，28人已经下葬。

很多人的尸体都具有放射性。一开始，我和太平间的工作人员都没有意识到这一点。后来我们碰巧测了一下辐射值，发现有强放射性。从那之后，我们开始穿着浸透了铅盐的工作服。

流行病学中心一发现尸体具有放射性，就坚持在每具棺材底下放置混凝土板，就像在反应堆中一样，以阻止尸体中流出的放射性液体进入地下水。

这令人无法忍受，甚至是对神灵的一种亵渎，我们花费了很长时间与他们进行争论。最终，我们同意将最强放射性尸体放在铅质棺材里，然后用锡焊封死。我们就是这么做的。

1986年7月，爆炸发生60天后，仍有19人在第六医院接受治疗。其中一人的身体状况总体很平稳，但在第六十天全身突然出现了灼伤的痕迹。

在我身上也出现了类似的状况。我的身上出现了不同形状的深褐色的斑块，遍布我的腹部，这就是灼伤的痕迹，明显是由于处理放射性尸体导致的。

V. G. 斯马金的证词：

切尔诺贝利核电站总工程师尼古拉·马克西莫维奇·福明也在第六医院接受治疗，他在那儿住了大约一个月。就在他被捕前不久，也就是刚刚出院的时候，我和他在咖啡馆里一起吃了顿午饭。他脸色苍白，神情沮丧，根本没有胃口。他问我，我觉得他应该怎么做，他是不是应该上吊自杀。我告诉他，那可不是个好主意，他应该勇敢面对并坚持到最后。

在我住院期间，佳特洛夫也在医院接受治疗。就在他即将出院前，他告诉我说："我将会被审判，这是肯定的。不过要是他们让我说话，要是他们听得进去我所说的，我就会告诉他们，我所做的一切都是对的。"

就在布留哈诺夫被捕前不久，我见到了他，他说："我对任何人都没用了，我在等着人来逮捕我。我去见了公诉人，问他我应该做什么，应该去哪儿。"

"公诉人说什么了？"

"他让我等着，说会有人传唤我的。"

布留哈诺夫和福明于 1986 年 8 月被逮捕，佳特洛夫于 12 月也被逮捕了。

布留哈诺夫非常冷静。他把学英语的手册和课本带到了牢房里。他说他已经被宣判了死刑，就像伏龙芝①一样。

佳特洛夫也很沉着冷静。福明彻底失控，变得歇斯底里。

---

① 米哈伊尔·伏龙芝，革命军事委员会主席与陆海军人民委员托洛茨基的继任者。1925 年 12 月，他患病在身，虽然他的医生中有几位认为手术存在一定风险，他还是服从政治局的命令，接受了手术，他在手术过程中身亡。托洛茨基曾暗示是斯大林宣判了他的死刑。——英文版译者

他打破眼镜用玻璃碎片割自己的静脉，试图自杀，不过有人及时赶到，救了他。

审判因福明的精神错乱而推迟，最终定于1987年3月24日。

我最终还是见到了切尔诺贝利核电站4号反应堆机组汽轮机部门副主任拉齐姆·厄尔加莫维奇·达夫列特巴耶夫，我们已经知道，爆炸发生的时候，他正好在4号控制室内。在事故期间，他吸收了300伦琴的辐射剂量。他看起来病得很厉害，面部严重浮肿，双眼充血。他还患上了辐射诱发的肝炎。不过他一直有在锻炼，精神状态不错。他留着时髦的栗色小胡子。虽然残疾在身，但他仍坚持工作——真是一个勇敢的人。

我请他描述一下4月26日当晚发生的事情。他告诉我说，他被禁止谈论技术问题，必须得经过克格勃的同意。我回答他说，我知道所有的技术事宜，甚至比他知道的还多，我需要知道关于人的细节。

但拉齐姆·厄尔加莫维奇什么都不愿意说，他在讲话的过程中好像很在意克格勃，他说："当消防队员进入汽轮机大厅的时候，操作人员已经做完了所有的事。在汽轮机大厅发生险情的时候，也就是4月26日凌晨1点25分至5点，我多次冲向控制室，向值班工长汇报情况。阿基莫夫镇定地下达指令。爆炸发生的时候，所有人都冷静对待。随时准备好会发生那样的事情是我们工作的一部分，当然，也没想到会发生那么糟糕的情况。"

达夫列特巴耶夫非常紧张，显然是努力将谈话内容限制在克格勃圈定的范围内，所以我没有打断他。

他接着又向我描述了他在工作中的上级，亚历山大·阿基莫夫，他说："阿基莫夫是个正派、诚实的人。他很友善，善于交际。他是普里皮亚季共产党委员会的委员，是一名好同志。"

他拒绝向我描述布留哈诺夫，声称并不认识他。他确实对切尔诺贝利的新闻报道有意见，他说："我看到新闻报道把像我这样的机组工作人员描述得无能、愚昧无知——实际上几乎把我们描述成了恶棍。这就是为什么米季诺公墓墓碑上所有的照片都被撕掉了，我们的人就埋葬在那里，这就是舆论的影响。他们手下唯一幸免的照片是托普图诺夫的。他是如此年轻，毫无经验。我们却被描绘成了恶棍。但切尔诺贝利核电站提供了十多年电力——谋生并没有那么轻松，你自己也知道的。你也曾在那里工作过。"

"你们是什么时候离开机组的？"我问他。

"凌晨5点。我开始剧烈地呕吐。即便如此，我们还是设法做完了所有的事。我们扑灭了汽轮机大厅的火灾。我们把氢气从发电机中赶了出去，用水替换了汽轮机油箱中的油。"

"我们不仅仅是执行者，完成上级发布的命令。我们凭自己的力量想到了很多问题。但从更大的范围来看，马已经脱缰了。我是指当我们换班上岗的时候，技术进程已经开始了。也没办法停下来。但我们不仅仅是执行者。"

切尔诺贝利的教训

达夫列特巴耶夫对于很多事情的想法实际上是正确的。核电站操作人员不仅仅是执行者，在运行核电站的过程中，他们不得不独立做出大量重要的决定，可能涉及巨大的风险，有时是为了挽救反应堆，有时是从危机中或从棘手的过渡阶段中挣脱困境。不幸的是，操作说明和安全规则都无法涵盖所有可能发生的情况，不同阶段可能发生的事故的组合实在是种类繁多。因此，操作人员的经验与全面的专业感是至关重要的。达夫列特巴耶夫关于爆炸之后操作人员展现了奇迹般的英雄气概和勇气的说法是对的，他们赢得了我们的尊敬。

尽管如此，就在爆炸前那决定性的时刻，阿基莫夫和托普图诺夫抛弃了他们的专业感与经验。事实证明他们都只是执行者，虽然他们确实试图反抗佳特洛夫的恐吓（尽管不坚决，但的确反抗了）。就在那一刻，操作人员的专业感正应该起作用，不过却因为他们害怕被斥责而压抑了回去。

根据核电站值班工长罗戈茨金（Rogozhkin）、总工程师福明，还有布留哈诺夫主任的说法，老练而谨慎的佳特洛夫根本没有显示出任何专业感。

勇气与无畏成为爆炸后核电站操作人员的主要驱动力，即使在那样的时刻，佳特洛夫和布留哈诺夫既没有展现出专业性，也不值得别人尊敬。他们自私自利的谎言和不切实际的痴心妄想持续误导了所有人很长时间，导致了进一步的生命损失。

那么，在我看来，什么才是应该从切尔诺贝利灾难中吸取的主要教训呢？

最重要的是，正是这样可怕的灾难才为我们有力地召唤来了真相——实话实说、事件的全部真相，仅此而已。这是第一个结论；我的第二个结论源于事件的真相。

抛开可以采取的任何措施不谈，反应堆因正反应性过剩而停堆的情况一直存在，换言之，也就是爆炸发生的可能性一直存在，这是RBMK反应堆设计中固有的缺陷。因为反应堆和过去一样，会一直有正温度系数和空泡系数，以及基于控制棒末端效应造成的正反应性。这些因素的组合权重过高。同时满足三个条件的概率不高，但还是会发生。在切尔诺贝利，它们确实同时发生了，造成的结果我们已经知道了。

与过去发生的所有的悲剧一样，切尔诺贝利灾难显示出我们人民的勇气有多么伟大，精神力量有多么坚强。但切尔诺贝利呼唤我们使用理性和分析能力，这样我们就不会忘记所发生的灾难，才能看清我们遭遇的不幸，避免光鲜的表面掩盖了事实的真相。

当然，在使用RBMK反应堆的核电站中，人们已经做出了一些修正的决策：

· 保护与控制系统的提示开关和控制棒将会进行修改，这样的话，在完全回缩的位置上，控制棒插入堆芯的深度仍有47.25英寸（约1.2米）。

· 这一措施将提高有效防护的速度，并防止当控制棒从完全回缩位置下降时，堆芯下部反应性恒定增加。

・永久插入堆芯内控制棒的数量将会增加到 80 至 90 根之间，从而使堆芯反应性空泡系数降低到允许的水平。这只是临时措施，最终，将会把 RBMK 反应堆的燃料转换为初始富集度 2.4% 的核燃料，同时会在堆芯内安装固定辅助控制棒，这样就可以使紧急情况下的正反应性释放不超过 1 β。切尔诺贝利核电站发生爆炸的时候，这一数值是 5 β 甚至更高。

・最后，已经决定逐步关停使用 RBMK 反应堆的核电站，代之以使用气体燃料的热电站。这当然是吸取切尔诺贝利悲剧教训后能够采取的最明显的措施。

我们当然希望这些决策可以早日实施，因为天生被赋予理性的人类，一定会确保所有的科学与技术成就，特别是核能科技，都被用来让生活繁荣兴旺，而不是褪色凋谢。

因此，从切尔诺贝利灾难得到的主要教训是让我们更敏感地意识到人类生命的脆弱性。切尔诺贝利灾难既展示了人类巨大能力的一面，又显示出了人类的无能。它给人类敲响了警钟，不要陶醉于自己的能力，不要轻视这种能量，不要寻求短暂的利益、快乐和引人注目的威望。因为人既是原因，也是结果，你必须更有责任感，必须仔细审视你自己和你做的事。当我们想起人类的作品可以留存到未来，还有与之相伴的喜悦和艰辛，我们惊骇地意识到，那些破碎的染色体链和基因，由于辐射的原因要么丢失，要么扭曲，但它们已经成了我们未来不可分割的一部分。我们将会在未来的岁月里一遍又一遍地看到它们。那才是切尔诺贝利灾难最可怕的教训。

所有那些英年早逝的人们，几乎在爆炸后就立刻死去的人们，那些遭受了核死亡痛苦的人们，他们常常出现在我们的回忆中。我们真的非常想再次见到他们。埋在废墟下的人也许不是很多，但他们所忍受的疼痛与痛苦的量级是数百万倍的。他们承载和象征着成千上万死去的生命，他们给世界留下了痛苦而严厉的警告。

我们向切尔诺贝利的烈士和英雄鞠躬致敬。

能源部科学研究部门副主任 Yu. N. 菲利蒙特采夫（Yu. N. Filimontsev）的证词：

> 切尔诺贝利事故后，我们去了伊格纳林斯卡亚（Ignalinskaya）核电站。在那里，鉴于切尔诺贝利事故，他们检查了反应堆的设计情况与物理现象。那儿的正反应系数总量甚至比切尔诺贝利还要高；至少，它并不低。反应性空泡系数是 4β。他们就那么袖手旁观，什么都没做。我们问他们，为什么不向当局反映这种情况。他们的回答是，这么做毫无意义。
>
> 尽管如此，委员会关于从加强安全的角度重新设计石墨反应堆的结论已经坚定不移地执行了。
>
> 多项调查的报告已经递交给了政府，其中就有来自能源部、政府委员会和中等机械建设部的报告。所有外部组织都发表了对能源部不利的结论。他们主推机组工作人员是罪魁祸首，反应堆本身没有任何问题。然而，能源部

调查的结论要更均衡、更全面，指出了操作人员表现出的错误和反应堆设计的缺陷。

谢尔比纳集合了所有的委员会，要求他们准备一份以中央委员会名义发布的意见一致的结论。

米季诺公墓

在切尔诺贝利灾难第一个周年纪念日，我到米季诺公墓去悼念逝去的消防队员和核电站操作人员。我从普莱诺纳亚（Planernaya）地铁站乘坐741路公交车，20分钟后到达了这片巨大的墓园，这里位于莫斯科郊区，刚过米季诺村。

公墓很新很干净，一排排墓地一直延伸到远方。入口处的左边是一栋整洁的大楼，楼体覆盖着黄色的瓷砖——这是火葬场。它总是不断地运转，烟囱里冒出一丝丝淡淡的黑烟。公墓办公室在入口处的右边。

这是一片没有使用多久的墓地。墓穴上种植的树还没有长得很高。因为当时还是春天，它们就那么光秃秃地站在那儿，显得很深沉。成群的乌鸦从公墓的各个地方俯冲下来，啄食着墓穴上剩下的鸡蛋、香肠、糖果和其他食物。

我沿着主路向前走。在离入口处大概45米的地方，路的左手边是26块白色的墓石。每一块墓石上都有一方小小的大理石碑，上面是用镀金字母写下的铭文，刻着每个人的姓、名字和父名，以及生卒年月。

六名消防队员的墓前堆满了花，有插在花瓶和罐子里的鲜花，有带着红色挽带的人造花圈，挽带上题写着来自家人和同事们的追思。苏联消防队员永远铭记他们的英雄们。

操作人员墓前的花就少了许多，而且根本没有花圈。核能部与能源部在切尔诺贝利周年祭的时候忘记了这些死去的人们。但他们也都是英雄，他们做了能做的一切。他们无所畏惧，勇敢面对，献出了他们的生命。

公墓里还安葬着其他人员，他们在那个致命的夜晚碰巧在灾难现场，不过他们永远也理解不了所发生事情的真正意义了。

太阳在蓝色晴朗的天空中照耀着，天气很暖和，乌鸦在冲向墓穴和飞走的时候哇哇乱叫着。人们沿着公墓的主路，走在去往他们亲人墓穴的路上，这条路一直延伸到远方。

在离切尔诺贝利事故罹难者墓地不远的地方，我听到了步枪射击的动静。我四下扫了一眼，看到一小队士兵在用卡拉什尼科夫冲锋枪开枪致敬。路过的一个人告诉我说，他们正在安葬一名在阿富汗牺牲的士兵。

消防队员的葬礼石碑上刻着金色的星星，旁边刻着铭文：这里长眠着普拉维克、奇贝诺克、伊格纳坚科、瓦舒克、提舒拉、提特诺克。

然而，在核电站操作人员的墓碑上却没有明显的标记。最初贴在墓碑上的照片现在一张都没有了：只有列昂尼德·托普图诺夫是唯一的例外。照片中的他还是个孩子，有着圆乎乎的脸和一点小胡子。在他的墓边，他的父亲安置了一条漂亮的长凳，保护得很好。在我看来，托普图诺夫的墓穴得到了最贴心的维护。

26座墓穴，其中的6座是英勇的消防队员最后的安息之地。其余20人包括4号反应堆机组的操作人员、电气工程师、汽轮机工程师以及调试员。有两名女性——克拉夫迪亚·伊万诺芙娜·露兹佳诺娃和叶卡捷琳娜·亚历山德罗芙娜·伊万年科（Yekaterina Aleksandrovna Ivanenko）——她们曾被安排在核电站的准军事安全服务部门。她们中的一人曾在4号反应堆机组面对的走廊值班，她在那里坚守了一整夜。另外一人在仍处于建设中的核废料存放处工作，那里距离机组300米远。这些墓穴中也包括那些真正的英雄们，他们挽救核电站的勇气比起消防队员们不遑多让。我之前提到过他们。他们是韦尔希宁、诺维克、布拉日尼科，还有汽轮机大厅的机械师帕尔楚科，他扑灭了内部的火灾，要是火情蔓延开来的话，将会摧毁整座核电站。他们得到了什么样的奖赏？据我所知，他们根本没有被授予任何勋章。瓦莱里·伊万诺维奇·佩列沃兹琴科也是如此，他感天动地地挽救了他的下属，把他们从强辐射区域成功地营救出来。

还有一位没有被授予勋章的是阿纳托利·安德鲁耶维奇·西特尼科夫，他置自己的生命安全于不顾，只为弄清楚4号反应堆到底发生了什么事。

格奥尔基·伊拉里奥诺维奇·波波夫（Georgi Illarionovich Popov）是一名专业的振动调试员，他是从哈尔科夫到切尔诺贝利的,碰巧那天晚上在场,虽然他本可以逃走并幸存下来,但他没有离开汽轮机大厅,尽自己最大的努力帮助汽轮机工作人员扑灭了那里的火灾。然而,他也没有被授予勋章。

电气工程师阿纳托利·伊万诺维奇·巴拉诺夫(Anatoly Ivanovich Baranov)也没有得到勋章,他和莱勒琴科一起在极强的伽马辐射场中阻止了涌向发电机的氢气,恢复了4号反应堆的电力供应,解除了电气设备中的紧急情况。

莱勒琴科安葬在基辅。他被追授列宁勋章。

与勋章有关的另一件事也需要强调一下。授予核电站操作人员勋章的相关文件一直是绝密。为什么要这样?以我为例,我完全看不出有什么理由要这么做,特别是对一些真正的英雄而言,他们应该激励起人们对生活的骄傲,可他们根本没有被表彰。他们的家人,他们的子孙一定很为他们感到骄傲。

我坚信正义终将会胜利,英雄无法被隐藏。

我走过这些墓穴,在每一个墓穴前都停留一会儿。我在墓碑上留下了鲜花。在1986年5月11日至5月17日间,消防队员和六名核电站操作人员在极度的痛苦之中死去。他们吸收了最高剂量的辐射和最大数量的放射性核素。他们的身体都具有了放射性,我们已经知道,在流行病学中心的坚持下,他们被放在焊死的铅质棺材里,安葬于此。我发现那样更可悲,因为它阻止了土壤执行它永恒而必要的功能——把尸体变成尘埃。这就是原子的力量!就算是死亡与安葬也与普通人不同。古老的葬礼传统也因此被打破了,不可能执行人类的葬礼了。

尽管如此，我对他们说：安息吧，沉沉睡去吧。你们的死把每一个人从自鸣得意中惊醒。作为结果，即使是暂时的，人们已经从不假思索地盲目服从命令中走出来了。

核时代的新文化

但我们需要做的事仍有太多太多！我们仍需要从灾难中汲取更为深刻的教训！为了人类的生命和幸福，要打响一场多么猛烈的战役，才能使我们的地球变得真正的清洁和安全！

与此同时，核官员并没有睡着。虽然在某种程度上切尔诺贝利爆炸让他们受了一点点挫折，但他们再一次抬起了头，宣扬着和平的原子放出的完全"安全"的能量，同时也没有忘记掩盖真相。因为要是不把真相掩盖起来的话，就不太可能为和平的原子唱赞歌了。我所指的真相是人们在核工业工作的复杂性与危险性，以及核电站对环境和对毫无辐射知识的公众的潜在危害。

1986年7月18日，苏联能源与电气化部部长马约列茨发出指令，严禁他的下属在新闻报道中、广播中或电视上讲述关于切尔诺贝利的真相。很奇怪，部长到底在害怕什么？很明显，他害怕丢掉自己的工作。但他真的需要担心吗？他可以像得到这份工作时那样自行离职。因为他既不具备核知识，也缺乏经验，他从一开始就没有资格做这份工作。

但他不会轻易放弃。仅凭希望没有意义。虽然他越早下台就会越好。我们所有人都需要真相，事件的全部真相，仅此而已，我希望解释清楚原因。

在这里，我想引用美国核能科学家卡尔·摩根（Karl Z. Morgan）[1]文章中的一段非常合乎情理的文字，他向我们发出了警告。我也很想引用院士所写的类似文字，比如 A. P. 亚历山德罗夫院士或 Ye. P. 韦利霍夫院士，但他们根本没写过这样的文章。

下文就是卡尔·Z. 摩根要说的话：

> 目前多项证据表明，电离辐射不存在阈值剂量，在此阈值剂量之下是安全的，或危害（甚至像白血病那样严重的危害）的风险为 0……
>
> 在沸水型反应堆的常规操作中，放射性惰性气体[2]泄露是使人们暴露于辐射中的主要辐射源。

作者随后指出氪-85 的半衰期是 10.7 年，这是特别危险的。他继续写道：

---

[1] Karl Z. Morgan, "Ways of Reducing Radiation Exposure in a Future Nuclear Power Economy", *Nuclear Power Safety*, edited by James H. Rust and Lynn E. Weaver（New York, Pergammon Press, 1976）, pp. 156, 160-162. 俄文版见 Atomizdat, Moscow, 1980.

[2] 惰性气体具有惰性，虽然它能够通过呼吸进入肺部，但它既不起化学反应，也不被人体组织吸收。

我想对核能工业领域已经形成的一项措施提出强烈的投诉，那就是"燃烧"甚至"燃尽"现有的临时雇员。我们指的是雇佣未受足够教育和训练的人员临时去完成"热"工作。因为这样的雇员对长期辐射的风险缺少鉴别能力，他们更有可能会卷入辐射事故，并对自己和他人造成伤害。我认为，"燃尽"雇员这项措施非常不道德，除非核能工业领域终止实施这项措施，我（恐怕还有很多其他人）将不再是这个行业坚定的支持者……

在过去的十至十五年间，新的数据已经表明，辐射诱发人类癌症的风险十倍于我们在1960年对其的认识，甚至更高，而且也没有证据表明存在安全阈值剂量。

我非常乐意引用杰出的苏联科学家、苏联医学科学院正式成员、白血病研究专家安德烈·伊万诺维奇·沃罗比约夫的这段话来结束这本纪实。这是他对于切尔诺贝利悲剧的评价：

你能想象得出，如果核电站发生爆炸，就算没有传统的弹头，没有填料，这个星球上将会发生什么吗？对任何一个文明人来说，人类生存在这样一种残缺的状态中，光想想都让人绝对无法忍受。在我看来，这次事故之后，人类必须要抛弃那种中世纪的心态。

今天，有很多事情需要被重新评估。虽然死亡人数有限，受伤的人也大多幸存并康复，但是，切尔诺贝利发生的悲剧已经向我们展示了潜在的灾难会有多么严重。所有社会成员的思想都必须得在新模子里完全重塑——工人、科学家，无论是谁。毕竟，事故从来都不是偶然的。每一个人现在就必须明白，核时代的生命需要小心谨慎地对待细节，这与在计算导弹弹道时的态度是一模一样的。核时代不可能只在一个地区有核，而在其他地区都无核。人们是否具备相关知识是至关重要的，比如说，所有人都必须得知道染色体是什么。他们必须得掌握这些知识，就像他们知道四缸内燃机是什么一样。不具备这些知识是不可能生活的。每一个想要在核纪元生活的人必须得建立一种新文化和一种全新的心态。

我斗胆希望这本书将会有助于形成那种文化。

1987 年 5 月 24 日

译后记

在翻译《亲历切尔诺贝利》之前，译者和大多数读者一样，对切尔诺贝利并不甚熟知，它不仅地理位置遥远，而且时间也已久远，只知道这里曾发生过核事故，对其背后的故事，可谓一无所知。

但是随着翻译的推进，译者走进了那一段历史，仿佛亲眼目睹爆炸前后每一分每一秒的惊心动魄，好像能够听到苏联专家对于核安全的片面论调，能够想到部门主管的漫不经心，能够看到操作人员在控制台前奔跑忙碌却又不知所措……仪表盘的指针在疯狂地摇摆，汽轮机大厅里一片火海，"小猪嘴"轰然冲上天空，空气中充斥着臭氧的味道……消防队员在浓烟与毒气中坚守岗位（彼时他们还不知道已经发生了核泄漏），妇女带着孩子们乘坐一辆辆客车离开普里皮亚季……

到底是什么原因导致了这次事故以及处理过程的拖沓延误，无数的专家与业内人士似乎早已盖棺论定：核电专家鼓吹核电站安全至极、反应堆结构设计不合理、实验缺乏预案、操作人员学艺不精，以及官僚体制下的推诿塞责……对于非专业出身的译者和其他读者一样,提到的每一种理由听起来都很有道理,但在这些理由当中,没能够看到的,恰恰是一颗敬畏之心。

从1962年美国科普作家蕾切尔·卡逊发表《寂静的春天》,到美国三里岛、苏联切尔诺贝利、日本福岛等核电站发生事故,再到国内近年发生的天津滨海新区危化品爆炸、江苏响水化工厂爆炸……科学技术一直在发展,但是与其共生的安全隐患却从未消失,灾难也从未停止。

切尔诺贝利事件是历史上最重大的核电站事故,我在其发生30多年后,能够得到翻译此书的机会实为有幸,如果能够让相关工作者们从历史中得到启发,铭记惨痛的教训,时刻保持一颗敬畏之心;让普通读者对切尔诺贝利核电站事故有所了解,或许就是这部译著最大的贡献了。

出版后记

在阅读本书之前，大多数人对切尔诺贝利的了解就只是有所耳闻的程度。而"核"实在是离人们的日常生活太遥远而一直被忽略。

作为这场灾难的目击者、核能专家，作者在核爆炸之后就立即开始撰写《亲历切尔诺贝利》这本书，于1987年5月创作完毕。在本书中，作者从专业角度阐述了事件发生的前因后果，通过描写现场的真实细节展现了亲历现场的恐怖场景。每位被采访人员的证词都透露着无力和绝望，受难人员遭受的痛苦与折磨不禁让我们反思，我们究竟该如何面对"核"。

作者在书中介绍了形形色色的人和他们的所作所为，当人们面对暴怒的核怪兽之时，这些血肉之躯既有他们的优点又有不可忽视的弱点，他们的疑虑和柔弱，他们的误解和英雄主义都交织在了一起。相信所有读过本书的人，都能从作者的笔触中感觉受到灾难和悲伤蔓延的那种悲壮与孤独。

现如今，核能高度发展，但在大多数人的印象中，这根本不是普通人应该考虑的事情。阅读本书，读者应该能明白，核能是与大家的生活息息相关的，每个人都有权利参与。

　　直到现在，核灾难事件寥寥可数，但是造成的可怕影响波及了上千万人，并且会持续很长时间。切尔诺贝利事件无疑是人类的耻辱，是全世界的悲剧，它所造成的伤害直至今日仍未完全消除。希望这本书能够让更多读者哪怕多了解一点点核，能带着积极和敬畏的心态去面对核发展。

　　服务热线：133-6631-2326

　　读者信箱：reader@hinabook.com

后浪出版公司
2019 年 4 月

© 民主与建设出版社，2019

图书在版编目（CIP）数据

亲历切尔诺贝利 /(俄罗斯) 格里戈里·梅德韦杰夫著 ; 刘建波译. -- 北京 : 民主与建设出版社, 2019.9
ISBN 978-7-5139-2441-2

Ⅰ. ①亲… Ⅱ. ①格… ②刘… Ⅲ. ①纪实文学—俄罗斯—现代 Ⅳ. ①I512.55

中国版本图书馆CIP数据核字(2019)第057275号

La Vérité sur Tchernobyl: Quatre ans après, les révélations d'un grand scientifique
© Edition Albin Michel-Paris 1990.

本书中文简体版权属于银杏树下（北京）图书有限责任公司。

版权登记号：01-2019-0510

亲历切尔诺贝利
QINLI QIEERNUOBEILI

出版人	李声笑
著　者	［俄罗斯］格里戈里·梅德韦杰夫
译　者	刘建波
筹划出版	银杏树下
出版统筹	吴兴元
责任编辑	王　颂
特约编辑	崔　星
封面设计	墨白空间·黄　海
出版发行	民主与建设出版社有限责任公司
电　话	（010）59417747　59419778
社　址	北京市海淀区西三环中路10号望海楼E座7层
邮　编	100142
印　刷	北京天宇万达印刷有限公司
版　次	2019年9月第1版
印　次	2019年9月第1次印刷
开　本	889毫米×1194毫米　1/32
印　张	11.5
字　数	239千字
书　号	ISBN 978-7-5139-2441-2
定　价	45.00元

注：如有印、装质量问题，请与出版社联系。